肥え豚
転生
～悪徳商人だけど
勇者を差し置いて
異世界無双してみた～

主な登場人物
ローリエ
ゴルド家でホークに仕えるメイドだが、その正体は……。メイド長も兼任しており、何事にも淡々と対応する。
ホーク・ゴルド
ゲーム世界の悪役キャラに、そうとは知らずに異世界転生した主人公。前世の影響により、三度の飯より女好きの萌え豚から一転、女嫌いとなる。前世の年齢が近い護衛たちとは仲よし。
イーグル・ゴルド
ホークの父親で、悪名高きゴルド商会のワンマン経営者。バカ息子だったホークを溺愛し、甘やかし放題に育てる。

オリーヴ
ホークの護衛の山犬獣人。クールな性格で表情は基本変わらない。元軍人の狙撃手という謎めいた過去がある。
クレソン
ホークの護衛の山猫獣人。気性の荒い乱暴者だが頭は悪くない。奴隷市場で売られていたところをホークに買われ、最初は反発していたが徐々に心を通わせていくこととなる。
バージル
オリーヴと共に、ホークに護衛として雇われた冒険者。風貌や言動はゴロツキ風だが、実は面倒見のいいおじさんである。

Contents

豚公爵に転生

~悪徳商人だけど勇者を差し置いて異世界無双してみた~

神通力

イラスト
桧野ひなこ

序章　女嫌い、事故死する

女が嫌いだ。そう言うと、『え？　じゃあ男が好きなの？』って訊いてくる奴はもっと嫌いだ。

女が嫌いなことと男が好きなことは、イコールじゃないだろ。犬が嫌いな人間に『じゃあ猫が好きなの？』とか、うどんが嫌いな人間に『なら蕎麦《そば》が好きなんだ？』とか、他人に極端なレッテル貼りをして決めつけるのが好きな人間が、世の中には多すぎると思う。


「ねえ聞いた？　製造の金田《かねだ》さん、まーた一人だけ飲み会欠席ですって」

「付き合い悪いわねえ男のくせに。そんなんだからいつまで経っても出世できないのよ」

「あの人もう30過ぎてるんでしょお？　一体いつまで独身でいるつもりなのかしら？」

「無理もないわよあの顔じゃ。結婚どころか彼女だってできっこないわ」

パートのオバサン連中が、煙草を吸いながら俺の陰口で盛り上がっている。いつものことだ。陰口を叩《たた》かれているのは俺ばかりというわけでもない。あの手の連中はいつでも誰かや何かの悪口を言っているからな。それにしても、男のくせに、か。なんて差別的な言葉だろう。

大嫌いな言葉だ。自分たちがもし『女のくせに』と言われたら、即座に大騒ぎするだろうに。

「金田君さ、急で悪いんだけど今日23時まで残業してもらっていい？　さっき急な注文が入っちゃって、どうしても製造してもらわないと出荷が追いつかないのよ」

「それにほら、若いんだからバリバリ残業して、バリバリ残業代稼がないと！　君ももうアラフォーだろ？　せめて車ぐらい買わないと、いつまで経っても結婚できないぞ！」

独身の何が悪いのだろうか。結婚なんて、これっぽっちもしたくないのだが。この会社では、独身者は管理職にはなれない。それどころか住宅手当すら既婚者の半額しか出ないし、昇給も40を過ぎると独身者だけが頭打ちになる。結婚してるからって何がそんなに偉いというのだ。

結局残業が終わって後片付けして着替えて、なんてやっている間に終電を逃してしまって、やむなくネットカフェに泊まるために夜道をトボトボ歩いている最中に、大学時代からの腐れ縁の友人（独身）からメッセージアプリにメッセージが届いたので、返信しながら歩き始める。

『ま、世の中そんなもんっしょ。生きてるだけで負け組すぎるんだよな、この国』

『それな。どうせ正社員でも負け組なら、お前みたいにバイト暮らししてる方が気が楽かも』

『アラフォーでバイト暮らしとか、世間の目キッツいぞー？　金に余裕ないから何万円もするような新作のゲーム機も買えないしな。こないだヤケになって押し入れから古いゲーム機とかレトロゲーム引っ張り出してきてさ、最近それで遊んでるんだけど結構いい暇潰《ひまつぶ》しになるわ』

『今のゲームってついていけねーよ俺。すっかりおっさんだもん』

『おっさんはおっさんらしく、レトロゲームで遊んでるぐらいがちょうどいいのかもなー。昨日もゴッデスクエスト7全クリしてさ。RPGにも飽きてきたから、次はエレイレでもやるかな』

『何それ知らない。サッカーゲームかなんか？』

『ちげーし。知らない？　エレメンツイレブン。知る人ぞ知る隠れた名作ギャルゲーだぞ』

『そう言えば聞こえはいいけど、要するに売れなくて埋もれちゃった作品ってことだろ？』

『お前それ言ったら聖戦だろーが。騙《だま》されたと思って、いっぺんプレイ動画観てみ？　ちなみに俺の推しはクーデレメイドのローリエちゃんだから！』

『やだよ。ただでさえ女にはウンザリだってのに、なーんでわざわざ貴重な時間を割いてまで恋愛脳のガキどもがくっだらねー恋愛ゴッコしてるとこ見なきゃいけないんだよ』

思い返してみれば、昔からそうだった気がする。顔も悪けりゃ頭も運動神経もよくない俺が、少しでも女に関わるとたいてい碌《ろく》なことにならない。よくて無視、悪くてバイ菌扱いだ。

なんだかなあ。生きていても、楽しいことなんかなんにもない。嬉《うれ》しいことも、滅多にない。人生お先真っ暗なアラフォーの独身おっさんが、夢も希望もなくただダラダラと惰性で生きているだけの空虚な人生。こんな無意味で無価値で、どうしようもなく詰んでいるような無駄な人生なんて、これ以上続けていてもしょうがないいんじゃないかって時々思う。

でもだからって、殺されていいわけじゃないと思うんだ。

『エレイレはいいぞ名作だぞ、あんま売れなかったのは事実だけど……』

「……う……あ……」

横断歩道を渡ればもうすぐネットカフェってところで、俺は車に撥《は》ねられ唐突に死んだ。

運転していたのは青信号なのにいきなり猛スピードで突っ込んできた老婆だ。そいつは俺を撥ねてしまったことでパニックになったのか、窓を開けて顔を覗かせるも救急車を呼ぶこともなく逃げやがった。いわゆる轢《ひ》き逃げだ。

轢き逃げはちゃんと警察に通報した場合に比べ、かなり罪が重くなるらしい。ざまあみろと内心悪態を吐《つ》きながら、俺はグッタリと横たわる。頭と背中をアスファルトに叩きつけられたせいか、猛烈に体のあちこちが痛み、耳鳴りがして、グワングワン揺れる視界が暗転する。

『あーあ、来世はギャルゲーとかエロゲーみたいな都合のいい世界に生まれ変わりてーなー。安鷹《やすたか》はそういうの死んでも嫌だろうけどさー』

死んでもっていうか、今まさに死にかけだよ。最後の力を振り絞って画面が割れたスマホに手を伸ばすも届かず、俺はその空虚で無意味な人生を呆気《あっけ》なく終えた……はずだった。

第1章　女嫌い、女好きに転生する

「坊ちゃま！」

「大丈夫ですか!?」

後頭部が猛烈に痛む。血も流れ出ているようだ。だが生きている。そう、死んだはずの俺は、気付けば異世界に転生していたのである。といっても赤ん坊にではなく、階段から転げ落ちて後頭部を強《したた》かに床に打ちつけた拍子に前世の記憶を取り戻した、8歳の男の子にだ。

この手の異世界転生モノのアニメやネット小説はSNSなどでボロクソに叩かれているのを見かける度に内心結構バカにしていたのだが、まさか自分が当事者になるとは思わなかった。

生まれ変わった俺、金田安鷹改めホーク・ゴルド。ゴルド商会なる大きな会社の社長の一人息子で、見た目はいかにも甘やかされて育ったせいで良識とか良心とかが欠落していそうなのが一目で丸分かりのクソガキっぽい面構えをした金髪碧眼《へきがん》の肥満児だ。

「ああ、なんてことかしら！」

「誰か、お医者様に連絡を！」

「警察もよ！　警察を呼んで！」

美人揃《ぞろ》いのメイドたちが慌《あわ》てて駆け寄ってきて、階段から派手に転げ落ちて仰向けに倒れ込んだ俺の顔を覗き込んでくる。現在俺は、新入りの美少女メイドのお尻を触って悲鳴を上げられ猛烈なビンタを食らい、その拍子に自宅の豪邸の、やたらめったら無駄に長い豪奢《ごうしゃ》な階段の一番上から一番下まで盛大に転げ落ちたところ。スカートの中に手を突っ込まれ、お尻の谷間に指を這わされるというひどいセクハラを食らい、咄嗟《とっさ》に俺をビンタした新入りの若いメイドが、階段の上でひどく青褪《あおざ》めた顔をしている。彼女はただいやらしい手付きで臀部《でんぶ》を触られたので、反射的に反撃してしまっただけで、階段から突き飛ばすつもりはなかったのだろう。

不幸な事故というか、完全に俺の自業自得だ。それでもこうして雇い主の子供、それもまだ8歳児を死なせかけてしまったのだから、大騒ぎは免れない。悪気はなくとも殺人未遂なのだ。

しかし俺は、前世の記憶を取り戻してしまったショックでそれどころではない。アラフォー男の自我と8歳児の自我が完全に混濁してしまい、ひどい頭痛と後頭部の物理的な痛みに苛《さいな》まれ、現状を理解できず、呑み込めず、軽いパニック状態だ。前世で死んだ記憶と現世で8歳になるまで生きてきた記憶が衝突し、メイドにひどいセクハラを働くような、筋金入りの女好きのクソガキの人格が前世の俺の人格に吸い寄せられていくのが分かる。なんなのだ、本当に。

ひょっとしてこのまま死ぬんじゃないかってぐらい、頭が痛い。死んで転生した直後にまた死ぬ、というのは勘弁なのだが。俺はそのままなすすべなく、気絶してしまった。

「気が付かれましたか？　ホーク坊ちゃま」

再び目を覚ました時、そこは見知らぬ天蓋《てんがい》と天幕がついた、まるでお姫様のベッドのような豪奢なベッドの上だった。傍らには怜悧《れいり》な印象を受ける青髪のメイド姿の美少女が立っており、心配している様子の欠片《かけら》もない、ひどく冷たい目で俺を見下ろしている。誰お前、と言いかけて、現世の記憶の中から彼女のことを思い出す。ああ、頭がひどく痛む。階段から転げ落ちて頭を打ったのだから当然なのだが、頭の外側ではなく内側の痛みが特に激しい。

俺は初対面の相手をお前呼ばわりする奴ではなかったはずだ。『あの、すみませんがどちら様でしょうか？』ぐらいの訊ね方をすると思う。だけど前世の記憶と現世の記憶が入り乱れて、どっちが本来の俺なのかが分からなくなってしまい、金田安鷹としてもホーク・ゴルドとしても、中途半端な状態になってしまっているせいか、自分で自分が分からない。

「ッ！」

「ご無理をなさらず。階段から落ちたのですから」

「あのメイドはどうした？　俺を階段から突き落としたあの娘だ」

「直ちに警察に引き渡しました。故意でなかったとはいえ、殺人未遂ですので」

「そうか……。まあ、そうだよな」

前世の記憶を取り戻す前の俺のせいで、あの新入りメイドは可哀想《かわいそう》なことになってしまったな。いきなりセクハラかまされたので真っ当に怒っただけなのに、運悪くその拍子に俺が階段から転げ落ちてしまったせいで、まさか警察に逮捕されるハメになるとは。

あきらかにメイドの尻を触るなどのセクハラ行為に走った現世の俺が悪いのだが、とはいえこうして頭に血の滲《にじ》んだ包帯を巻かれながら全身のあちこちから生じる激痛に苛まれていると、彼女への同情や憐憫《れんびん》よりも、我が身の苦痛の方に意識が割かれてしまう。

「鎮痛剤はないのか？」

「既に注射していただきました。効果の強いものですので、経口薬との併用は危険を伴うとのことでしたが、お持ちいたしますか？」

「いや、ならばいい」

「……左様でございますか。ところで、一つお尋ねしたいことが」

「なんだ？」

「あなた様は一体、どなた様でいらっしゃるのでしょうか？」

青髪のメイドが雇い主の息子に向けるものとは到底思えない冷たい目で俺を見下ろしている。

今の俺はホーク・ゴルドとしてはあきらかに異質だからな。そう疑ってしまうのも当然だろう。本来のホーク・ゴルドなら、目が覚めるなり『痛い痛い痛いよお！』とギャーギャー泣き喚《わめ》き

ながら、『あのメイドを連れてこい！』と大騒ぎしたはずだ。

それなのに、今の俺は無言でグッタリしながら痛みに耐えている。

どうしようもなくバカで身勝手で自分本位で女好き。ゴルド商会の社長である父親にこれでもかと甘やかされて育ったがために、ワガママ三昧やりたい放題のバカ息子に育ってしまった筋金入りのクソガキ。それがホーク・ゴルドという人間である。それがいきなり別人のように豹変してしまったのだから、誰お前、と問われるべきは、むしろ俺の方だった。

「どなた様と言われても、俺は俺だ。ホーク・ゴルド以外の何に見える？」

「ですが、今現在のあなた様のご様子を見るに……」

「記憶の混濁だ。頭を強く打ったせいだろう。意識が朦朧《もうろう》としていて、受け答えがぎこちなくなってしまっているのは不可抗力だ。それから少しばかりの女性恐怖症を患《わずら》ったにすぎん。こんな目にあわされたのだぞ？　少しぐらい言動に気を遣《つか》うようにもなるさ」

ああ、まずい。自分で喋《しゃべ》っていて気持ち悪くなってきた。ホーク・ゴルドとしての尊大な喋り方はこれで合っているはずなのに、なまじ前世が日本人だった影響か偉そうに喋る自分自身に違和感がある。正直薄ら寒いとすら感じる。しかし、口から出てくる言葉がこれなのだ。

こんなことなら中途半端に前世と現世の人格が混じり合うんじゃなくて、前世の思い出だけ思い出すとか、いっそ人格丸ごと乗っ取りとかにしてくれれば、こんなにも気持ち悪い違和感に苦しまずに済んだのに。誰だよ、俺を転生させた奴。半端な仕事しやがって。

「しかし……」

「しつこいぞローリエ。一介のメイドの分際《ぶんざい》で、差し出がましく口を挟むな。お前たち使用人共は、ただ言われるがままに動くだけの存在であればよいのだ」

「……失礼いたしました。では、そのように」

そうそう、ローリエといったか。そんな名前だった気がする。彼女は年若いながらもゴルド家に仕える美少女メイドたちの中でも比較的古株であり、メイド長の座に就いていたはずだ。

普通、メイド長は年嵩《としかさ》のメイドがなるものでは？　と思われるかもしれないが、ゴルド家に仕えるメイドたちはホークの趣味で若くて美しい娘たちばかりが雇用されているせいで、30代どころか20代なかばぐらいになると、問答無用で解雇されていくというひどい有様だった。現代日本だったら大問題になっていただろうが、ここは異世界。価値観も世界観もまるで違う。

そして彼女はなんというか、すごく暗殺者っぽい感じだ。歩く時には全く音を立てないし、無駄に気配を消しているようだし。前世の記憶を取り戻すまでは全く気付かなかったが、あきらかに堅気《かたぎ》ではなさそうである。おそらく、戦うメイドさんというジャンルの住人なのだろう。

この手の作品ではそういう裏の顔を持つ女性キャラクターには『自分は道具だなんてそんな悲しいことを言わないでくれ！　君は俺にとって大切な、世界にたった一人の人間だよ！』みたいなことをキリッと伝えて『使い捨ての道具に過ぎない私を、そんな風に想ってくださるだなんて……あなた様はおやさしいのですねうんたらかんたら』と好感度を上げるのが定番のはずだが、普通に道具呼ばわりしてしまった。別に好かれたいとも思わないから構わないのだが。むしろ、あれこれ疑われると面倒だ。だから余計なことは言わずに黙っていろと釘《くぎ》を刺す。階段から転げ落ちて気絶していた俺が、偽者にすり替わっている暇などないのはその間ずっと傍に付き添っていた彼女が一番よく分かっているだろうし。

「俺は寝る。警察には、ゴルド商会としては騒ぎを大きくするつもりはないと連絡しておけ」

「かしこまりました」

こんなことを言い出す辺り、自分はホーク・ゴルドではありません！　と自己申告しているようなものだが。本来のホーク・ゴルドであれば間違いなく自分をこんな目にあわせた奴には苛烈な復讐をするはずだが、俺がそのような振る舞いを続ける理由も余裕も今はない。

なんせ、頭も体も全身があちこち痛すぎる。こんな時はさっさと寝てしまうに限るのだが、痛みのせいで眠れそうにない。そうして俺は転生初日をベッドの上で、ただひたすらに悶々と苦悶に呻《うめ》きながら終えるハメになってしまったのだった。

◆◇◆◇◆

「ホークちゅわあああん！　大丈夫でちゅかあああ!?　なんて可哀想に！　こんなひどい目にあわされて！　お土産にホークちゅわんのだあい好きなケーキを買ってきまちたからねえええ！」

親は子供の成長を大きく左右する存在だ。いい親に愛されて育てばいい影響を受けるし、悪い親に愛されずに育てば少なからず悪い影響を受けてしまう。子供は親を映す鏡とも言うが、現世での俺の父親、イーグル・ゴルドはこんな感じ。いきすぎた愛情は、毒だな。

「俺は大丈夫だから落ち着いてくだ……落ち着いてよパパ。今回のことは犬にでも噛まれたと思って、今後は女性の取り扱いには細心の注意を払うようにしま……するよ」

「ああ!?　かわいいかわいいホークちゃんが、なんかちょっと荒んだ感じに!?　パパ大ショック！　ひょっとして、ちょっと早めの反抗期!?」

脂ぎった中年親父に抱き締められ、さらに頬ずりされるとか拷問以外の何物でもないが、ゴルド商会はこの男のワンマン経営であり、おまけに病的なまでに息子を溺愛《できあい》しているらしいので、今後の生活のためにはこいつの機嫌を損ねるわけにはいかない。

この様子を見る限りではよほどのことがなければ大丈夫だろうとは思うが、下手を打てば妹のマリーのような境遇に陥りかねないだろうからな。

マリー・ゴルド。俺の種違いの妹である。父も俺も亡き母も皆金髪碧眼だったらしいのだが、妹のマリーだけは目が紫色をしており、それが原因で母は不貞を疑われた。

もともと好き合っていた男と結婚するつもりであったのに、成金豚野郎の父が金に物を言わせて手籠《てご》めにし、俺を身籠《みごも》らされたという美貌の母は、出産後心を病んでしまったのか、本来結婚するつもりだったという昔の男と不倫してその1年後に妹を出産し、そのことについて激昂し問い詰めた父の目の前で、毒を呷《あお》り死んだらしい。

その忘れ形見であるマリーは、6歳になった今でも屋敷内では腫《は》れ物扱いされている。

ちなみに俺は現在8歳。メイドにセクハラを働く8歳児というのもすごい話だ。

もともと惚れた女を金の力で無理矢理手籠めにした挙げ句、あっさり浮気され自分の子ではない娘を押しつけられ、あまつさえ目の前で毒を呷って自殺された父は、遺された赤ん坊の扱いをどうすべきか悩んだらしい。殺すか、修道院にでも放り込むか
父が何を思ったかは知らないが、結局妹は今でも屋敷にいる。だが、その扱いはひどいものだ。金持ちのお嬢様だというのに物置も同然の狭くて薄暗い部屋に閉じ込められ、食事もまともに与えられず、時折思い出したかのように父親に呼び出されては、罵倒されたり折檻されたり。完全に児童虐待である。そしてそんな妹へのあてつけのように、父はホークを病的に盲目的に溺愛している。当然、お土産のケーキとやらを妹にやるつもりはないのだろう。

「もう出てきて構わないぞ」

「お兄様、その、ありがとうございます」

取りあえず放っておいたらいつまでも頬ずりをやめてくれなそうな父を部屋から追い出し、俺はクローゼットに隠れるよう指示した妹に声をかけてやる。妹自身にはなんの非もないのに父からは憎悪にも近い感情をぶつけられて冷遇され、屋敷のメイドたちからは腫れ物扱いされ、いないもののように扱われ、バカ兄からはドヤ顔で虐《しいた》げられていたというのに、健気《けなげ》な子だ。

俺が彼女だったら、こんなクソ兄貴が階段から突き落とされたと聞いたら、そのまま死ねばよかったのにぐらいにしか思わないだろうに、この子は兄を心配し軟禁されている部屋を抜け出し、わざわざ見舞いに来たらしい。メイドたちに見つかれば大慌てで部屋に連れ戻されまた閉じ込められるか、父に見つかればひどい体罰が待っているだろうに。

いつも周囲の心ない視線に怯え、ビクビクオドオドしながらも、いつかはお父様やお兄様が自分を愛してくれるのではないかという期待を捨てきれず、縋《すが》るようにそう信じているような6歳児を相手に、さすがの俺も女嫌いがどうこう言い出すようなクソ野郎ではないつもりだ。

「お兄様が別人のように変わられたという噂は本当だったのですね」

「変わってはいない。ただ、表面を取り繕う必要性を覚えただけだ」

嘘です。ほぼ完全に別人です。

今までのホークであったならば、心配してお見舞いに来てくれたこの妹に『どうせ内心いい気味だってせせら笑っているに違いないブヒ！　パパにお前が部屋から抜け出して、僕を嘲笑しに来たって言いつけてやるブヒ！』とか当たり散らすようなどうしようもない奴だったので。正直妹から見ても今の俺は完全に別物だろう。

しかし、この短時間で軟禁状態にあるも同然の妹の耳に届くぐらい、俺が豹変したという噂が屋敷の中で広まっているのか。あのいかにも冷徹そうな青髪メイドが率先して言い触らすとも思えないし、さては俺の部屋の前で彼女との会話を盗み聞きしていた奴がいるな？

家の中に男がいるだなんて、むさ苦しくて耐え難い！　というワガママな元ホークのせいで、屋敷で働くメイドたちは全員が美少女。それも、その大半が親父のお手付きである。つまりは、奴らの中には未来の社長夫人の座を虎視眈々《こしたんたん》と狙っている強かな奴もいるということだ。

あの親父、外見的には息子と同じく大の女好きに見えて、母の一件がトラウマになっているのかむしろ大の女嫌いっぽいのだが、だからだろうか。女という生き物に復讐するかのようにメイドたちを乱暴に食い散らかし、その気もないのに甘い言葉で誘惑して愚かな女たちが己の手の平の上で浅ましく踊る姿を愉しんでいるまでである。

そんな親父の真意を見抜けずに、結構ドロドロギスギスな女同士の争いがメイドたちの間で勃発しているような家の中というのも、なんとも気持ちが悪いものだ。金持ちの家には金持ちの家なりの問題があるらしく、親が金持ちでラッキーなどと楽観視してもいられない。

「そう、ですか」

「ああ、そうだ。だから、お前にもやさしくしてやる。だからといってつけ上がるなよ」

「……はい、お兄様」

変わっていない＝お前のことも嫌いなままだと言われたものと思い寂しげに俯《うつむ》く妹が、少し嬉しそうな顔をして、でも嫌いなのにやさしくしてやると言われたと思ったのか、また傷ついたような微妙な微笑を浮かべる。6歳児の割に聡明過ぎないか。

この手の本来悪役になるはずだった人物が改心していく系の作品のお約束のみならず、ライトノベルやゲームなどの設定的に考えると、こういったトラウマ持ちの妹キャラは、やさしくしてあげると将来ブラコンになるだけならまだしもひどいと『わたくしお兄様と結婚いたしますの！』とか、『お兄様は誰にも渡しませんわ！』とか、ヤンデレっぽくつきまとってくる可能性があるので、あまり関わり合いになりたくないのだが。

現実とライトノベルやアニメーションを混同するなと思われるかもしれないが、正直異世界転生している時点で現実感なんてこれっぽっちもありはしない。染めているわけでもないのに髪の毛の色が青いメイドや瞳の色が紫色の妹がいるような世界だぞ？

しかしまあ、お屋敷の中の空気がこうもギスギスしているのはこれから生活していくうえで大問題だ。起き上がれるようになったら家の中の大掃除でも始めるかな。

◆◇◆◇◆

この世界に転生してから10年が経った。あれから毎朝6時起きで1時間のジョギングと剣の素振り千回、腕立て伏せ1万回を日課にした俺はダイエットに成功し、この手のデブスに転生してしまう系列の作品のお約束に漏れず痩せたら実は超絶イケメンだったことが発覚し、それから剣の才能もあったことが発覚して、俺は金髪碧眼のイケメン天才剣士に成長していた。

はい、嘘です。無理に決まってんだろ、そんなの。転生してから10年どころか、まだ10日しか経ってないわ。『異世界に転生したら本気出す!』とか言っていた奴が前世の友人にいたような気がしたが、日本で頑張れないような奴が異世界で頑張れるわけがない。明日からいつもより1時間早く起きて会社に行く前に1時間のジョギングをやると決意しても、いざ翌朝になってアラームが鳴れば、億劫になって初日から諦《あきら》めて二度寝してしまうのが俺という人間だ。まずアラームをセットできただけでも偉いという、どうしようもないレベルの凡人である。

そんなわけで実際に異世界転生しても、俺は怠惰な豚のままだった。別に、ダイエットしたところで大した旨味もないし、将来父の会社を継いで次期社長になることが確定している俺が、剣とか魔法を覚えても意味がない、と思っていたのだが、せっかく魔法がある世界に転生したのだから、興味がないと言えば嘘になる。

どうやらとてもファンタジックなこの世界には11種類の属性に細分化された魔法が存在し、人間だろうがエルフだろうが魔物だろうが生まれつき得意な魔法の属性というものは決まっているらしく、試しに魔法鑑定士という職業の人間を父に頼んで呼び出し俺の魔力を測定してもらったところ、俺には闇属性の魔法への適性があるらしいと判明した。ちなみに父も母も闇属性の魔力持ちであったらしく、俺のついでにと一緒に測定してもらった妹のマリーだけが我が家で唯一の光属性の魔力の持ち主だった。母の不倫相手からの遺伝だろうか。まあ、親の属性が子に遺伝しやすいとはいえ絶対確実に受け継ぐわけではないらしいので、それだけではなんとも言えないことだが、少なくともあの父は『やっぱり俺の子じゃないからか！』と気に入らないだろうな。

また、この世界では魔法を学ぶためにはきちんとした学校に行くか、未就学児は金を支払って自宅に家庭教師を呼んで習うのが一般的らしく、ここはバカ息子らしくパパにおねだりして闇属性の魔法が使える家庭教師を呼んでもらうことにした。

しかし、11種類も属性があるというのに、適性があるのは闇属性一つだけとか、俺って本当に主人公なのだろうか。

この手の転生チート（異世界転生する際に、手違いで死なせてしまったお詫びだとかで神様から与えられる超絶すごいインチキ能力）を持っているのが当たり前な主人公ならば、ここで11種類全ての属性に素晴らしい適性があるとか、存在しないはずの12番目の属性の持ち主だとか、あるいは全ての属性への適性が一切ない代わりに、全ての魔力を無効化できる無効化能力がある、みたいなありきたりの王道展開があってもおかしくはないだろうに。

とはいえ、後天的な努力ではどうにもならない先天的な事情に文句をつけてもしょうがない。人間とは生まれながらに不平等であり、人生は配られたカードで勝負するしかないのだ。とにかくその家庭教師とやらを探すまでにしばらく時間がかかるらしいので、その間に俺は、家の中の大掃除、具体的にはメイドたちの大規模なリストラと、再雇用を行うことにした。

おいおい、いきなりそんなことができるのか？　と思われるだろうが、成金バカ息子ならできるのだ。ここは剣と魔法のファンタジーな異世界。法律関連は現代日本のそれとは大きく異なっており、労働基準監督署なども存在しないファジーな世界。

試しに『大好きなパパあ！　僕ちんメイドに殺されかけたので、メイドなんてもう見たくもないでブヒ！　屋敷にいるメイド全員クビにしてくれなきゃパパのこと嫌いになっちゃうかもしれないでブヒ！』とおねだりすれば一発だった。それでいいのかゴルド家。

そんなわけで屋敷の中の人員を大幅入れ替えすることにしたのだが、とはいえ本当に全員を解雇すると屋敷の中のことが回らなくなってしまうので、例の暗殺者っぽい青髪メイド長と、親父の愛人ではないメイドたちのうち、まだまともそうな娘だけを残し、あとは全員解雇した。

自分は当主の愛人なのだから仕事なんかしなくていいと勘違いしている奴、露骨にやる気のない奴、サボり・盗み聞き・窃盗などの前科のある奴、妹につらく当たっていた奴などを次々と解雇し、新規にまともなメイドや執事などを高給を餌に募集。日本だろうが異世界だろうが、やはり金の力というものは強かったようで、1週間ほどで十分な人材が集まった。

それからまるで物置か倉庫のようであった妹の軟禁部屋を改装し、虐待まっしぐらであった妹の待遇を劇的に改善させ、物理的にも人間関係的にも、屋敷の中の風通しを著しくよくした結果、俺が前世の記憶を取り戻す前に比べ遥かにまともで居心地のいい屋敷に生まれ変わったというわけだ。

当然バカ息子の気紛れ一つであっさり解雇されてしまったメイドたちからは恨まれただろうし、それに伴う悪評も相当街で流されただろう。だがこの国では強引な売りつけや悪辣《あくらつ》な高利貸しなどを平然と行う悪徳商会として、もうとっくに蔑まれたり恨まれたりしているらしいことが判明したゴルド商会の評判の悪すぎる女好きのバカ息子という時点で悪評は既にたっぷり広まっているのだから、今さら悪名の一つや二つ増えたところで構いはしない。

◆◇◆◇◆

さて、そんな感じで周囲の人間関係を整理整頓していると、父親から俺専属の護衛を新たに雇わないか、という話が出た。溺愛する息子がメイドに階段から突き落とされたのだ。それを止められる護衛があの時傍にいれば、と思うのは自然なことだろう。

俺としても盗賊だの強盗だの魔物だのが容易《たやす》く人を殺す物騒なファンタジー世界で、いざという時の身の安全が確保できないのは恐ろしい。そんなわけで、この国に存在している冒険者ギルドとやらに連絡し、腕の立つ冒険者の中から護衛の仕事に就いてくれそうな人材を回してもらうことにした。この手のロールプレイングゲームやライトノベルなどではありがちな存在である冒険者ギルドが、案の定というかなんというか、都合よく存在してくれていて助かった。

さすがは昨今流行《はや》りすぎてもうウンザリだと思われるぐらい飽和状態にある異世界転生モノ。ご都合主義満載でこちらとしては非常に助かる。

それにしても、この世界のことをいろいろと調べていて分かったのだが、この世界では文明が結構発達しており、雷属性の魔法による電気、火属性魔法による疑似的なガス、水属性魔法による水道が普通に街中に通っており、中世ヨーロッパ風の建物が並んでいるというのに普通にノブを捻《ひね》ればお湯が出てくるような現代日本風のお風呂にシャワーなどが当たり前に存在し、洋式トイレは水属性魔法でウォシュレットまで完備されていることには驚いてしまった。本当に都合のいい世界だな。こちらとしては非常に助かるので文句はないのだが、まるで中世というよりは現代欧州の街のようだ。前世で海外旅行には行ったことがないのだが、おそらくこんな感じなのだろう。

それなのに街では自動車の代わりに馬車が走り、書き物をする時にはインク壺に羽根ペン。空にはSF映画のような飛空艇やワイバーンが飛び交い、街中の定食屋では米や味噌や醤油や緑茶なんかの和食が普通に食されているという、チグハグな世界観なのだから本当によく分からない。時代考証もへったくれもないな、ほんと。

まあいい。都合が悪いよりは都合がいい方が、この世界で暮らしていく分には助かる。俺はそこまで中世ファンタジー世界について詳しいわけじゃないし、こだわりがあるわけでもない。結局環境や状況に流されているだけなのは、前世でも現世でも変わらないのな。

一体俺って、なんのために転生したんだろうか。転生したいなんてこれっぽっちも思ってなかったのに、なんの説明もなくいきなり異世界に放り込まれて惰性で生きて。

俺はここで、何をすればいいのだろう？

第2章　女嫌い、人を雇う

悩んでいても時は俺を待ってはくれない。そんなこんなで護衛決めをする日がやってきた。

「諸君、本日はよく集まってくれた！　早速だが、諸君らが私の命を預けるに相応《ふさわ》しい人物であるかどうかを見極めるべく、選抜試験を行わせてもらう。曲がりなりにも、商人の息子なものでね。諸君らという商品の価値を、私の目で直に判断させてもらいたい！」

下手な小学校などよりも広大な敷地内に建つゴルド邸の広い庭に集まったB級冒険者たち。ちなみにこの世界の冒険者には上はSから下はEまでのランク制度があり、A級以上は個人の護衛などやらなくとも一生遊んで暮らせるだけの金貨を稼いでいる者がザラであったり、名門貴族のお抱えになったりする者が多いので、うちのような成金商会にはまず来ないそうだ。

S級冒険者ともなればさらに単身で一国の軍隊とも渡り合えるほどの強大な実力を持っているらしく、それぞれの国にいるS級冒険者の数はこの世界では国の威光を示すステータスにさえなっているのだとか。逆にDランク以下は何年も冒険者をやっているのに芽が出ない、てんで使い物にならない木っ端冒険者たちとか、まだ未熟な新人たちがくすぶっている層らしいので、よほどの青田買いでも狙わない限りはあえて採用しない方が無難だな。

そんなわけで、今回集めたのはC級からB級辺りで燻《くすぶ》っている、もうそろそろ冒険者としては己の才能に限界を感じているため引退するか、定職に就きたいと考えているであろう連中だ。その中からさらに少しでも質を上げるために募集をB級冒険者に絞った。金ならいくらでもあるからな、なーんて、前世の貧乏社畜の頃にはとてもじゃないが言えなかった台詞《せりふ》だ。

さて、集まってもらった時点で、既に試験は始まっている。ガキが何生意気言ってやがんだ、みたいな目で見てくる奴は失格。雇用主が目の前にいるというのに、あからさまに姿勢が悪かったり身なりがしっかりしていない奴も失格。うちは商会なのだ。いかにもなゴロツキ崩れのチンピラを取り巻きにしているようでは、客商売にならないだろう？

商売の基本は信用第一。第一印象が大切なのは、前世でも現世でも変わらない。会社の面接試験に私服でよいとの通達もないのにスーツで来ない奴とか、面接官の前でどっかりと椅子にふんぞり返って座ったり、だらけて座ったりしている奴ぐらいあり得ない。よってこの時点で結構な数のふるい落としが始まる。やはり冒険者稼業というのはヤクザな商売なのだろうか。

「君と、君。それから君と君。二次試験をするので私についてきてくれ。残りの者たちは残念ながら、今回は不合格だ。諸君らの今後の成功と活躍を祈る」

「おい！　そっちの都合で来いっつったくせにいきなり帰れとか、何様のつもりだ！」

ガラの悪そうな男が、いきなり凄んでくる。うわあ、すごくチンピラ臭い。大方金持ちのバカ息子丸出しの8歳児に大口を叩かれムカついたので、少し脅しつけてやればビビって言うことを聞くようになるとでも思ったのだろうか。

「ローリエ」

「かしこまりました、坊ちゃま。皆々様方、素直にお引き取りいただけない場合は、申し訳ありませんが実力行使をさせていただきます。これも坊ちゃんの身の安全をお守りするための措置でございますので、どうか平にご容赦を」

念のため、俺の背後に控えてもらっていた青髪メイドから、ブワ！　っと殺気が迸《ほとばし》る。ただそれだけで俺に因縁を付けてきた冒険者の男は息を呑んで身を竦《すく》ませてしまい、身動きが取れなくなってしまったようだ。自分で命じておいてなんだけど、やっぱこの人あきらかに堅気の人間ではなさそうだ。おっとそれから、先ほど一次試験の合格を告げた4人の護衛候補者たちのうち、一人の若者がメイド長から放たれる殺気に怯えてしまっている。彼も失格だな。しかし、ベテラン冒険者を殺気だけでビビらせるとは、本当に何者なんだろうな、このメイド長。

「試験の手間が省けてちょうどよかった。君と君、それから君は、次の試験に進んでもらう。どうやら君は、ここまでのようだ。縁があればまた会おう」

そんなわけで、俺の護衛候補として残った冒険者は3人。

いかにも冒険者ギルドや酒場で物語の主人公やヒロインにウザがらみしてワンパンで倒され

てしまいそうな、噛ませ犬っぽいオーラがプンプン漂うハゲ頭の筋肉質な中年男性と、仏頂面で目つきの悪い、それなりに歳のいってそうな、黒毛のイヌ科の獣人男性。そう、獣人なのだ。

この世界には獣人がいるのである。本物の獣人を初めて目にした俺は内心感動しつつ、つい彼の外見をジロジロ眺めそうになってしまう。本当に顔の造形は犬のようだし、全身毛皮に覆《おお》われている。一体人体構造はどのようになっているのだろうか。着ぐるみともまた違う、不思議な感覚だ。触ってみたい、と感じてしまったが、犬扱いしてしまっては失礼だろう、と自重する。前世、俺は動物が好きだった。動物は人間を容姿で差別しないからな。

そして最後の一人は、あきらかに一人だけ纏《まと》っている雰囲気の異なる、勝ち気そうな赤髪の美少女剣士だった。間違いない、彼女はヒロイン的な何かだ。最近気付いたのだが、この世界には赤や青や緑といった、カラフルな色の毛髪の持ち主がいる。そしてそれは、この世界基準でもとても珍しいことらしい。しばらくこの世界で生活していて分かったのだが、基本的にこのファンタジー世界の人間は金髪か茶髪がデフォルトであり、そんな世界でカラフルな髪色をしている女性というのは非常にレアな存在であるようだ。

そんなあからさまに『私は他のモブとは違う、物語の主要人物です！』と主張せんばかりの派手な赤髪を持つ長髪の美少女剣士が、やけに露出度の高い装備で露骨に巨乳をアピールするような感じでチラチラとこちらに色仕掛けを仕掛けてきているのはなんというか、あざとい。

前世の記憶を取り戻す前の、典型的なかわいい女の子大好き人間だった萌え豚野郎のホークのままだったら、見た目だけで彼女を即採用していただろうな、という感じだ。

おそらく彼女自身も、バカで好色と評判のドラ息子なんぞ、ちょっと肌をちらつかせてやれば容易く篭絡《ろうらく》できるだろう、みたいな魂胆で攻めているに違いない。だが悲しいかな、実際その通りだったのはつい先日までの話。残念だったな。前世の記憶に覚醒した結果、全く正反対の女嫌いとなった俺に、その手は完全に逆効果なのだよ。

しかし正直、なんとも言い難い茶番感がそこはかとなく漂っているな。これが深夜アニメなどであったならば、いかにもやられ役！　といった感じのハゲたおっさんと、イヌ科の獣人おっさんと、赤髪の美少女の３人が残った時点で既に彼女の内定は確定しているようなものだ。

この手の異世界転生モノの作品の場合、なんの努力も苦労もなく、神様から与えてもらった絶大なインチキ超能力、いわゆるチート能力によって世界最強の存在となった主人公が、その力で絶体絶命のピンチや命を救った結果主人公にベタ惚れになるかわいい美少女たちに囲まれ、モテモテウハウハのウキウキ新生活を始めるのがお約束みたいなものだからな。

『おいお前、女嫌いと言いながら結局は「やれやれ俺は女が嫌いなのだがな」と言いつつ実際には女子中学生から女子高生ぐらいの年齢の美少女たちを侍《はべ》らせてデレデレするのかよ気持ち悪いぞ』と思われてしまっても無理はないぐらいには、この手の異世界に転生する話におけるハーレム率というものの高さはネットでネタにされるレベルでありがちな展開と言える。

だが安心してほしい。彼女を採用したいとはこれっぽっちも思わない。見た目は8歳児、前世ではアラフォーだった男が、さすがに自分の娘ぐらいの年齢でもおかしくはない、まだ女子中学生ぐらいの年齢の少女に欲情したりはしないし、何より護衛を雇うのに見た目のかわいらしさだけを基準に一本釣り！　なんてバカな真似はしないだろ、普通。

確かに彼女はまだ若いながらも、B級冒険者にまで昇り詰めるだけの実力があるのだろう。正直B級がどれだけすごいのかと言われても俺には実感できないが、40代50代のおっさん冒険者が万年D級やC級で燻り続けていることもあると言うのだから、それなりにすごいことであるのは間違いない。

それでも、まだ10代前半ぐらいの少女に一方的に守られるというのは、精神的に抵抗がある。この手の我が強そうな女は、正直苦手だってのもあるし。

「では君から順番に、一人ずつ名前と特技を教えてくれ。君たちを雇うことで、私にどんなメリットがあるのか。君たちに何ができるのか、それを知りたい」

「バージルです。以前は厩舎《きゅうしゃ》で働いてやした。馬の扱いなら任してくだせえや。多少の暴れ馬ぐらいなら、自慢の筋肉でどうとでもしてやりやすぜ」

「オリーヴ。傭兵上がりだ。護衛の仕事は何度か経験がある」

「ハイビスカスだ。剣と火属性の魔法なら誰にも負けねえ」

なるほど、人相の悪い筋肉ハゲのおっさんがバージル、寡黙《かもく》そうな黒毛のワンコおっさんがオリーヴね。ついでに赤毛の彼女はハイビスカスと。なんだかこの世界、植物の名前がついた人物が多くないか？　妹はマリー・ゴルドだし、メイドもローリエだ。そういう世界観なのだろうか。俺はホークであの豚親父はイーグルだから、植物縛りというわけではなさそうだが。

「では取りあえず、私についてきてくれ」

「分かった」

「分かりやした」

「了解した」

3人＋青髪のメイド長・ローリエを引き連れ、ブラブラと屋敷の中を歩き回る。いかにも成金趣味といった感じの内装が目立つ、正直悪趣味な豪邸だが、俺は別段それが悪いこととは思わない。父が稼いだ金で父が自分好みにコーディネートしているのだから、どんなに悪趣味だろうがそれは彼の勝手だからだ。だが赤髪の美少女にとってはそうではなかったようで、露骨にこの成金野郎が、と軽蔑するような表情になっている。逆にバージルの方は心底羨ましそうな、物欲しそうな顔だ。オリーヴは内装の方はどうでもよさそうに、屋敷内の構造を確認せんとあちこちに視線を向けている。なるほど、護衛の経験があるというのは本当のようだ。

ひとしきり屋敷の中をブラついたあとで、最後に到着したのは食堂だった。あらかじめゴルド家に仕える料理長に命じ、些《いささ》か早い昼食の用意をさせてある。今の時刻はだいたい午前10時ぐらいだが、食堂内には既に美味《うま》そうな匂いが漂い、俺が無言で席につくと、美味そうな料理が湯気を立てて運ばれてきた。分厚いステーキにソテーされた野菜、こんがりキツネ色に焼き上げられたパンがバスケットに山盛りにされ、具だくさんのスープはトマト味。

レストランで食べればかなりのお値段になるであろう豪勢な昼食を、俺は彼ら3人の目の前で黙々と食べ続ける。どうやら贅沢《ぜいたく》というものを嫌悪しているらしき赤髪の美少女はどこか怒りさえ感じているかのような形相になり、ハゲおっさんのバージルは涎《よだれ》でも垂らしそうな羨望の表情を浮かべ、イヌ科獣人のオリーヴは相変わらずの無表情。俺がローリエに目配せをすると彼女は給仕のメイドたちに指示を飛ばし、指示を受けた彼女らは厨房の方に向かっていった。

「今から君たちにはここで食事をしてもらう。商会の跡取り息子である以上、今後私は会食に赴く機会も増えるだろう。それに同行してもらう君たちにも最低限のテーブルマナーぐらいは覚えていてもらわねば困る」

なんて言いながらも、実際の俺のテーブルマナーだって大したことはないのだが。

「了解した」

「ああ、そうかい。アンタが食えってんなら、アタイは食うけどさ」

「いやあ、さすがはゴルド商会の若旦那さんだ！　こんな豪勢なタダ飯滅多に食えるもんじゃねえですぜ！　いよっ！　太っ腹！」

雇い主になるかもしれない相手をアンタ呼ばわりするのか、という驚きよりもまず一人称がアタイの女が実在している事実に驚かされる。すごいな異世界。メイド長に促されるまま並んで座らされた3人の目の前に、先ほど俺が食べたものと同じ料理が順番に運ばれてくる。赤髪の彼女は無難に食べ始めた。なんだかとても不本意そうに食事を口に運んでいる。

見た目が粗暴そうなハゲおっさんのバージルは、案の定というか四苦八苦しているようだ。だが、美味《おい》しそうに噛み締めながら、ゆっくり味わって食べている。

イヌ科の獣人のオリーヴは、テーブルマナーも完璧らしい。食事中も表情は崩れないのがプロフェッショナルの護衛っぽいな。黒いスーツを着せてあげたらとてもよく似合いそうだ。顔の造形が犬だが、食事は問題なく人間と同じようにできているのが興味深い。

「食事の途中で申し訳ないが、次の試験に移りたく思う。３人とも、私についてきてくれ」

さてと。あえて次はコースのメインである肉料理が運ばれてきそうなタイミングで、それを取り上げてみたら彼らはどう反応するだろうか。赤髪の彼女はどこかホッとしたような顔で椅子から立ち上がり、ハゲおっさんのバージルは露骨に残念そうな顔。ここまで期待させといてそりゃねえですぜ旦那！　みたいな恨めし気な目でこちらを見てくるが、正直でよろしい。

黒ワンコは相変わらずのポーカーフェイスだ。言動も態度も傭兵というよりはどこか軍人めいていて、アマチュア臭のする他の2人とは雰囲気が異なる。あの犬は当たりかもしれない。

俺たちは再び最初に集合してもらった庭へ戻り、3人には横並びに整列してもらった。短い間ながらも、それとはなしに彼らの人間性めいたものが少しは見えた気がする。

「オリーヴと言ったか。君は採用だ」

「感謝する。期待に添えるよう努めさせてもらう」

「それから君。名前はなんと言ったか」

「バージルです、バージル」

「そうか。ではバージル。君も採用しよう。力仕事は任せていいんだな？」

「やったぜ！　へへ、任せておくんなせえよ、坊ちゃん！」

「最後に君。残念ながら、今回は不採用とさせてもらう。またどこかで縁があれば、その時はよろしく頼む」

「待ってくれよ！　なんでアタイだけ⁉」

案の定食い下がってくるな。よほど自分の魅力に自信があったのだろうか。そのわざとらしく露出度の高い服で巨乳をアピールする姿はお隣のバージルにはバッチリ効いているようなので、それが俺に通用しないことが不思議というか、不満なのかもしれない。

「先ほども言ったが、私は将来的に多くの商談や会食の場へ赴くこととなるだろう。そこへ君のような『私は金持ちが大嫌いです！』といった表情を隠せもしない護衛を連れていくことはできない。君が私たちを嫌おうと君の自由だが、それを隠す努力ぐらいはすべきだったな」

そうなのだ。彼女、俺を見る時も、屋敷内を歩いている時も、食事をする時も、常に『このクソボケ成金どもが！』みたいな、露骨に忌々《いまいま》しそうな顔で睨《にら》むような鋭い視線をあちこちに向け続けていたのである。さすがにそれは看過できない。金持ちが嫌いなのはいい。俺も前世ではそうだった。テレビで金持ちのお宅拝見番組などが始まると、無言でチャンネルを替えるぐらいには金持ちが嫌いだった。貧乏人のヒガミ丸出しだが、気持ちは分かる。

だが、金持ち相手に仕事をするうえで、それを隠しきれないというのはさすがにまずかろう。

「待ってくれ！　アタイには病気の妹がいるんだ！　あの子はまだ4歳なんだよ！　あの子のために金がいるんだ！　頼む、なんでもするからアタイをここで雇ってくれ！」

うん、知っているよ。冒険者ギルドから君たちを紹介してもらった際に、メイド長に頼んで並行して全員の身辺調査もしてもらったからね。君が適当な嘘を吐いているわけではないことは分かる。だからこそ君を心底採用したくはないのだけれど、採用しなければならないことも理解できてしまった。なぜならば、彼女の髪が赤いから。

彼女は露骨にこの世界におけるメインキャラクターだ。分かりやすく言うならば、物語のヒロインになり得る存在。病気の妹さんとやらも、彼女のキャラクター性を掘り下げるための要素なのだろう。そしてもしここで俺が彼女を採用せず、それによって金欠で病気の妹さんが助からずに死んでしまった場合、俺は高確率で悪役になってしまうだろう。

彼女が涙ながらに『ホーク・ゴルドの冷血クソ野郎！　アイツのせいでアタイの妹は死んじまったんだ！』と語る悲しい過去回想を経た物語の主人公が、悪役である俺を成敗しにやってくるに違いない。現実と創作物を混同しすぎてはないか？　と思われるかもしれないが、轢き逃げにあい死んだと思ったら異世界に転生していた時点で、現実感なんて皆無のこの状況。

剣と魔法があり、魔物が存在し、飛空艇やドラゴンが空を飛んでいるような世界なんだぞ？　これのどこが現実的なんだ？

「頼む！　この通りだ！」

焦った彼女はプライドを投げ捨てて土下座を始めてしまった。そうなのだ、いかにも日本人ではない彼女が土下座なんて文化を知っている時点で、既にフィクショナルなのだ。

「頼む！　お願いします！　どうか！」

先ほどまでの、俺のことをナメ腐った態度はどこへやら。懸命に土下座を続ける彼女を、バージルが可哀想に、みたいな眼差《まなざ》しで見下ろしている。オリーヴはこんな時でも無表情だ。俺も女嫌いとはいっても、さすがにこんな年端もいかぬ女子中学生ぐらいの少女のこんな姿を見せつけられてしまっては良心が痛む。守りたいもののためにプライドを投げ捨ててでも、必死になって縋りつく姿を誰が見苦しいなどと嘲《あざわら》うことができようか。

「靴でもなんでも舐《な》めるよ！　アンタが愛人になれってんならなる！　だから！」

「……愛人は結構だ。いいだろう、君を採用する」

「ほ、本当か⁉」

「ここで嘘を吐くほど、悪趣味な人間ではないよ俺は。君には俺の妹の護衛を任せよう」

ポカンとした表情で俺を見上げる彼女から一歩下がり、背を向ける。我ながら意地が悪いな。だがこれで彼女は俺に必要以上に恩義を感じたり、まして好意を寄せたりなどはしなくなるに違いない。女性とはあまり、必要以上に関わり合いになりたくないからな。この少女が嫌いなわけではないのだが、やはり前世の苦い記憶が疼《うず》いて、どうしても落ち着かないのである。

「3人とも、俺についてきてくれ。それぞれの仕事について説明する」

そんなわけで、護衛を3人雇うことになった。3人の中から1人だけを選ばなくてはならない、という制約はないからな。3人が3人使えると判断したならば、3人とも雇ってしまってもなんら問題はない程度には、ゴルド家は金持ちなのだ。前世で勤務していた、派遣社員一人雇うのにも社長が渋るような、どうしようもない底辺ブラック工場と比較するまでもなく、いきなり人を3人も雇用しても全然平気とか、金持ちってのはいいな、本当に。

◆◇◆◇◆

「マリー、こちらハイビスカス嬢。今日から君の護衛になる女性だ」

「わたくしの、ですか？」

「ああ。彼女に不服を感じたらそう言え」

「いいえ、いいえ。不服など、とんでもございませんわ、お兄様。ただ、わたくしごときに護衛だなんて、おそれ多くて」

「娘に護衛一人就けられないような家だと思われては、ゴルド商会の名に瑕《きず》がつく」

「そう、ですか。分かりました。ありがとうございます、お兄様」

「君のためではない。御家《おいえ》のためだ」

「承知しております」

筋肉ハゲおっさんのバージル、実は犬でも狼でもなく山犬獣人だった軍用犬おっさんのオリーヴを俺の護衛として採用したついでに、赤髪の女冒険者・ハイビスカスも拾い上げた俺は、とにかく身近に女性がいると落ち着かないので、彼女を妹の護衛として宛《あ》てがうことにした。

幼い病気の妹がいるというハイビスカスからすれば、俺の妹へのツンケンした態度が気に食わないようだが、ここでまた一悶着起こしたりすれば即解雇されると理解しているからか、さすがにそれを表に出すことは避けたようだ。学習しているようで何よりである。俺のことが嫌いな者同士、適当に仲よくしてくれれば双方のためにもなるだろう。

病気の妹がいるぐらいなのだからいくら金持ちの娘とはいえ幼女にはやさしく接するだろうし、虐待めいた境遇から救い出されたとはいえ、いまだ不義の子として父に冷遇され風当たりの強い立場にさらされてしまっているマリーも、愚痴をこぼせる話し相手がいれば少しは気も晴れるだろう。2人して俺や父への悪口で盛り上がるなりなんなりしてくれれば御の字である。

そんなこんなで屋敷の中の人間を大幅に刷新し、新たに護衛を3人も雇い、物理的にも精神的にもとても風通しのよくなった我が家で新生活を始めた俺の前に現れたのは、またしても髪の毛の色が奇妙な美女だった。

◆◇◆◇◆

「王立学院大学部より参りました、大学生のミントと申します。風属性魔法に適性を持ち、闇魔法にも少々ですが適性を持っております」

「ホーク・ゴルドです。魔法を習いたくてあなたをお招きしました」

風属性の魔法使いなのに、髪の毛の色が緑ではなく、紫なのはなぜだろう？　思わずそんな疑問を抱いてしまうような、いかにも天然ボケのおっとりとしたやさしいお姉さんじみた眼鏡で巨乳の女子大生が、どこか間延びしたようなのんびりとした口調で、恭《うやうや》しく一礼する。

場所は我が家の応接室。俺の座るソファの背後には護衛となった山犬獣人のオリーヴが軍人さんめいて立っている。もう一方の護衛であるバージルには屋敷の力仕事の方を任せているため、この場にはいないが、俺が呼び出せばすぐに駆けつけてきてくれるだろう。２人に交互に護衛を任せるようになり、室内に護衛がいるという前世では馴染みのなかった状況にも少しずつ慣れてきた頃、満を持してやってきたのがこの思春期の男子中高生が抱く『こんな家庭教師のお姉さんが来てくれたらいいいな！』みたいな願望や妄想をそのまま絵に描いたような、巨乳の美女というわけだ。正直に言おう。少しも嬉しくない。

しかし、『チェンジ！』と叫ぶこともできない。今すぐに派遣できる闇属性魔法が使える魔法使いは彼女しかいないと、冒険者ギルドの方から断言されてしまったからだ。この世界には冒険者ギルドの他にも魔法使いが集まる魔術師ギルド、研究者たちが集まる学者ギルドなどがあるのだが、いずれにも彼女以外の闇属性魔法の使い手を派遣してもらうことはできなかった。

そのため今ここで彼女を追い返してしまうと、魔法の習得が大幅に遅れてしまう。そもそも魔法の属性が11種類もあるせいで、闇属性魔法を使うことができ、なおかつそれを他人に教えられるほどの知識や余裕がある者が少ない、というのが現状なのだそうだ。この国には義務教育がなく、学校というのは金を持ってる奴がわざわざ金と時間をかけて子供を入れる特別な教育の場であり、平民の子供はだいたい10歳ぐらいから働き始めるのが普通であるという。

ちなみに11種類ある魔法の属性というのは、火・水・風・土・光・闇という分かりやすいものから雷・氷・木・金という微妙に五行思想が混じったものまであり、中でもよく分からないのが時属性というものだ。時間という概念が、自然属性に含まれているとはなんとも不思議なものだが、この世界では特に疑問を抱かれることもなく認知されているらしい。

それはさておき彼女の適性属性は風属性であるにもかかわらず、闇属性にも少しばかり適性を持っているおかげで闇属性の魔法が使えるという理由で今回彼女が抜擢されたらしい。ただ単に金持ちのバカ息子の相手をさせられるのが嫌で、みんな適当な理由をつけて逃げてしまった可能性もあるが。

別に今すぐに急いで魔法を習得できなくてもいいじゃないかという気持ちと、目の前に魔法という面白そうな玩具をぶら下げられたのに手を伸ばした途端に取り上げられてしまいそうになって焦る気持ち。その両方が俺の中でぶつかり合って、最終的には『しょうがない、彼女で妥協しよう』となったのである。仕事上での付き合いになるのだから、給金を受け取る以上、彼女だってその辺りは弁《わきま》えているはずだろうし。

「あの、ところで、親御さんはいらっしゃらないのですか？」

「父は仕事で、我が家に母はいないもので。家庭教師の件については全て俺に一任されています。ご不満ですか？」

「まあ、そうなんですか？　まだ小さいのに、すごいですねえ」

すごいで済ませてしまっていいのだろうか。まあここで細かいことをグチグチと言い出さない辺り、彼女は比較的アタリの部類かもしれないし、ここで『不満なので帰ります』と言われてしまってもそれはそれで困るので、納得してくれたのならそれでよい。

「それで？　まだ小さい子供が相手ですが、契約していただけますか？」

「もちろんです。私はそのために来たわけですから」

「ではオリーヴ、彼女に契約書を」

「了解した」

羊皮紙ではない紙の契約書に羽根ペンでサインをしてもらい、晴れて契約完了だ。

「よろしくお願いしますね、ええと……」

「ホークです。ホーク・ゴルド。敬語はいりません」

「それでは、これからよろしくお願いしますね、ホーク君」

「よろしくお願いします、ミント先生」

この世界、平民には名字がない。名字がないということは、必然的に名前で呼ばなければならない。うーん、不便だ。特に親しいわけでもない女性を下の名前で呼ぶなんて経験、前世では全くなかったから違和感しかないぞ。

現世では当たり前のように初対面の相手を名前呼びして、『僕ちんの愛人にしてやってもいいブヒよ！』などと自分がやっていたなどとはとてもじゃないが信じられない。

前世の記憶を取り戻すまではあんなにも女好きだったという記憶はあるのに、今は他人事のようにそんな以前の自分を冷たく客観視している自分がいる。

まあいい、今はそれより魔法だ。とはいえ闇属性魔法と一口に言っても闇の刃を作り出して敵を物理的に攻撃する魔法から、精神に作用するもの、重力を操るものまで幅広くあり、あまりよい評判を聞かないどころか、8歳児のくせに最低最悪のセクハラ魔だとか人間のクズだとか、そういったよろしくない悪評ばかりが広まっているような人格に難ありの8歳児を相手に、何から教えたものかとミント先生は悩んでしまったらしい。

まあ、その心配は分かる。成金のクソガキ肥満児に下手に攻撃魔法でも教えようものなら、絶対調子に乗って悪用するに決まっていると思われるだろうからな。いくら俺がそんな愚か者ではないと口先だけで言い張っても、はいそうですか、と信用はできないだろう。

とはいえ、だからといって家庭教師なのに何も教えないというのも職務怠慢になる。故に、最初は座学から始めることにしたらしい。いきなり実践に踏み切らないのは正解だと俺も思う。

応接室から場所を変え、ゴルド邸の広い庭に出る。空は快晴、芝生は緑。屋外ならば万が一魔法が暴発事故を起こしても被害は少ないだろうと考えてのことだ。

「ええと、この世界にはエレメントと呼ばれる、目に見えない物質が空気中に含まれていて、私たち魔法使いはそのエレメントから魔力を引き出し自分の体を通してそれぞれの適性属性に魔力を変換することで、魔法を行使するんですね。私の体内に入ったエレメントは、風か闇の魔力に変換され、出力されます。だから私は適性を持つ、風と闇属性の魔法しか使えません。私の体に入った時点で、エレメントは風か闇に自動的に変換されてしまうからです」

「なるほど。そのエレメントとやらは、あくまで魔法を利用する際の燃料となるものであり、体に取り込んだ時点で自動的にそれぞれの資質に応じた属性に変化してしまう、と。それはどのように空気中から引き出し、体内に取り入れ、出力するのですか？」

「呪文を使って変換します。それじゃあ今から小さな風を起こしますね。ミントの名において命ずる。風よ吹け。小さく吹け」

ミント先生が人さし指を立ててスッとそれを振ると、それまでは無風だったのに、扇風機の弱風のような心地よい風が吹いた。それは自然風とは異なり、あきらかに俺を中心に渦を巻き、やがて霧散する。すごいな、本当に魔法だ。魔法のある世界に転生したんだな俺。ちょっと感動。

「魔法を発動するためには、エレメントから魔力を引き出すための引き金となる言葉、魔法で何をしたいのかをエレメントに伝達するための言葉の、2つの言葉を組み合わせる必要があります。これを、呪文と言います」

「なるほど」

「呪文はある程度自由に応用することができて、最後に、どのように発動したいかを付け足すことで、威力を調整したりすることもできるのですが、最初のうちはまずは2つの言葉を組み合わせた簡単な初歩の呪文から練習していくのがいいのではないでしょうか。もちろん、いきなり危険な魔法を使おうとしてはいけません。闇属性でしたら、手の平の中のものを闇で覆い隠して見えないようにするとか、闇のベールで日除けを作るとか、そういった危険性の低いものから試していくのがよいと、先生は思います」

そう言いながら、ミント先生は鞄から取り出した1冊の書物を俺に手渡してくる。

「こちらは私が初等部の頃に使っていた闇属性魔法の参考書です。こちらをお貸ししますので、まずは闇属性魔法にどんなものがあるのか、闇属性魔法でどんなことができるのか、ホーク君自身がそれを使ってどんなことをしたいかなどを、一緒に学んでいきましょう」

「はい先生。ありがとうございます」

「約束してほしいのは、決して一人で魔法の実技練習をしない、ということです。不慣れなうちは自分自身の魔力や体内に取り込んだエレメントの制御が覚束ないせいで魔法が暴発したり、暴走したりといった不幸な事故が起こる危険がありますので。それを止められる大人が傍にいないと、魔法がホーク君自身のみならず、ご家族や建物を傷つけかねません。絶対に軽率な気持ちで、一人で魔法を使おうとしないと、約束できますか？」

これは俺に限った話ではなく、王立学院とやらに入学するまで魔法を碌に使ったことがない生徒が入学試験や授業で魔法を暴発させて、騒ぎになるのは毎年の恒例らしい。平民たちの中にも魔法の暴発事故や子供同士の喧嘩から魔力の暴走に繋《つな》がって、時には死傷者が出ることさえあるのだという。そうなってしまえば、傷つけられた側も傷つけてしまった側も、不幸にしかならないだろうからな。真剣な面持ちで俺を見つめてくるミント先生は、いい先生だった。

「分かりました。決して一人では練習しないと約束します。一人ではない、といっても、護衛のオリーヴが傍にいる時などは、どうですか？」

「俺も一応は金属性魔法の使い手ですので、もしもの際は対処できるかと。最悪、坊ちゃんを気絶させてでも止めますよ」

「それもあまり褒《ほ》められた手段ではありませんよ？　無理矢理術者を気絶させたところで、一度発動してしまった魔法は制御を失い暴走するだけですから」

「では、子供が魔法や魔力を暴走させてしまった時の対処法をお教え願えますか。坊ちゃんに何かあった時に、自分たち護衛が何もできない、では困ってしまいますから」

「分かりました。では授業が終わったあとで、オリーヴさんにも特別授業、ですね」

「追加料金が必要であればお支払いしますので、俺からもお願いします」

なるほど、確かに冷静に考えてみれば、魔法とは言葉一つで簡単に人を殺せる力だ。それが制御できずにぶちまけられたり、子供の喧嘩に用いられたりしたら、大変なことになるのは目に見えている。物騒だな魔法。当然と言えば当然だが、呪文一つで簡単に人を殺せてしまえる力をこの世界では誰もが持っているとか、冷静に考えると恐怖でしかないぞ。

「最初のうちは実技の練習は、ミント先生の監督下でしか行わない方がよさそうですね」

「そうしてもらえると先生は嬉しいです。魔力を暴走させてしまったり、頭に血が昇って我を忘れた子供は武力か魔法で鎮圧するほかありませんので。先生はホーク君がそんな風になってしまうところは、見たくありません」

「分かりました。先生の指示に従います」

「ありがとう、ホーク君」

◆◇◆◇◆

そんなわけで、ミント先生の指導の下、魔法を学ぶことになった俺だが、彼女は実に有能な教師だった。相手が子供だからと侮るでもなく、できるだけ分かりやすい言葉で噛み砕いて説明しようと一生懸命になってくれるし、質問をすれば納得のいくまでしっかり答えてくれる。

最初は女教師、それも女子大生のアルバイト家庭教師ということで、一体どうなることかと不安であったが、彼女に限っては余計な心配がなく済んで本当によかった。これはなかなかない先生に巡り合えたのではなかろうか。

「坊ちゃんは最近、魔法のお勉強に豪《えら》く熱心ですが、体の方は鍛えねえんですかい？」

「運動は面倒だ。なんのために君たち護衛を雇ったと思っている」

「だが、いざという時に走って逃げられるだけの体力はつけておいた方がいい。そればかりは、誰も代わってはくれないだろうからな」

「そうですぜ。最後の最後、追い詰められてどうしようもなくなったーって時にものを言うのは、結局のところ自分自身ですからねえ」

それに、とバージルがハゲ頭をボリボリ掻く。

「あっしらがもし裏切ったり、敵にやられちまったりしたら、どうなさるおつもりで？」

「その時は魔法でなんとかするさ。というか、裏切る予定があるのか？」

「そうならねえように努めやすすがね。あっしら冒険者みてえなゴロツキ稼業だと、騙し騙され裏切り裏切られは珍しいことじゃねえんで。信用してもらえるのは嬉しいが、あんま無警戒でいると、その隙に後ろからバッサリ、なーんてことになりかねやせんぜ？」

「そうか、ご忠告ありがとう。肝に銘じておくよ」

現在俺と護衛の2人は、庭で乗馬の訓練をしている。雷属性の魔法や火属性の魔法で動く飛空艇があるのに自動車がないという、よく分からない文明が発達したこの世界では、基本的に陸地での移動手段は徒歩か馬車か馬が主流なのだそうだ。外国には大陸横断鉄道というものもあるらしいのだがこの国にはないので、日本の若者が車やバイクの免許を取るような感覚で、馬に乗れるよう訓練するというのがこの世界の若者たちの間では自然なことらしく、ならばと前世・現世を合わせても人生初となる乗馬に挑戦することになったわけだが。

さすがに8歳児を一人で馬に乗せてもしょうがないので、山犬獣人のオリーヴが馬に乗り、俺がその前に座らされ、筋肉ハゲのバージルが馬の手綱を引きながら、ゆっくりと庭を歩く感じでグルグルと屋敷の敷地内を回るだけの、簡単な乗馬体験だな。

バージルは馬の扱いなら任せてくれと採用試験の際に豪語していた通り、ゴルド家の厩舎にいる金に飽かせて父が買い集めた上等な馬たちを上手い具合に手懐《てなづ》けてしまった。なるほど、確かに今彼がうちの馬を悪用して何か悪事を成そうとしたら、それを止めるのは難しいだろう。

彼は人相の悪い武骨な見た目に反し、気さくでいい奴だった。うるさい子供を嫌って怒鳴りつけたりぶん殴《なぐ》ったりしそうな風貌とは真逆に、俺みたいなかわいげのない肥満児相手でもごく普通の子供のようにかわいがってくれるし、女手の方が多かったこの屋敷で、率先して力仕事をこなしてくれるため、最初は遠巻きにしていた屋敷のメイドたちからも『顔はアレだけど結構いい男』などと評判になっている。俺も彼と雑談や世間話に興じているのは、前世で男友達と仲よくしていた時みたいで楽しいため、ついつい主従の垣根を越えて構ってしまうのだ。

逆に山犬獣人のオリーヴは、軍人然とした見た目通りの寡黙な堅物で、ほとんど俺の傍から離れず、屋敷の人間たちとも必要最低限の事務的な会話しかしないため、『愛想のない男』とバージルとは反対に屋敷のメイドたちから恐れられているようだ。護衛としてはそれでいいと思うので、あえて態度を改めさせたりはしない。

あと毛並みがすごくいい。許可を得て触らせてもらったところ、とびきり上等な毛布みたいな毛並みが癖になる心地よさだ。2人乗りをしている今も背後から支えられているので服の上からでも感じられるぐらいに彼の毛皮はフカフカしており、ポカポカ陽気と相まってなんとはなしに眠気を誘う。もちろん乗馬中に寝たりはしないが、その毛並みにうずもれて眠ることができたら気持ちいいだろうな、と思いを馳せてしまう程度にはモッフモフなのだ。癒《い》やし効果抜群、まさにアニマルセラピー、というのは獣人差別になってしまいそうなので言えないが。

「しかしまあ、君たちはいい買い物だったと思うよ。そうやってわざわざ忠告もしてくれるし」

「そりゃあ、坊ちゃんの身に何かあったら、今の生活がおじゃんになっちまいやすからねえ。賄《まかな》い飯も美味えし、給金もたっぷり弾んでもらえやすし、末永くお世話になりてえもんで」

「ははは。それなら、しっかり守ってくれよ」

「合点で！」

「そのつもりだ」

しかし、やはり男友達だけでつるんでいるというのは気楽でいいものだなとしみじみ思う。なんというか肩が凝らない。この世界に転生してから知ったことなのだが、どうやら何一つ不自由のなさそうな金持ちの家の子供というのも、なかなかにつらい立場であるらしいのだ。

父の会社に顔を出せば腫れ物扱いか、もしくは次期社長である俺に露骨に媚《こ》びを売ってくる連中に囲まれて気持ち悪いぐらいチヤホヤされるかで落ち着かないし、中には自分の子供をゴルド商会のご子息のお近付きにしたいと、まだ8歳の男児相手に下は6歳から上は18歳ぐらいまで、幅広く女をけしかけてくるのには正気を疑った。以前のホークであれば大喜びでそういった宛てがわれた女たちの尻を揉《も》んだり胸を揉んだりといった乱痴気騒ぎを楽しんでいたのだろうが、今の俺にとってはただただ気持ち悪いだけで、連中の正気を疑ってしまう。

それもこれも元はといえば、全部前世の記憶を取り戻す前の、バカで女好きでどうしようもないクズだったホーク・ゴルドの悪行の賜物なわけで。以前の俺を知る女たちから突然巨乳で顔を挟まれそうになったり、俺の方がいきなり下半身を撫でられそうになって、悲鳴を上げて逃げそうになったりと、倫理観もへったくれもあったもんじゃないひどい有様だったがために、護衛のオリーヴとバージルには早速大活躍してもらうハメになってしまったのである。『なんでもいい、俺に近づこうとする女はとにかく問答無用で片っ端から排除してくれ！』と。

当然、そんな俺の態度は以前のホークとはまるで別人なので、いろいろ噂になってしまった。心を入れ替えたのだとか、頭を打った拍子に記憶喪失になったのだとか、本当は階段から落ちた際に転落死してしまったので、今は影武者が代理を務めているのだとか、言われたい放題だがいちいち訂正して回るのも面倒なので、放置しておくことにした。どうやらメイドにセクハラを働いてビンタされた拍子に階段から落ちてしまったという不幸な事故は、メイドに階段から突き落とされ殺されかけたという殺人未遂事件として脚色され、面白おかしく世間に拡散されてしまったらしい。いつどこの世でも、無責任なゴシップはなくならないものだ。

とはいえそんな噂など俺の知ったことではないので、俺知ーらね！　という態度で極力女を遠ざけてもらっているうちに、いつの間にか騒ぎも沈静化していった。おかげで周りからは財産目当て、金目当てですり寄ってくるうるさい女の影が消えて、清々したぜ。

「そういや坊ちゃん、昨夜あっしんとこにハイビスカスが来やしてね。なんでも、坊ちゃんが馬に乗ってるのを見て妹さんも乗りたがってるらしいんですが、あっしの一存じゃあ許可を出せねえもんで。どうしやす？」

「許可する。ただし、あの子を一人で乗せるような真似はさせるなよ？　それから、うちの父にはくれぐれもバレないようにやるよう伝えておいてくれ」

「そりゃあもちろんで。6歳の嬢ちゃんを一人で馬に乗せるようなバカタレがいやがったら、あっしがぶん殴ってやりまさあ」

なんて談笑しながら乗馬体験を楽しんでいると、青髪のメイド長・ローリエが近づいてきた。

「坊ちゃま、お客様がいらっしゃいました」

「俺に客？　誰だ？」

「サニー・ゴールドバーグ様でございます」

「……そうか。応接室で待たせておけ」

「かしこまりました」

露骨に嫌な顔をして深々とため息を吐いた俺に、一礼して去っていくローリエと、不思議そうな顔をしているバージルと、どうでもよさげなオリーヴ。

「坊ちゃん、そのゴールドバーグってえのは一体、どちら様なんです？」

「俺の許嫁《いいなずけ》だ」

◆◇◆◇◆

サニー・ゴールドバーグ男爵令嬢、８歳。彼女は俺、ホーク・ゴルド８歳の許嫁である。

ゴルド商会をわずか一代で国内屈指の大商会へと成長させた成り上がり者の父は、最終的に貴族の仲間入りをすることが長年の悲願であったらしい。気持ちは分からないでもない。どれだけ大金持ちになろうと、商売で大成功しようと、この国での我が家の扱いは平民である。

貴族御用達《ごようたし》の出入りの商人になった今でも、あるいはそうなった今だからこそ、父の貴族コンプレックスはかなりのものだ。だが、爵位というのは金で買えるものではないからこそ価値があるもの。そうそう簡単に手に入ったりはしない。

よくこの手の異世界転生モノの作品では、主人公はチート能力で偶然都合よく窮地に陥っている王族のお姫様や貴族のお嬢様を助けるなどして、その功績をもって爵位を授与されたり、王族の婿に迎えられるなどのご都合主義的展開が繰り広げられるものだが、現実はそう上手くはいかないものである。そこで父が目をつけたのが、それなりの歴史を持つ家柄であるものの、現在は財政難により没落寸前のゴールドバーグ男爵家であった。

早い話が、多額の金を融資してやるから、うちの息子を男爵家の婿にしろ、と迫ったわけだ。

そしてゴールドバーグ男爵はその提案を受け入れた。爵位としては最下位とはいえ、それでも何代も続く貴族の末裔だ。ここで没落して御家の歴史に自分の代で幕を下ろしてしまうよりは、たとえ成金豚野郎に食い物にされてでも、男爵家の存続を望んだとしても無理はない。

そんな経緯で、サニー嬢はわずか8歳にして、御家丸ごと豚親子の玩具化が確定してしまった非常に可哀想な少女なわけだが、当然のようにホークとの仲は険悪であった。

というのも、全ては例によってホーク・ゴルドのやらかしが原因なのだが。

土属性魔法の使い手であり、自身は男爵家の庭でささやかなガーデニングを楽しむのが趣味だという彼女を、ホーク・ゴルドは初対面で『泥臭い、冴えない女』と罵《のの》ったのである。

それだけならまだしも『お前みたいなチンチクリンのブス女なんかとは死んでも結婚したくなかったでしゅけど、パパの命令だからしょうがなく結婚してやるんだありがたく思えブヒ！お前みたいな顔を見ているだけで不快になるような、陰気で根暗なブス女は屋根裏部屋にでも閉じ込めて、僕ちんは美人の愛人をたっくさん屋敷にお迎えするブヒ！　あー楽しみだブヒョヒョヒョ！』などとボロクソに貶《けな》したのであった。ほんと、最低な豚野郎だな。

そんなわけで、彼女にとって俺の印象は初対面の頃から今に至るまでずっと、最悪なままだ。顔を合わせれば大嫌いな醜い子豚に口汚く罵られ続けるのだから、嫌うなという方が無理である。だがそれでも、彼女は男爵家側が極めて不利な政略結婚故に、ホークに何を言われてもじっと我慢し、ただひたすら耐え続けなければならないのだから、つらいだろうな。何より彼女は父親である男爵からも、決して俺の機嫌を損ねないようにと厳命されているのだ。もしそうなってしまえば、融資の話は打ち切られてしまうかもしれないから、と。

以来彼女はホーク・ゴルドという心底軽蔑に値する大嫌いな豚を忌《い》み嫌いつつも、表面上は笑顔で従順に接しなければならないストレスに苦しんでいるようだ。そんな彼女といずれ結婚しなければならない俺のストレスも極大である。単純に俺の側から婚約を解消するよう父親に申し立てればよいのでは？　と思われるかもしれないが、一応俺は、一代で街中の小さな露天商から大商会の社長になるまで昇り詰めたという父親のことを尊敬してもいる。そこに至るまでには並々ならぬ努力と苦労があったことだろう。

そんな父が『どうしても自分の息子を貴族にしてやりたい！』と願ったのであれば、それに応えてやることもまた親孝行なのではないかと思うからだ。さすがに精神的に30歳近く年下の現在8歳の女児相手に本気の恋愛感情など抱きようもないが、それでも仮面夫婦として、互いに分を弁えて生きていくことはできるだろう。

前世、俺は親不孝だった。両親には愛情をもって育ててもらったというのに、30を過ぎて結婚もせず、孫を抱かせてやることもできず、あっさり親より先に事故死してしまった。

だから、現世ではせめて、父の気持ちに報いてやりたい。いくらその溺愛ぶりが常軌を逸しているとはいえ、何一つ不自由のない快適な暮らしをさせてくれている父親への恩義に報いるためにも、政略結婚の一つや二つ我慢してやるのも親孝行だろう。

「久しぶりだな、サニー。一体俺になんの用だ？」

応接室で待たせていた彼女にそう声をかけると、ポカーンとした顔をされた。そりゃそうだ。今までのホークだったら、開口一番『僕ちんになんの用でしゅか!? お前の陰気な顔を見てるとイライラするでしゅ！　さっさと用件だけ言って帰れこのブス！　どうせ僕ちんが階段から落ちたのをいい気味だと思って嘲いに来たに決まってるブヒね！　なんて性根《しょうね》の歪みきった、陰湿で陰険で卑しい心根の娘なんだブヒ！』ぐらいは言っていただろうからな。完全に別人だ。

「あ、あの、その、ホーク様？　ですよね？」

「そうだ。影武者とでも思ったか？」

「い、いえ！　でも、その……」。

「ゴルド商会の跡取りとして、未来のゴールドバーグ男爵家の当主として、今後人前ではそれなりに態度を改める必要性を理解しただけだ。気にするな。それで？　見舞いに来たというのならばこの通り、ピンピンしている。残念だったな、大嫌いな俺が死ななくて」

「いえ、そんな！」

まあ、そうだろうね。俺に死なれて困るのは、ゴールドバーグ家の方だろうからな。驚きも束の間、すっかりいつも通りの暗い顔になってしまったサニー嬢だが、8歳の女児をイジメているようでなんとも良心が痛む。いつまでもここにいても彼女にとっては気詰まりだろうから、さっさとお帰り願うのが一番互いのためになるのではなかろうか。うん、そうしよう。

「大方、男爵に命じられて、嫌々見舞いに来たのだろう？　男爵にはこちらから返礼の手紙をしたためておくから、君はもう帰っていいぞ」

「はい……あの……こちら、私が育てた花で作ったポプリです。よろしければ、その……」

そう言っておずおずと、戸惑うように、躊躇《ためら》うように彼女が差し出したのは、平成か昭和の少女漫画でもなければ令和きょうび見ないような、典型的なポプリとやらだった。

おお、これが本物の！　ブサイク一筋30余年で死んだ独身男には生涯縁のなかったそれを受け取り匂いを嗅いでみると、ふんわりと甘い花の香りがする。なんの匂いかは分からないが、見た目も匂いもかわいらしい。非常にメルヘンチックというか、女児的というか。

しかし、この子はなんなのだろう。よほど考えなしなのか、それともすごくいい子なのか。自分で言うのもなんだが、こんな性格のひん曲がった豚野郎に手作りポプリを贈るだなんて、まず喜ばれるはずがないであろうことは分かっているだろうに、それでも持ってきた理由はなんだ？　香りこそ甘いけれども、実は毒草とか？　いや、そこまでの度胸はないか。

「……感謝する。これはいただいておこう」

「っ！　はい！　ありがとうございます！」

突っ返されるなり踏み躙《にじ》られるなりされて、罵倒されるとでも思っていたのだろうか。いや以前のホークだったら間違いなくそうしたのだろうな。今にも泣きそうだった顔をパッと輝かせて、なぜかお礼を言う辺り、これまでにどれだけ彼女が虐げられてきたのかが窺《うかが》える。

うちの妹といいこの子といい、幼女に厳し過ぎないか、この世界。好かれたり、懐かれたりしても困るが、やさしく接してあげないと心が痛みそうだ。児童虐待やイジメといった胸糞悪い行為は俺は、女よりも嫌いだぞ。

しかしまあ、許嫁か。前世でも現世でも、生涯結婚するつもりなんてこれっぽっちもなかったのに、ここにきて婚約者の存在とは、対応に困るな。正直彼女が18歳になる頃には俺の精神年齢は40代なかばだぞ？　肉体的な年齢はまだしも、精神的には40過ぎにもなって18歳の少女と新婚生活だとか、正気の沙汰じゃない。本当になんとかどうにかしたいのだが、結婚はせずに貴族になり、なおかつ男爵家とも円満に婚約を解消する方法、ないものかね？

◆◇◆◇◆

「大事なことを思い出した」

夕食のあと。オリーヴとバージルを部屋に呼び、トランプで遊んでいた俺は、ふと思い出したかのようにそう言った。というか、実際に思い出したのだが。

「藪から棒になんです、坊ちゃん」

「この世界には奴隷制度があるのに、俺はまだ奴隷市場に行ったことがなかったじゃないか」

「あんな場所、行かねえ方がいいですぜ？　気が滅入っちまって、飯が不味《まず》くなりやすから」

「そうなのか？」

「そりゃあ、戦争もねえようなこのご時世に、奴隷として売り買いされるような連中の人生なんぞ、どいつもこいつも悲惨極まりねえでやすからねえ。鎖に繋がれて声を出せねえようにされちまった母親の目の前で、泣き叫ぶ幼い娘が買われていくような光景が日常茶飯事なもんで、そりゃあ、啜《すす》り泣きと怨嗟《えんさ》の呻き声だらけの辛気《しんき》臭え場所でさあ」

「そうなのか……」

遊園地に来てアトラクション乗り放題パスを買ったのに、まだ乗ってないアトラクションがあるじゃないか！　と気付いたぐらいの軽い気持ちで言ってしまったのだが、予想外に深刻なリアクションを返されてしまい、我に返る。そっか、人身売買だもんな。

この手の異世界転生モノでは、わけありの美少女がなぜか特に理由もなく格安で売られていて、それを主人公が買い取り、『奴隷なんてひどい！　許せない！』と奴隷の身分から解放してあげた途端に『虐げられて当然の奴隷にやさしいだなんて、聖人君子すぎます！　あなた様こそが私の真にお仕えすべき本当のご主人様！』と心底惚れられるなり心酔され崇拝されるという、ある種のボーナスステージめいた印象しかなかったのだが、冷静に考えてみるとあまり意気揚々と向かう場所ではなかったかもしれない。

「ゴルド商会では奴隷の売買は行っていないのか？」

「父が爵位を狙っていたからな。貴族は奴隷に対し、臭いとか汚いとか言って嫌悪感を抱いている連中が多いから、手を出しづらかったんだと思うよ」

「そうだったのか。こう言ってはなんだが、意外だな」

「世間じゃ悪徳商会として悪名ばかり轟《とどろ》いているような会社だからね。父のいかにも汚職とか不正をしていそうな悪人面だけ見たら、確かに奴隷売買や人身売買なんかに手を染めていてもおかしくはなさそうな印象を受けてしまうのも、無理もないかもだけど」

そんなこんなで次の休日。奴隷商人役で登場してもおかしくない強面《こわもて》の割に、意外と人情派だったバージルを屋敷に残し、オリーヴだけを連れて俺は奴隷市場に異世界社会科見学に行くことにした。お前の方がよっぽど非人道的なんじゃないかという誹《そし》りは免れそうにないな。

「おお……」

「引き返すならば今のうちだが」

「いや行くよ。ここで帰ったら、わざわざここまで来た意味がないからな」

「そうか。勇気と蛮勇を履き違えないよう注意することだ」

アニメや洋画などではそこまで凄惨な感じには描かれないのが定番の奴隷市場だが、実際に本物に来てみると、なんかこう、世紀末感あるな。空は快晴であるだけに、余計に。

奴隷商人たちが店先に奴隷を並べ、好色な目をした飢えた男たちや、格安でコキ使える労働力を求めるこの世界のブラック企業の人間なんかが、陳列された奴隷たちを値踏みしている。

意外だったのは、女性客もそれなりにいることだ。悪い男が女奴隷を買う、という漠然としたイメージが先行してしまっているものの、確かに労働力として考えるなら、力強く筋骨逞《たくま》しい男の奴隷の方が需要があるのかもしれない。女を抱きたければそれこそ娼館にでも行った方が後腐れもないし安上がりだろうからな。

奴隷たちの首には自殺・逃亡を禁止し、絶対服従を強要する闇属性魔法がかけられた首輪が装着されており、諦観しきった表情が痛々しい。というかそんなこともできるんだな、闇属性魔法。本当に物騒だ。俺も闇属性魔法の適性持ちだから、練習すれば使えるようになるのかもしれない。ミント先生は絶対に教えてくれなそうなので覚えるとしたら独学になるのだろうか。失敗した時のリスクは大きそうだが、人の心を操り自由や尊厳を奪う魔法が存在している以上、それらに対抗する術を考えたり得たりするためにも、学ばないわけにはいくまい。

「おお！」

「どうだ？　よく見えるか？」

「よく見える」

「そうか。喜んでもらえて何よりだ」

休日だからだろうか。結構な賑わいで繁盛しているため、まだ8歳児の俺の背丈では人混みに紛れてしまいそうになる。奴隷市場に来るような人間は碌でもない連中が多く心配だからと、オリーヴに肩車をされてしまった俺は、ぐっと高くなった視点から奴隷市場を見下ろす。そうなんだよな、前世ではアラフォーのおっさんだった俺だが、この世界ではまだ8歳なんだよな。

「坊ちゃん、落ちないようにしっかりと掴《つか》まっていてくれ」

「ああ、分かったよ」

見た目は子供でも中身は40近いおっさんとしては、かなり気恥ずかしい気持ちで肩車されつつ奴隷市場を見回っていると、あきらかに他の奴隷たちとは雰囲気の異なる、物語のメインキャラクター臭がプンプン臭い立つような、オレンジ色の髪の美少女奴隷がいた。

髪の毛がオレンジ色。言葉にするとアレだが、実物を見ると場違い感が半端ない。オレンジ色のショートヘアの中からネコ科のような耳が生えており、尻からは尻尾も生えているという、いわゆる猫耳娘であることもまた、コスプレ感を漂わせている原因かもしれない。

この世界に存在している獣人は、男は概ね普通に全身を毛皮に覆われ顔も動物のそれであるにもかかわらず、女はその大半が人間の美少女に耳と尻尾が生えただけの、あきらかに生態系のおかしな、いかにも男にとって都合のいい造形をしているのがなんとも不気味だ。

「お、坊ちゃん。こいつが気になるのかい？」

「ええ、いろんな意味で」

俺がオリーヴに立ち止まるよう頼んで彼女を見下ろしていると、商機と見たのか彼女を含むネコ科の獣人族の奴隷を取り扱っている奴隷商の中年男が、揉み手で説明を始めた。

「こいつらは東方から仕入れた、珍しい山猫の獣人でさあ。凶暴な蛮族だが、その分戦闘力は折り紙付きですぜ。主人に逆らえなくしちまう首輪さえ着けときゃ、絶対安全・絶対安心って寸法よ。中でもこいつは部族一の女戦士とかなんとか言われてたらしくて、お買い得ですぜ？」

絶対服従の首輪をされているせいで碌に身動きも取れずにいるようだが、その視線は今にも俺を射殺さんばかりに鋭く、彼女の心がまだ折れていないことをヒシヒシと感じさせる。

なるほどなるほど、誰が買うかバカタレ。極力女っ気のない生活を送るために日夜尽力している俺が、何を好き好んで美少女奴隷なんか買うというのだ。確かに前世の記憶に目覚める前だったら大喜びで彼女を一本釣りしていたのだろうが、今の俺は頼まれたって嫌だわ。

「店主。こっちのガタイのよさそうな、男の方を頼む」

「いいんですかい？　こんな上玉、滅多に市場に出回るもんじゃありやせんぜ？　戦闘能力も抜群だし、見た目も上々。ベッドの中で夜通し夜警をさせるにゃ持ってこいだと思うがね！」

「ノミやシラミでも移されてしまっては堪《たま》ったもんじゃないからな。見た目の強そうさも重要だから、こっちの筋肉達磨《だるま》の方でいい」

「毎度あり！　それじゃあ、こいつの所有権を坊ちゃんに移しやすから、ちょっくら魔力を流す準備をしておいてくだせえや。おい！　このお方がお前を買ってくださるそうだぞ！」

身長2mはあるだろうか。まるで海外の格闘選手か重量級ボディビルダーのような凄まじい筋肉がかなり威圧的な、猫というよりは虎と呼んだ方がよさそうな強面をしたオレンジ色の毛並みの山猫獣人が、ものすごーく機嫌の悪そうな顔で俺を睨みつける。

オリーヴに肩車されている俺よりも目線が高いって、こりゃ相当だな。確かにこんな奴が護衛として控えていたら、威圧感は抜群だろう。ただ立っているだけで、並みのチンピラ程度ならばビビって近寄れなくなりそうなほどの圧倒的存在感。うん、なかなかいいんじゃないかな。

あ、俺に買われなかった猫耳美少女の方がものっそい目でこちらを睨んでいるな。ノミだのシラミだのと揶揄《やゆ》されてしまえば、それも当然か。可哀想だが君とはここでさよならだ。

俺が奴隷を買う目的としては、やはりいざという時の肉盾になってもらうため、というのが大きい。最初は護衛の2人に守ってもらうつもりだったのだが、結構親しくしているうちに『いざという時は俺のために死んでくれ』とは言いづらくなってしまったのだ。そのため情が湧く心配のなさそうな、反抗的な奴隷を3人目の護衛として買うことにしたのである。

倫理観とか、良心とか、そういったものはどこへ行ってしまったのかって？　たぶん前世で金田安鷹と一緒に轢き逃げ婆さんに殺されてしまったに違いない。仮にもし今俺が馬車に轢き逃げされそうになったとしても、超重量級の巨体が眩《まぶ》しい筋肉達磨に庇《かば》ってもらえれば無傷で済むどころか、むしろ彼の体に衝突した馬車の方が壊れてしまいそうなポテンシャルを感じる。

決して安くはないが、今の俺にとってはそこそこでしかない金を支払い、魔法がかけられた首輪……魔道具と呼ぶらしいそれを利用し、彼の首輪に登録されているという奴隷の飼い主を奴隷商人の男から俺に移してもらった結果、正式にこの山猫の筋肉達磨は俺の奴隷となった。

うむ、人生初の奴隷か。悪くはないが、なんか人として大切なものを失ってしまったような複雑な気持ちだな。しかしまあ、見れば見るほど強そうだ。奴隷の首輪がなければ、俺なんかパンチ一発で頭蓋骨を砕かれ、殺されてしまっていてもおかしくはない。

B級冒険者としてそれなりの戦闘能力を有しているであろうオリーヴとバージルが、2人がかりで戦ったとしても勝てるかどうか怪しい。そんな力強さを感じさせる猛獣と真っ向から向かい合う。おお、怖い。怖いけれど、逆にそれが頼もしい。

「君、名前は？」

「クレソン」

「ではクレソン。君は今日から俺の奴隷であり、護衛3号だ。命に代えても俺を守ってくれ」

あ、すごく嫌そうな顔になったな。そりゃそうか。部族最強の女戦士とやらは先ほどの彼女だったのかもしれないが、この男だってかなり強そうに見えるし、プライドも高そうだ。だがどれだけ強かろうが、首輪の効果で彼は俺の命令には逆らえない。俺を害することもできない。

うーん、非人道的だ。魔法なんてものが使われているだけに、余計にそう感じてしまう。

「チッ！　いつか必ずテメエをぶっ殺してやるかんな！」

そうなんだよな。これが正しい奴隷としての反応なんだよな。

よくある物語であったならば、ここでいきなり彼の首輪を外して『これで自由だよ！　君は奴隷なんかじゃない！　一人の人間だ！』的なことを言うだけで『あなたは私の恩人様です！この御恩は生涯忘れません！　私の意思で一生お仕えさせていただきます！』なーんて都合のいい展開になるのがお約束なのだが、この男もさっきの猫耳美少女も、そういった手合いではなさそうな臭いがプンプンするし。

むしろ首輪を外した途端に、問答無用で速攻で殺しにかかってきそうだ。なので俺は王道のテンプレート展開をなぞるような真似はできそうにない。残念、でもないか。

「買ってから言うのもなんだが、父親に相談しなくてよかったのか？　坊ちゃんのことだから奴隷小屋で寝泊まりさせるのではなく、屋敷内に持ち込むつもりなのだろう？」

「心配ないって。あの親バカというかバカ親の典型例が、俺のやることにケチつけると思う？」

「確かに」

しかしまあ、買ってから気が付いたのだが、オリーヴ、バージル、クレソンと、ものの見事にむさ苦しいおっさんばかり揃ってしまったな。

人相の悪い人情系色黒ハゲおっさん、軍人山犬おっさん、筋肉達磨の山猫奴隷おっさんと、前世がおっさんだった肥満児。うーん、ビックリするぐらい華がない。別に欲しくもないが。むしろ華なんてない方がいいまであるが。

それにだ。迂闊《うかつ》に美少女奴隷でも購入してみろ。そいつにオリーヴやバージルが誑《たぶら》かされて、『彼女への愛のために死ねえ！』とかなんとか叫びながら、後ろから俺を刺してきたりしたらどうする。オタサーの姫扱いするわけではないが、いつの時代も男と女がいれば高確率でそこに色恋沙汰が生じ、色恋沙汰はいとも容易く人間関係の崩壊を招く。

たった一人の女を巡り、男たちが醜く争い合う光景など、歴史を紐解くまでもなく世界中い

つでもどこでも行われてきたような日常的な光景だからな。おお、愚か愚か。

好きだから。愛しているから。そんなくっだらない免罪符は、いとも容易く人を狂わせる。愛を理由にすれば、どんな非常識な犯罪行為も許され、正当化されると、多くの人間が本気でそう思い込んでいる。実にバカバカしい。それで迷惑をかけられる側は堪ったもんじゃない。

俺は華も、揉め事の種も要らない。一緒にバカやって、楽しく笑い合える男友達さえいればそれでいい。それが金で雇った相手だとしても、本当はそこに友情なんてないのかもしれないとしても、それでも、独りぼっちでいるよりはずっとマシだ。どんなに歪《いびつ》であったとしても、俺の勝手だろう？　誰に迷惑をかけているわけでもないのだから、放っておいてくれ。

第3章　女嫌い、観察される

「坊ちゃま、朝でございます」

「……まだ眠い」

「朝食には朝一番にパン屋から取り寄せたばかりの焼きたてのクロワッサンと、料理長自慢のスクランブルエッグ山盛り、それからこんがり焼き上げられたソーセージとハム、ベーコン。新鮮なサラダにお飲み物は挽きたてのコーヒーをご用意させていただきましたが」

「……起きる。そんなご馳走を冷ましてしまうだなんて、デブに対する冒涜《ぼうとく》だ」

「ではお召し替えを」

「着替えるから君は出ていってくれ。オリーヴ、着替えを取ってくれるか」

「了解した」

「承知いたしました。それでは、食堂でお待ちしております」

「ああ、すぐに行く」

ゴルド家のメイド長・ローリエにとって、ホーク・ゴルドという少年は生ける汚物であった。

ただひたすらに甘やかすばかりで、叱るということを一切しない愚かな父親に溺愛され育ったせいで、どうしようもなく歪んでしまった彼は容姿も人間性も醜く、屋敷で働くメイドたちにひどいセクハラを働いては、彼女たちが嫌がったり困ったり、媚びを売ってきたり時には性的に誘惑してくる姿をニタニタ不気味に笑いながら楽しむという、救いようのない悍《おぞ》ましい子供に成長してしまった彼に、彼女自身も胸や尻を揉まれた回数は枚挙に暇《いとま》がない。

まともなメイドたちはこの愚かしい親子に愛想を尽かして逃げ出してしまい、屋敷に残っていたのはゴルド家の当主であるイーグル・ゴルドの実質的な愛人ばかりというひどい体《てい》たらくであり、まともに働くメイドの方が少ないという有様であった。彼女が年若くしてメイド長にまでなったのも、実は他に誰もやれる人間がいなかったから彼女が押し付けられただけなのだ。

だがプロフェッショナルであるローリエは、そんな愚かな親子にも忠実に仕えた。なぜなら彼女の正体は、王家直属の秘密諜報部隊、『アンダー3《スリー》』の秘密諜報員だからだ。昨今増長著しいゴルド商会の内情を探る密偵として王家より派遣され、もしそれが将来的に王国に暗雲をもたらすものであったならば、親子共々事故に見せかけて暗殺する。それが工作員として、ゴルド家にメイドとして潜入したローリエに与えられた任務である。

だからあの日、新入りのメイドに当然の権利の如くセクハラを働いたホークが事故とはいえ階段から突き落とされた時は、思わず心の中でガッツポーズをしてしまった。彼女が手を下すまでもなく死んでくれたならば、わざわざ暗殺する手間が省ける。

ついでに溺愛する息子を亡くした傷心の父親の方も、自殺に見せかけて殺してしまえば話は早い。だが、ホークは生きていた。

そしてその日を境に、ホーク・ゴルドという子供は、まるで別人のように豹変したのだ。よくもまあここまで歪んだものだと呆れ返ってしまうほどに歪みきった人格は劇的に改善され、あれほど女好きであったにもかかわらず、事故のあった日から一切女に近寄らなくなり、『屋敷の中に男がいるのは見苦しくて気に食わない！』と執事や下男連中を追い出してしまうほど嫌っていた男ばかりを周囲に置き出した時は、真剣に偽者を疑ってしまったほどである。

だが階段から落ちて気絶してから再び意識を取り戻すまで、ホークから目を逸らさずずっと傍に付き添っていたのは他ならぬローリエ自身だ。これほどまでに劇的すぎる豹変を遂げてしまった彼のことを、不気味に思わないと言えば嘘になる。

だがしかし、なんらかの奇跡が起こった結果、彼がまともな人間になったのならば、それは歓迎すべきことだ。殺処分せずに済むのならば、それに越したことはない。

殺しは、あまり好きな仕事ではないから。

◆◇◆◇◆

「ホークちゅわあああん！　おっはよおおおう！　今日も世界一かわいいでちゅねえええ！」

「おはよう父さん。今日も朝から元気だね」

「ホークちゃんのかわいいお顔を見れば、パパはいつだって元気いっぱいさ！」

マリー・ゴルドにとって、物心ついた時から、父と兄は恐ろしい存在であった。自分が父の実子ではないことは、幼い頃からまるで心と体に呪詛《じゅそ》を刻みつけるかのように、繰り返し繰り返しあの恐ろしい父に言い含められて育ったため、なぜあんなにも父に溺愛される兄に比べ、自分は虐待とも呼べるほどのひどい仕打ちを受けているのか、その理由は理解している。

母の裏切りの象徴。ただ生きているだけで、父を苦しめる呪われた子。だがそれでも悲しいものは悲しいし、つらいものはつらいし、痛いのも苦しいのも、嫌だ。まるで自分への当てつけのように病的なまでに兄ばかりを一方的に溺愛し続ける父と、自分が父親に溺愛されているのをいいことに、妹である自分に陰湿なイジメを繰り返してくる性格の悪い兄。

だが、それでもいつかきっと、いつかきっと自分も家族の一員になれるのではないか、と。そんな風に期待しては裏切られ、その都度手ひどく傷付けられ、思い上がるなと暴力を振るわれ、不義の子と罵られ。いつしかマリーは、父にも兄にも、何かを期待することを諦めてしまった。期待しなければ、裏切られずに済む。だが彼女が諦めきってしまってぼんやりと人形のように空虚に虚空を見つめ続けるだけの生活に馴染んでしまった頃に、奇跡は起きた。

「お、おはようございます、お兄様、お……お父、様」

「ああ、おはようマリー」

「ふんっ！　朝っぱらからお前の顔など見たくもないわ！　飯が不味くなる！　だいたい、どの面下げてワシを父と呼ぶのか！　全く信じられん図々しさだ！」

「いけませんよ父さん。家族を大事にしない男というのはパブリックイメージを損ねます。ゴルド商会の社長は器《うつわ》の大きな男であることをアピールするためにも、せめて鼻を鳴らすか、舌打ちをする程度にとどめておくのがよろしいでしょう」

「でもホークちゃん！　こいつはワシの子じゃあないんだよ⁉　家族なんかじゃないわい！」

「だからこそですよ。もしどうしてもダメだと仰《おっしゃ》るのであれば、こう考えられてはいかがですか？　あいつのためにわざわざ割いてやる父さんの貴重なお時間を、1秒でも削減するのだと。具体的には、あいつを罵っている時間があるのなら、その分を1秒でも長く俺を愛でる時間にあてればよいのだ、とね」

「おお！　そうかそうか！　言われてみればその通りであったな！　やっぱりホークちゃんはワシに似て賢い子だ！　よーしよしホークちゃん！　君はパパの宝物でちゅよおおお！」

朝っぱらから顔に脂を浮かべてテッカテカの笑みを浮かべる父に頬ずりされながら、乾いた笑いを浮かべる兄は、言葉こそ悪いものの あれでも父の関心を自分へと向けさせることで、マリーを庇っているのだ。以前の兄からは、考えられないような変化だった。

そもそもが、以前は薄暗くカビ臭い自室に閉じ込められ食事という名の残飯を1日1回だけ与えられていた頃に比べれば、こうして食堂に来ることを許され、彼らと同じ食事を与えられるようになっただけでも劇的な変化である。

生まれてくるべきではなかった子供。生きているだけで傍迷惑な子供。そんな風に父や兄に罵倒されることも、時に暴力を振るわれることもなくなり、食事もまともなものを与えられ、服も以前のようなボロではなく、きちんとしたものを着せてもらえるようになった。意地悪なメイドたちは兄によって屋敷から追い出され、ハイビスカスという友達も与えてもらった。

だからマリーは、ずっと兄に今のままでいてほしいと願う。また何かの拍子に頭を強く打つなどして、以前の横暴で横柄で意地悪なお兄様に戻ってしまいませんようにと。

時折、悪夢を見る。朝起きたら兄が以前の兄に戻ってしまっていて、自分は再び全てを取り上げられ、手ひどく折檻される、そんな悪夢が、どうか現実になりませんように、と。

◆◇◆◇◆

「ねえ見てハイビスカス！　お兄様がわたくしにご本をくださったのよ！　これでわたくしも

文字の読み書きを学ぶことができるわ！」

「そうか、よかったなお嬢。それじゃあ、アタイと一緒に勉強すっか」

「ええ、ええ！　よろしくお願いいたしますわ、ハイビスカス先生！　フフフ！」

B級冒険者、ハイビスカスにとって、ゴルド邸での仕事は想像していたよりも遥かにマシなものであった。普段の彼女であれば『成金野郎のバカ息子の護衛なんぞ誰がやるか！』と死んでもやりたくない部類の嫌な仕事であったが、大勢の冒険者たちが同じように拒否したホーク・ゴルドの護衛の依頼を受けたのは、偏《ひとえ》に金のためだ。

ハイビスカスには難病に冒された幼い妹のローズヒップと、そんな妹の薬代を稼ぐため体を壊すまで働いてしまったせいで、寝たきりになってしまっている病気の母がいる。父はローズヒップの治療費を稼ぐためだと、無茶な依頼を冒険者ギルドに勤務する知人に頼んで無理矢理受けた結果魔物に殺されてしまい、それ以来まだ10代前半だった彼女は冒険者となり母と妹を支えるため、命懸けの冒険者稼業をしながら金を稼ぐようになったのだ。

だから、ハイビスカスは金持ちが大嫌いだった。自分たちがこんなにも貧困で苦労しているというのに、ただ金持ちの家に生まれたからというそれだけの理由で甘やかされワガママ三昧やりたい放題、好き勝手に生きているバカな連中を見ると、殺してやりたいと思うぐらいには金持ちが大嫌いだ。貴族のバカ息子ども、金持ちのドラ息子ども。妹のローズヒップはまだ幼いながらも難病に冒され苦しんでいるというのに、そんな妹とは比べものにならないぐらい幸福に満たされた子供たちを、彼女は狂おしいほどに憎悪していた。

故に、最初はただ利用してやるつもりだったのだ。下町にまでその悪評が届いてくるような、女好きの豚野郎など、ちょっと色仕掛けで誘惑してやれば、すぐに篭絡してやれるだろうと。ハイビスカスは自分の容姿が優れていることを自覚していた。自惚《うぬぼ》れではなく、冒険者稼業をする中で、男に言い寄られたり、襲われかけたりした苦い経験は、星の数ほどもある。だから世間知らずのクソガキ一匹ぐらい、どうとでも手の平で転がしてやれるだろうと。

『君が私たちを嫌おうと君の自由だが、それを隠す努力ぐらいはすべきだったな』

もっとも、そんな彼女の目論見は、あっさり瓦解してしまったのだが。世間では愚か極まりない、容姿も人間性も醜悪な子豚と専《もっぱ》らの評判であったホーク・ゴルドという男児はしかし、彼女が想像していたよりも遥かにまともで知恵の回る子供だったのである。

あれでも精一杯隠していたつもりの金持ち嫌いをあっさり見抜かれ、正論と共に不採用を突きつけられた。咄嗟に恥も外聞もなく妹の話を持ち出して追い縋ってしまったのは、護衛としての給金が破格だから。世間一般のB級冒険者がおおよそ半年ほどをかけて稼ぐような大金を、たった1ヵ月の護衛仕事で毎月手に入れられるこの仕事をどうしても逃すわけにはいかない。

全ては愛する妹と家族のため。そのためならば、土下座だって厭《いと》わなかった。靴を舐めろと言われれば、靴底だって舐めていただろう。それぐらい彼女の身には、長年の貧困生活のつらさ、苦しみが骨身に沁みてしまっていたのである。もはやプライドなど気にしている余裕はなかった。妹の薬代は高額で、病気を根本から治療するための治療費は莫大で、貧しい彼女にできたことは、冒険者として危険な依頼をこなし稼いだなけなしの金で、高額な薬を毎月買い続けることだけ。それも、いずれ破綻するのは目に見えている。

このままではいずれ遠からず父と同じように、大金を得んと無理な依頼に手を出して、凶悪な賞金首や凶暴な魔物に返り討ちにされ、死んでしまうかもしれない。もしそうなってしまったならば、遺された母と妹に待ち受けているのは死だ。

結果としてハイビスカスは、ホークに雇ってもらうことに成功した。彼の妹のマリーの護衛として屋敷に住み込みで働くことを許可され、莫大な給金をもらうことができ、それを母と妹に仕送りしてやることもできるようになった。幼いマリーの護衛という名の遊び相手や話し相手を務めることは、下心丸出しの男たちに囲まれ、凶暴な魔物と命懸けの戦いをするよりも、遥かに平和で平穏で、満たされた生活であることは疑いようもない。食事だって、護衛に賄いとして与えるものとは思えないような豪勢な食事が3食出てくる。最初のうちこそどんな金持ちの高慢娘なのやらと危惧していたマリーも、あのハイビスカスからすれば愚鈍で醜悪でしかない父親の血を引いていないとのことで、だからかとても素直でかわいらしく聡明であり、何より庇護欲をそそる健気な子供であった。虐待され育った幼女、という存在は病床に臥《ふ》せてばかりいる病弱な妹の弱々しい姿に重なってしまうため、ついつい姉のように過保護に接してしまう自分がいた。

『護衛といっても、屋敷からほとんど出されることのない不憫な娘だ。君には彼女に一般常識や文字の読み書きを教える仕事、女性同士ならではの情操教育といったものを任せたい。ただし、余計なことを吹き込まないでくれ。そうなったら君を解雇しなければいけなくなる』

「ねえハイビスカス先生！　わたくし、まずは自分の名前をどうやって書くのか知りたいわ！　それからお兄様のお名前と、あなたのお名前もよ！」

「任せな。それじゃあ、まずはマリーって文字を覚えるところからだな」

そんな姉心を見越して妹の護衛にあてがったのだとしたら、なかなか抜け目のないことだ。だが都合よく利用されていると分かっていても、ハイビスカスにとって今の生活は、さほど悪くないどころか、かなり居心地のよいものと感じられた。

◆◇◆◇◆

「坊ちゃん坊ちゃん、なんだってまた、こんなむさ苦しい野郎を買いなさったんですかい？　普通、奴隷っつったら見栄えのいい女を買うもんでは？」

「そういった用途で使うわけでもない普通の護衛なんだ。だったら一番デカくて強そうなのを買ってくるに決まっているじゃないか」

「へえ？　節穴だとばっか思ってたがよお、見る目あんじゃねえかオメエ！　そうだぜ！　あんな棒っきれみてえな手足のメスガキなんぞより、俺様の方がよっぽど強え！」

「そっか、坊ちゃんはまだ8歳なんですもんね。そういうのはまだ早えか。冷静に考えたら、あんたみてえな8歳児がいるかっつう話ですが」

「よくも悪くもそう言われて育った子供だからね。……おいクレソン、腹が減っているのならちゃんと食事は用意してやるから、そんな今にも馬にかじりつきそうな顔をするんじゃない」

「金持ちのくせにケチ臭えなあ、おい。いいじゃねえか、馬の1頭や2頭ぐれえ」

「よかねえよ！　おいテメエ！　俺のかわいい馬どもを食いやがったら承知しねえかんな！」

「いや、君の馬じゃないだろ」

「おっと、すいやせん坊ちゃん！　言葉のあやってことで、ここは一つ！」

冴えないB級冒険者、バージルはゴルド邸での新しい生活に満足していた。給金の支払いもかなりいいし、雇い主は街の噂で聞いていたよりも遥かにまともな人物であったからだ。

子供の頃に田舎の農業を継ぐことを嫌がり、俺は冒険者になる！　と言って故郷の村を飛び出したものの、自分には才能がなかったようで、40間近になる今になってもいまだB級止まり。

一流の冒険者と二流の冒険者の絶対的な境界線が、A級とB級の間にある分厚く高い壁なのだ。

そんなA級のさらに上、S級冒険者なんてものは、それこそたった一人でドラゴンを討伐したり、戦争で不利な戦局をひっくり返すようなヤバすぎるごく一部の連中だけに許された栄冠であって、武術の才能も魔法の才能も中途半端な自分は、気付けば結婚もできず、フラフラと日雇いの依頼や仕事を繰り返すだけの、チンピラじみたゴロツキになってしまっていた。

こんなはずじゃなかったんだがなあ、と後悔しながらも、今さら定職に就こうにも40間近のおっさん冒険者なんぞを雇ってくれるような物好きもおらず、腰を落ち着けたいのに落ち着けられる場所などどこにも見つからない、不安定な流れ雲生活。バージルに限らず大いなる夢や希望をその胸に抱き冒険者になった若者たちの大半は、こうして世知辛《せちがら》い現実を思い知らされ夢破れて堅気の世界に戻っていくのだ。バージルはそれに気付くのが、あまりにも遅すぎた。

若い頃はもっと、冒険者ってのは夢や希望やロマンに満ち溢《あふ》れた素晴らしい生活をしているものだとばかり思っていたのに、冒険者ギルドに寄せられる依頼は雑用めいた代物か、代わり映えのしない低級魔物の討伐ばかりで、世間一般でのロマンやドリームに溢れたイメージとは全然違う、なんとも世知辛い因果な生き方だったのだと、今になって気付いて後悔しても遅い。

何者にもなれない半端者のまま年を取ってしまった冒険者の末路は、大別して二つだ。惨《みじ》めな先輩として俺たちのようにはなるなよと後輩冒険者たちにやさしくしてやるか、あるいは若き後輩冒険者たちに当たり散らすような、もっと惨めな冒険者崩れのゴロツキ野郎になるか。バージルは前者であろうとした。自分が冴えないロートルだと、万年B級冒険者と陰でバカにされていることも、髪の毛も夢も希望も全部失くした惨めなおっさんと笑われていることも、全て理解してなおそれに気付かぬフリをした。

本心を隠し、愛想笑いを浮かべ、爪弾きにされないようにと努めた。惨めだった。だが、居場所のない自分が生きていくためには必要なことだった。

そんな努力の甲斐あってか、諦めることなく冒険者を続けてきたおかげで、こうして今はいい雇い主に恵まれ、ガキの子守りとしては破格の給金をもらえ、美味い賄い飯もタダで食わせてもらっている。子供の頃から好きだった馬の世話も任され、人生薔薇《ばら》色の瞬間が訪れたのだ。冗談抜きに、ゴルド邸で1カ月働いてもらえる賃金はかつてバージルが1年がかりでなんとか稼いでいたような大金なのである。銀貨や銅貨ばかりを受け取るような仕事をしてきた彼は、金貨など触れるのも久々で、初任給だと大量の金貨を渡された時は、手が震えてしまった。

間違いなく今が己の冒険者人生の絶頂であると感じられた。底辺負け組冒険者だった自分が、こうしてとんでもなく恵まれた仕事を与えられ、勝ち組人生を送れるようになったのだから、ホーク坊ちゃんにはどれだけ感謝してもし足りない。

だから、今のままの幸せな生活が1日でも長く続くようにと、そう強く願ってしまう。幸い、雇い主であるホークは、大層な女好きでセクハラ三昧の色ボケした救いようのない性格の悪いクソガキ、という世間での悪評とは真逆の、むしろ女嫌いを公言するような、妙な子供だった。

この手の金持ちのお坊ちゃんという人種は、成長するにつれ周囲に金の力でかき集めた美女や美少女を侍らせてご満悦、というのが定番だが、この分ならばある日突然、『やっぱり護衛は若くてかわいい女の子がいい！』などと言い出して解雇されるということもなさそうだ。

「そういえばバージル、馬好きを公言している割に、馬肉は普通に食べていなかったか？」

「そりゃあ、生きてる馬と最初から死んだ姿で出てくる馬肉は別もんでさあ」

「そりゃそうか」

子供どころか恋人もできないまま、40を超えてしまったバージルにとって、ホークは歳の離れたかわいい弟か、あるいは生意気だけどかわいい甥《おい》っ子のような存在だった。なんて、口にしたらおこがましいと旦那様に叱られてしまいそうだが、それでもバージルには、ホークがかわいくてしょうがなかったのである。どん底だった自分の人生に幸福を与えてくれた福の神だ。願わくば末永く彼の護衛として仕事がしたいものだと、心の底からそう言える存在だった。

◆◇◆◇◆

「オリーヴ。新入りを風呂に入れてやるから手伝ってくれ」

「了解した」

「お？　なんだ？　風呂に入らせてくれんのか？　奴隷を風呂に入れてやるなんぞ、変わってんなあオメエ。変人なのはここに来るまでに十分に思い知ったがよお」

「俺は綺麗《きれい》好きなんだ。それこそ屋敷の中にノミやシラミでもばら撒かれちゃ堪ったもんじゃないからな。嫌でも風呂には1日1回ちゃんと入ってもらうぞ」

「誰が嫌がるもんかよ！　俺だって風呂は好きだぜ？」

「そうか、それは何よりだ」

つくづく妙な雇い主だと、オリーヴは思う。悪名高きゴルド商会のご子息。稀代の女好き。どうしようもなく性根のひん曲がった救いようのないクソガキ。いけ好かないバ金持ち。そういった前評判は全て知っていたが、それでも彼はホーク・ゴルドの護衛の仕事を受けに来た。

特に深い理由はない。ただ報酬が破格だったからだ。オリーヴは、自分のことを『空っぽな人間』だと思っている。かつては中身もあったのだが、とある事件をきっかけに空虚な人間になってしまった。夢も、希望も、失くしてしまってから、何もかもがどうでもよくなった。

将来のこととか、やりたいこととか、生きる目的だとか、そういったものは一切ないままに、環境に流されるがまま、ただダラダラと惰性で生きてきたのである。

冒険者になったのも、軍を辞めてしばらく経ったあとで、かつて軍で一緒だった友人に、一緒に冒険者にならないかと誘われたからだ。その友人が魔物の討伐に失敗して死んでしまったあとも、辞めることなく冒険者を続けているのは、特に辞める理由もないからだ。崇高な目的も、輝かしい夢も、壮大な野望も何もないまま、オリーヴは風に流されるタンポポの綿毛のように生きてきた。自分の頭でものを考えるのは面倒だから、自分から何かをするのは億劫だから。

だから、別に面接に落ちても構わなかったのだ。金への執着もない。ただ仕事をする回数が減って少し楽ができたらいいな、程度の理由だったが、なんの因果か彼はその面接に受かってしまった。正直受かるとは思っていなかったので、久しぶりに驚く、という感情を味わった。

ホークはこんな自分のどこに、雇う理由を見出したのだろう、と些か不思議であったものの、それをわざわざ尋ねたりもしない。結局どうでもいいことだからだ。雇うと言われたのだからここで働くし、クビだと言われれば大人しく出ていくだろう。自分はもう10年以上ずっと、そうやって生きてきた。

「はー。俺、金持ちの家に生まれてよかったわ。こんなに広いお風呂がいつでも入り放題とか、最高すぎるだろ」

「それに関しては同意する。風呂はいいものだ。広いものであればなおのことよい」

「分かってんじゃねえか犬ッコロ。なんだか故郷の温泉を思い出すぜぇ」

「え？　この世界にも温泉があるのか？」

「そりゃ、あんだろ。俺の生まれた村は火山の近くだったからな。でっけえ温泉街だの天然の温泉溜まりだのが村や密林の近くにあってよ。よく入りに行ったもんだぜ」

「いいなあ東方。いつか温泉旅行に行ってみようかな」

「悪いことは言わない、やめておけ。東方出身のクレソンを奴隷として従えている坊ちゃんが、のんきに彼の部族の仲間たちが大勢いるであろうところへ顔を出してみろ。殺されかねんぞ」

「じゃあ、クレソンはお留守番ってことで」

「おい、そりゃあねえだろ！　オメエらだけで楽しく温泉入って美味えもん食おうってのか？　お？　仲間ハズレはいけませんって教わらなかったのか？　ん？」

「……君、自分が奴隷だって分かってる？」

「ああ、そうだったなあ。そういや、今の俺は奴隷だった。オメエの態度が拍子抜けしちまうぐらい甘っちょろいからよお、すっかり忘れてたぜ」

奴隷としてどれだけの間奴隷市場に並べられていたのかは知らないが、汚れのひどかったクレソンの体をホークとオリーヴが協力して2人がかりで獣人用のシャンプーとブラシを使って綺麗に洗い流し、3人で入ってもまだ余裕のある広さの湯船にゆったりと浸かる。

本来ならば、護衛や奴隷が裸になって主と同じ風呂に入るなどあり得ないことだが、細かいことは言いっこなし、というのがホークの方針だ。男が友情を育むのに必要なのは、同じ釜の飯を食うことと裸の付き合いだと、ホークは前世でパワハラ上司に言われた時こそ『何言ってやがんだこのクソ老害は』としか思えず内心では反発していたが、実際にやってみるとそれなりに効果があったらしく、最初のうちはホークに対する警戒心や敵意を剥き出しにしていたクレソンも、今はどこか毒気を抜かれてしまったような表情になっている。

新入りの山猫獣人の奴隷にして坊ちゃんの3人目の護衛、クレソンに『変な奴だなこいつ』みたいな目で見られたので、『そうだな』とオリーヴもただ視線だけで返しておく。山犬と山猫。イヌ科とネコ科という違いはあれど、山の一文字という共通点を持つ2人の獣人が護衛同士、なんとはなしに、風変わりな主に仕えてしまったことへのシンパシーを感じ合う。

だが雇い主が奇人であろうが変人であろうがオリーヴにとってはどうでもよい。今の生活が長続きするならそれでよいし、唐突に終わりを告げるならそれでもよい。ただ、契約を結んでいるうちはしっかりその仕事をこなしてやろう、ぐらいの心積もりでいるだけだ。

だが、だがである。

この屋敷で過ごしている時間は、なんというか、ほんの少しだけ楽しい。そんな小さな感情の揺らぎが、もう10年以上もずっと凪《な》いでいた心に何かを感じさせる。そんな予兆が、ちょっとだけ感じられた。そして、そんな風に感じてしまう自分が、何より不思議だった。

◆◇◆◇◆

「お風呂あがりにはそうだね、フルーツ牛乳とイチゴ牛乳とコーヒー牛乳だね。まさか普通の牛乳も合わせて4種類全部普通に売っているとは思わなかったわ。正直ナメてたわこの世界」

「おい、なんだそりゃ。牛か山羊《やぎ》の乳か？　妙な色してんな。毒じゃねえのか？」

「違うよ。果物の果汁なんかを混ぜて味付けした牛の乳だよ。これがまた美味いんだから！」

「へえ、そうかい」

「興味があるなら君も飲んでみればいいじゃないか。あ、だからって調子に乗って一気に飲みすぎるなよ？　一人1日2本までだからな」

「なあ、俺って奴隷なんだよな？」

「諦めろ。ホーク坊ちゃんはこういうお方なんだ」

クレソンは、自分がバカであることを知っている。頭突き攻撃は得意だが頭を使うのは苦手だし、ものを考えるのも苦手だ。だから、シンプルに生きてきた。行きたいところへ行き、食いたくなった時に食いたいものを食い、喧嘩を売られた時は買う。勝った方が強く、負けた方は弱い。世の中は強い奴が正しくて、弱い奴は正しくない。それが彼にとっての哲学だ。

弱い奴は強い奴に何をされても文句は言えない。だから強くあらねばならない。強くなって、勝って、勝って、勝ち続けていれば、それでいい。そうやってシンプルに生きてきた。

だから、とある戦争で敵軍に負けて奴隷にされてしまった自分は、敗者となってしまった弱い自分は、何をされても文句を言えない。全ては己の弱さが悪いからだ。自分たちはそうやって時に獣を殺しては食らい、人を殺しては奪い、生きてきた。だから自分が殺されてしまってもしょうがなかったし、食われてしまうのならばしょうがなかったし、奴隷として飼われるというのなら、それを受け入れるだけだ。

とはいえ、いつまでも弱いままで虐げられているのも癪《しゃく》なので、生き長らえさせられるというのなら、ありがたく爪を研ぎ牙を磨くだけ。いつかこの邪魔臭い首輪を壊して、偉そうにふんぞり返っている飼い主とやらを殺せば、自分は再び自由になれるはずだ。自由はいい。自由であることは幸福だ。そうでない間は幸福ではない。

失敗して死んでしまったとしても、奴隷として生かされているよりはよっぽどマシかもしれないとすら思う。バカはバカなりに、バカらしくまっすぐに生きているのだ。

「はー、いいお風呂だった。それじゃあ、そろそろ夕飯の時間だから、食堂に行こうか。あ、クレソンは食べられないものとかはある？　あるならあらかじめ言ってもらえれば、なんとかするから。苦手なものを無理して食べても美味しくないからね。別に料理を残しても文句は言わないから、その辺り何か気になったことがあれば言ってくれて構わないから」

「おいおいガキンチョ、オメエよお、自分が奴隷の飼い主だっつう自覚あんのか？　そこまで能天気にマヌケ面さらされっと、調子が狂っちまうぜ。ったくよお」

だが、人間の中には自分以上のバカもいるのだと思い知らされた。

そのバカの名は、ホーク・ゴルドという。

第4章　女嫌い、思い知る

「妹に余計なことを吹き込むな、と俺は言ったはずだが？」

「余計なこと⁉　あの子のやさしさが余計なことだってのか⁉」

「論点をすり替えようとするな。俺が今怒っているのはあの子についてではなく、君の出しゃばりについてだ。ああ、君をあの子の教育係にあてがったのは失敗だったかもしれないな」

今にも詰め寄ってきそうなほど激昂したハイビスカスの腕をクレソンが捻り上げ、後ろ手に拘束する。まるっきり虎の威を借る豚状態だが、恥とは言うまい。護衛とは、そのためにいるものなのだから。オリーヴも懐の拳銃に手を伸ばし、いつでも発砲できるように備えている。

相手は1人、こちらは2人。それを理解しているからか、あるいは俺に手を出せば即刻クビになることが分かっているからか、彼女は唇を噛み締めて耐えている。

今朝、朝一番に顔を合わせるなり、妹のマリーが唐突に、こんなことを言い出した。

『お兄様、この家にはたくさんのお金があります。それに比べて、この国には貧困や病気で苦しむ方々が大勢いらっしゃって、彼らはお金がないせいでご飯も食べられず、病気を治療することもできずに苦しんでいる。とても可哀想ではありませんか？　この家にはたくさんお金があるのですから、少しぐらいその人たちに、分けてあげてもよいのではないでしょうか？』

うーん、どうしたものかな。ゴルド家は大金持ちなのだから少しぐらい貧者にお金を配ってあげても大丈夫だろう、と妹は言う。孤児院や病院に寄付するといったものではなく、彼女は本気で一人一人に金貨を配り歩きたいらしい。ハイビスカスの可哀想な自分語りにでも触発されたのだろうか。同情するのは結構だが、勘違いはキッチリ訂正しておかねばなるまい。

「マリー……何か思い違いをしているようだから言っておくが、この家にあるお金は父さんが稼いだ父さんのお金であって、君のお金ではないんだ。父さんのお金を君が勝手に持ち出して使うことは、泥棒と同じだ。貧者に金を配ってやりたいのなら、君が自分でお金を稼ぐようになってから、君が稼いだお金でやるべきなんだよ。分かるな？」

「……でも……」

俺は渋る妹を俺の部屋に連れてくると、机の前に座らせ、試しに写本作業をやらせてみることにした。毎朝自宅のポストに朝刊が投函される程度には印刷技術が発達しているこの国だが、まだ現代日本ほど印刷技術が世間一般に幅広く普及しているわけではないため、わざわざ本を1冊1冊手書きで書き写していくような仕事も現役で残っている。

まだ印刷技術が発達していなかった時代に記された貴重な古書などは、そうやって手書きで1冊1冊複製されているわけだからな。家の中で女児にも体験できる仕事という点ではまさに打ってつけだろう。厨房で野菜の皮剥きや皿洗いなどをさせてもよかったかもしれないが、まだ幼い子供に刃物を握らせるのはさすがに。食器だって一日中洗い続けられるほどの量はない。

「マリー、お金を稼ぐというのは大変なことなんだ。試しに自分でやってみるといい。嫌だ、できないと言うのならば、この話はこれで終わりだ」

「分かり、ました」

朝の9時から夕方5時まで。昼休みは昼食込みで1時間。休憩は適宜どうぞ。そんな感じで俺の愛読している小説1冊分の書き取り作業をさせたところ、マリーはお昼休みを待たずして手の痛みを訴え始め、あえなく撃沈することと相成った。ちなみにそんなマリーへの仕打ちを『可哀想だ』などと言い出して彼女を机から引き剥がそうとしたハイビスカスは、クレソンの蹴り一発であっさり撃沈された。強いなクレソン。その筋肉は見せ筋ではなかったようだ。

「マリー、君は3時間ほど仕事をした。よって俺の小遣いの中から、銀貨2枚と銅貨7枚を君に支払おう。ちなみに、君がこのあと食べる昼食の値段は銀貨2枚程度の価格だ。君が着ているその服は銀貨6枚ほどの価値がある。お金を稼ぐとはこういうことだ。理解できたか?」

勘違いしてはいけない。俺たちは確かに大金持ちの家の子だが、その大金は父が稼いだものであって、俺たちが好きにしていいお金じゃないんだ……なんて、父さんから毎月金貨10枚という、子供にやるにはとんでもない額の小遣いをもらっている俺が言えた義理ではないのだが。

日本円にして金貨1枚1万円、銀貨1枚1000円、銅貨1枚100円相当。ちなみに父は妹には銅貨1枚さえ与えていない。血の繋がらない子供に対する露骨な冷遇だ。

「君が貧しい人々にお金を分け与えてあげたいと言うのならば、これからは君が望む限り、今日と同じこの仕事をやらせてあげよう。そうやって自分の手で稼いだお金を、自由に恵んであげるといい。だが、父さんが毎日働いて稼いだお金を、君が勝手に持ち出して、赤の他人に一方的に恵んでやるだなんてことは、断じて許さない。いいね?」

子供だからといって、いや子供だからこそ、金銭感覚はしっかり身につけなければ、ホーク・ゴルドのようにどうしようもない愚かな子供になってしまう。可哀想だから、気の毒だからと親の金を大量に赤の他人にばら撒くおバカ娘にマリーがなってしまったら、とても厄介だ。

「……申し訳ございませんでした、お兄様。わたくしが傲慢でした……」

「謝るのは俺にではなく、父さんにだろう? とはいえ謝るのなら心の中でにしておくといい。本当に謝ったりしたら、あの父のことだ。体罰が飛んでくるだろうからね」

「はい……」

完全に打ちのめされてしまったマリーをメイド長のローリエに部屋まで送っていってもらい、

ため息を漏らす。そうしてクレソンの蹴り一発で気絶させられてしまっていたハイビスカスを叩き起こし、あの子に余計なことを吹き込んだのはお前か、と問い詰めたわけだ。

「君の金持ち嫌いがここまで病的だったとは思わなかった。金持ち憎さに世間知らずの幼女を利用してまで嫌がらせに走るとは、見下げた根性だ」

「んだとお⁉」

「お前たち金持ちは大金を持っていてずるい。自分たちはこんなにもお金に苦労しているのに。そんなにたくさんあるのだから、少しぐらい恵まれない自分たちに分けてくれたっていいだろ、とでも言いたいのか？　ふざけるなよ。君はB級冒険者だったようだがE級冒険者やD級冒険者たちに同じように言われて、はいその通りです、仰る通りです、と君が集めた金やアイテムや武器などの資産を無料でそいつらにくれてやるのか？　ん？　どうなんだ？」

憤怒と憎悪にお綺麗な顔を歪めるハイビスカスだったが、これ以上暴れないようにとクレソンが彼女の両腕を後ろ手に拘束しており、なおかつオリーヴがいつでも発砲できる体勢で俺の傍らに立っているため、口で勝てないからといって暴力沙汰に走ることもできず、悔しそうに歯噛みしている。唯一この状況からでも反撃できる手段があるとしたら魔法だが、魔法を行使するためには呪文を詠唱する必要があり、詠唱が終わる前に喉を潰してしまえば魔法の発動そのものを阻害できるため、有事の際にはオリーヴが即座に彼女の喉を潰すだろう。

「いつまで経ってもE級やD級のまま、昇格できずに燻っている才能のない冒険者たちもいるというのに、その若さでB級にまで昇格するだなんてずるいじゃないか。それだけの才能が君にはあったのだから、才能に恵まれないせいで苦労している下級冒険者たちにやさしくしてあげてもバチは当たらないだろう？ そう言われて、君は納得するのか？ 頷《うなず》けるのか？」

「ふっざけんな！ アタイは自分の実力だけでここまでやってきたんだ！ なんの苦労もなく努力もせず、ただ生まれつき親が金持ちだからってだけで何一つ不自由なくのうのうと暮らしてやがるテメエらみてえなバ金持ちとは違う！ アタイとお前を一緒にすんじゃねえ！」

「だから、無知なマリーを騙して唆《そそのか》しても許される、と。悪の金持ちに君が貧者たちの代弁者として正義の鉄槌を下してやったつもりにでもなっているのだろうが、それはさぞ気分がいいだろうな。正直、見損なったよ。君を雇ったのは失敗だった。君の妹の話など知ったことではないと、俺たちには関係ないことだと切り捨てておくべきだった」

「違う！ それは違う！ そんなつもりだったんじゃねえ！」

「だったら、どんなつもりだったんだ？ 言ってみろ」

「アタイはただ……あの子にせがまれて妹の話をしただけだ！ アタイの妹ならぜひお友達になりたいって、マリーはそう言ってくれたんだ！ だから、あの子の病気が治ったら会わせてやるよって、それで、それで！」

「それで、マリーが勝手に君たち姉妹の境遇に同情して、恵まれない可哀想な連中に金をばら撒いてやろうと言い出しただけだ、と。お前が唆したのではないと、そう言いたいのかな？」

卑怯《ひきょう》な言い方だ。それが事実であったとしても、この状況で、はいそうです、とは言い難いだろう。だが俺の心がマリーの幼稚な言動（まだ6歳なのだからしょうがないとはいえ）に呆れ、その原因となったであろうハイビスカスを解雇する方向に心が動いているのが一目瞭然な現状、妹の治療費がどうしても必要な彼女は、同意しないわけにはいかないからだ。

「ああ、そうだよ！　アタイのせいじゃねえよ！　アタイはそんなつもりであの子に妹の病気の話をしたわけでもなければ金を恵んでくれとせびったわけでもねえ！　これで満足かよ！」

このクソ豚野郎！　とでも怒鳴りたげな様子で唇を噛み、拳を握り締めるハイビスカス。

彼女の妹の病気はまだ完治していない。高額な毎月の薬代を捻出しながら毎月少しずつ治療費を積み立てるという懐に厳しいことが、うちで雇われ毎月破格の給金をもらえるようになったからこそできるようになったわけで。今それを打ち切られてしまえば再び冒険者時代の毎月の薬代を稼ぐだけで精一杯で、とてもじゃないが治療費など貯められる余裕もないような自転車操業に逆戻りしてしまうからだ。

ここで短気を起こして俺に噛みついて職を失うということはつまり、妹を救う手立てを自分から手放すことに他ならない。土下座までして俺の靴を舐めようとしてでもここで雇ってもらおうと必死になった以上、彼女はどれだけ不本意でもこう言うしかないのである。

「そうか。ならば今回の一件における君の監督責任については不問に処す。まだ世間知らずの子供であるが故の、無知さが引き起こしてしまった兄妹喧嘩。以上だ、下がっていいぞ」

「……クソ！」

彼女の両腕を後ろ手に拘束していたクレソンに解放を促すと、自由になったハイビスカスはひどく憎々しげな目で俺を睨み付け、その眦《まなじり》に涙を浮かべながら、逃げ去るように俺の部屋から出ていった。やれやれ、とんだ騒ぎになってしまったな。

「なんだかどっと疲れちゃったよ。オリーヴ、厨房から紅茶でももらってきてくれない？」

「了解した」

人に嫌われたり憎まれたり恨まれたりというのは、いつだって嫌なものだ。

「金持ちってえのはメンドクセエな。テメエの食い扶持《ぶち》をわざわざ他人に恵んでやるバカがどこにいるんだっつー話だよ。一度それで味を占めた連中はひどいもんだぜ？」

「まったくもってその通りなんだけどさ。孤児院や病院への寄付・寄進は、貴族が評判を買うためによくやる手なのも事実なんだよね。チャリティ精神、ノブレスオブリージュってやつ？」

「だったら、やってやりゃあよかったじゃねえか。オメエ、将来は貴族になんだろ？」

「妹の発案でそんなことしたらあの父が黙ってないだろ？　俺は嫌だぞ、父親が家庭内暴力に走るのも、それを止める係になるのも。あーやだやだ、クレソン、ストレス解消にちょーっとモフらせてくれない？　荒んだ心には癒やしが必要なんだ」

「ゲ！　またかよ？　くすぐってえからあんま弄《いじ》られたくねえんだがなあ」

むさ苦しいおっさんのケツから生えているという事実には目を瞑《つむ》り、俺は彼の山猫の尻尾をモフらせてもらう。これは猫ちゃんの尻尾、ジャンボサイズの猫ちゃんの尻尾。そう思い込むことで指先に触れる毛皮のモフモフとした感触に癒やされる。オリーヴのフサフサとしたイヌ科の尻尾とはまた違う、毛の短いネコ科の尻尾。あー、やっぱモフモフは癒やし要素満点だ。

モフモフモフモフ、モフモフモフモフモフ。

そんなに動物が好きならそれこそ犬でも猫でも飼えばいいじゃないかって？　本物の犬猫には言葉が通じないからな。大人しく尻尾や毛皮を揉ませ続けてもらえないだろ？

◆◇◆◇◆

この世界に転生してから1年。9歳になった俺はついに見つけてしまった。

何を見つけたのかって？　この世界の主人公だよ！

それは王立学院での入学試験でのことだった。

「なんと!? 魔力は確かに感じられるのに、11種類どの属性にも当てはまらぬとは!?」

「ひょ、ひょっとして彼は伝説の、無属性魔法の使い手なのでは!?」

「そんなバカな！ 無属性魔法など、ただのおとぎ話に語られる伝説にすぎん！」

「そうだそうだ！ 無属性魔法など存在するものか！ こいつはただ、11種類全ての属性に適性を持たぬ落ちこぼれの無適合者なのであろう！ そうに決まっている！」

「そ、そうですわ！ 無属性魔法なんてものは、所詮《しょせん》ただの机上の空論！ そんなおとぎ話を真に受けてしまってはなりませんわよ皆さん！ この子はただの落ちこぼれでしょう！」

この国に義務教育はないとかつて言ったが、それでも学校はある。それがこの、王立学院だ。入学試験こそあるものの合格すれば10歳からの初等部を3年間、13歳からの中等部を3年間、16歳からの高等部を3年間、19歳からの大学部を3年間、22歳からの大学院を3年間、都合15年間にわたって学院生活を送ることができるようになり、王立学院を卒業したという実績は、この世界では貴族の嗜《たしな》みとして持て囃《はや》されるほどの名誉となっているのだ。

といってもだいたいの学生たちは、男性ならば15歳前後、女性であれば13歳前後で結婚してしまうことが世間一般での価値観として存在しているため、たいていの場合女性は中等部、男性は高等部を卒業すると学院を離れてしまい、さらなる知識を求めて大学部に進学するような人間はよほどの変わり者。まして大学院に進む人間は……というぐらいの認識であるらしいのだが、それでも入学するだけでも大変に名誉な場であることに変わりはない。

当然この国の貴族たちは幼い頃から英才教育を施して我が子を学院に入学させようとするし、平民たちの間でも、成績優秀な生徒には奨学金が出て平民ながら貴族の子息女ばかりが集まるこの学院に入学することができ、そうなれば将来エリートコースに乗ることができるかもしれない、という期待感があるせいで、我が子を王立学院に通わせたいと考える親は少なくない。

無論、国内で一番の親バカというかバカ親であることで有名なうちの父も俺をこの学院に入学させるべく多大な期待を寄せており、ミント先生という家庭教師を雇うことで、少しでも入学試験を有利に進めようという魂胆もあったそうだ。そんなわけで俺は王立学院の入学試験を受けることと相成った。そしてそこで、出会ってしまったのである。

この世界の、主人公らしき美少年に。

「俺が……無適合者……？」

「そんなバカな！　もう一度検査してくれ！」

入試の際に使われる子供の属性適性を測定する水晶を図らずも砕いてしまったゼロ公爵家の長男、黒髪黒目の美少年貴族、ヴァニティ・ゼロ君が呆然《ぼうぜん》と震える己の手を見つめており、そ

の父親である公爵は、息子が無適合者であるはずがないと試験管たちに食ってかかっている。

「お兄様！　しっかりなさってください！　きっと何かの間違いですわ！」

ヴァニティ・ゼロ君の妹らしい黒髪・黒目の美少女がそんな兄の肩を揺さぶっている。素晴らしい、完璧なシチュエーションだ。古今東西、権力者の子供が実は落ちこぼれであるとして廃嫡され、御家から追放され、その後自分自身の力で仲間を集めていき、自分を追放した者たちに復讐しながら成り上がっていく。実にありふれた英雄譚の王道である。

王立学院の無適合者。実にライトノベルっぽいタイトルだ。無適合者と書いて、横文字のかっこいいルビが振られているのだろう。そういうタイトル、一時期流行ったしな。

無適合者という言葉も最初のうちこそ適合する属性のない落伍者とか落ちこぼれ的な蔑称で使われ、物語の終盤で実は無属性に適合した者、という意味に変化するという逆転劇を演出するための意図的な伏線であるのだろう。お誂《あつら》え向きに入学試験官を務める学院の教師たちが、本来ならば存在するはずのない、幻の12番目の伝説の無属性魔法、なんて単語をなぜか説明口調で口々に並べ立ててはそんなもの実在するはずがない、と否定しているのも、いかにもな今後のためのフラグめいたものを感じさせてくれる。

「おい！　大ニュースだ！　あのゼロ公爵家の長男がまさかの無適合者だったとはな！」

「御家の恥だ！　大醜聞《しゅうぶん》だ！　すぐに新聞社に連絡しろ！」

「大変なことになってきたな！　下手すりゃ、貴族間の勢力図がひっくり返るぞ！」

入学試験を見守っていた受験生の家族らや、見所のありそうな子供を見極めに来た大人たち、それに加えて毎年恒例の入学試験の様子を記事にするために見学していたであろうマスコミの人間たちが、何度測定しても無適合者としか思えない結果を出すヴァニティ君に大騒ぎとなる。

「ヴァニティ！　貴様！　この、ゼロ公爵家の恥さらしが！」

「ち、父上！　違うんです！　これは何かの間違いのはずで！　俺は！」

「うるさい、黙れ！　言い訳など聞きたくもない！」

青褪める主人公君。顔を真っ赤にして激昂しているゼロ公爵。青褪めた顔で今にも卒倒してしまいそうな公爵夫人。泣きそうになりながらなんとか父親を宥《なだ》めようとしている妹。

まさに物語のプロローグ、貴族に生まれた主人公が魔法の才能が欠落していることを理由に生家を追い出され、平民に身分を落とされるという典型的な英雄譚の冒頭である。

ご安心ください公爵、お宅の息子さん、恥さらしどころか完全に英雄の器ですよ。あきらかにこの世界の主人公たるエリートの香りがプンプンしますよ。レアリティで言うならＳＳＲだ。きっとこれから先、ヴァニティ君はしばらくつらい境遇の中で過ごし育ったせいでやさぐれてしまうのだろうが、これがアニメにせよゲームにせよ、なんらかの美少女と出会って物語が動き始め、最終的には世界にたった一人だけの貴重な無属性魔法の使い手として、いずれ世界を救ったりハーレムを築き上げたりしてウハウハの勝ち組生活を送るようになるのだろう。

　そしてやはり、ホーク・ゴルドはこの世界の主人公ではなかったのだ。おそらく俺の役割は、ヴァニティ君をイジメる嫌味なクラスメイトといった辺りだろうか。冴えない主人公がスポーツマンや金持ちといった、いわゆるジョック層と呼ばれるイジメっ子気質なクラスメイトらにイジメられる展開は、少年漫画やハリウッド映画の序盤なんかじゃお約束だし。

　自分がこの世界の主人公ではなかった、という事実は残念だが、前向きに考えればもしこの世界に魔王が現れたり、邪神が降臨したり、破壊神が顕現したりして、世界が滅亡しかねないような絶体絶命の危機に陥ったとしても、主人公である彼がなんとかしてくれるのだと思えば、安心できるとも言える。闇属性魔法しか使うことのできない俺では無理だ。

　そもそも闇属性魔法を使う金持ちのデブガキなんて、物語の中盤で敵側に寝返ってあっさり倒されるのがお約束の、中ボスめいたキャラクター像でしかない。


　俺はこの日、この世界の中心が、自分から彼に移ったような錯覚に陥った。

　昨今流行りのネット小説や深夜アニメの主人公みたいに異世界に転生して、ひょっとしたら何か素敵なことが始まるのではないか、と期待していた部分もあったのだけど、所詮俺はこの世界でも、その他大勢の脇役の一人でしかないのかもしれない。まあ、分かっていたことだ。

前世の時からずっとそうだったじゃないか。何を身のほど知らずな願望に酔い痴れていたのだろう。早い段階で現実を知ることができて、よかったと思うべきだ。いつまでも自分こそがこの世界の中心だなんて思ってる方がおかしいんだから。

「おうおう、なんだか面白えことになってんなあ、おい！」

「不謹慎だぞクレソン。公爵に聞きつけられたらどうする」

屋敷の警備をバージルに任せ今日の護衛はクレソンとオリーヴだ。無責任なことを言い放つクレソンをオリーヴが窘《たしな》めてはいるものの、彼も内心ではそう思っているのだろう。結構興味深そうに主人公君のことを見ている。普段他人にあまり興味を示さない彼の関心を惹いている辺りが既に主人公の器というやつだろうか。主人公が人たらしというのはお約束だからね。

「しかし、彼がこの世界の台風の目になることは間違いないだろうね」

「確かに。公爵家はしばらく荒れそうだな」

「ホークちゅわあああん！　ホークちゃんが落ちこぼれなんかじゃなくて、パパよかったでちゅよお！　もちろんホークちゃんが無適合者だったとしても、それでもパパの愛は微塵も揺らぎまちぇんからね！　よかったよかった、ホークちゃんが不合格じゃなくて本当によかった！」

「父さん、声が大きいよ。公爵に睨まれたりしたらまずいんじゃない？」

「公爵家なんぞ何するものぞ！　お金さえあれば大丈夫さ！　ホークちゃんが入学したら、パパたーっぷり寄付金弾んじゃうって学院の教師どもに話をつけてきたからね！　これで奴らはホークちゃんを不合格にすることなんかできないはずさ！　ブヒョヒョヒョヒョ！」

それって裏金というか不正献金というか、ヤバい類いのお金では？　と思わなくもないが、法律関係のガバガバなこの世界では、なんら問題のない行為なのだろう。

入学試験を終えて展開の一部始終を見守っていた俺を抱き締め頬ずりする父を窘めながら、俺は公爵にビンタされて呆然としているヴァニティ・ゼロ君を遠巻きに眺める。

可哀想に。でも、よかったじゃないか。主人公に選ばれて。この世界は転生者たる俺のためでなく、彼のために用意された箱庭だったのだ。序盤のイベントぐらい、なんてことないだろ？

かくして幼年期は終わり、少年期が始まろうとしていた。

第5章　女嫌い、王子様に出会う

「ステータスウィンドウ、オープン。ダメか。インベントリ、オープン。これもダメ。開け、アイテムボックス。出ないな。セーブ画面やロード画面はないのか？」

「おい、何やってんだあいつ。とうとう頭がおかしくなっちまったか？」

「気にすんなって。坊ちゃんが突然奇行に走るのはいつものことだろ？」

どうも、実は主人公ではなかったことが判明した異世界転生者、ホーク・ゴルドです。

新たに主人公として颯爽《さっそう》と登場したゼロ公爵家のヴァニティ・ゼロ君が公爵家から追放され、彼の双子の妹だという黒髪の美少女、ローザ・ゼロ嬢が新たにゼロ公爵家の跡取りとして据えられるなど、社交界に激震が走った一連の事件からしばし時が経ち、10歳になった俺は、王立学院初等部、1年A組の生徒として異世界での小学生ライフを始めていた。

ここまで創作物の中の世界っぽいお膳立てがなされてしまったからには、いっそセーブ画面だとか、無限にアイテムを入れておくことのできる物理法則を無視した道具袋でも出現しないものかとあれこれ試行錯誤してみたのだが、どうやらダメっぽい。

言い訳をさせてもらえば、この手の異世界転生作品においては、主人公のステータス画面が空中にいきなり表示されるというのはありがちな定番パターンなんですよ。そしてその世界ではステータスの上限値が999であるにもかかわらず、主人公はレベル1なのに全てのパラメータが99999になっている、みたいな、チートコードを打ち込んでインチキプレイをするRPGのような物語が始まることから、転生チートという言葉が有名になったわけで。

本来チートコードとは、外部から不正なプログラムコードを本来の正しい数値に代入して打ち込むことにより、そういったシステム的にあり得ない事態を引き起こすことを指す。例えばレベル1なのに全てのステータスがあり得ないぐらい高い、まだ序盤なのに所持金がカンストしている。本来ならゲームの終盤でしか手に入らない、すごい武器や防具を最初から入手する。あるいは魔物を倒した時に得られる経験値を100倍にするとか。

ある日突然、銀行口座の残高を誰にも気付かれることなく数億円にできたら嬉しいだろ？

そういったあり得ない挙動を世界中で主人公一人だけが実行することができて、そんなインチキ能力でやりたい放題好き勝手に生きていくことができるという、現実でもそうだったらいいのにな、みたいな願望を投影して楽しむことができる、人気のジャンルと言える。

だが俺にはそんな特別な力は備わってはいなかった。異世界に転生したのにその手のチート能力が付属していないというのはつまり、牛丼の牛肉・白米抜き、ラーメンの麺・スープ抜き、ショートケーキのイチゴ・クリーム抜きみたいなもの。

遊園地に来て入園料を支払い、乗り放題パスを購入したのに全てのアトラクションが臨時休業していたようなガッカリ感だ。

そんな失意の中、晴れて王立学院初等部の1年生になった俺は前世の学生時代と同じようにいてもいなくてもどっちでもいい、いないことに気付かれないタイプの地味で目立たない、大人しい生徒としてクラスに溶け込むことに終始していた。本来ならばゴルド商会の跡取りとしてコネクション作りに奔走すべきなのであろうが、正直やりたくない。

今までホーク・ゴルドのことを親に甘やかされて育った筋金入りのバカ息子と言ってきたが、この学院に在籍している貴族の子供たちというのはそんなホークと同レベル、もしくはホーク未満のバカ揃いだからだ。相手がまだ小学生というのもあるが、選民思想・差別意識に凝り固まったクソガキどものご機嫌取りなぞ誰がやりたいものか。俺は誰かに媚びるのも誰かに媚びを売られるのも嫌いなのだ。営業マンにはなれないし、出世もできないタイプ。

冴えないおっさんの俺でも異世界に転生すれば何もかもが上手くいくようになって、なんの苦労もせずに自分のことを好いてくれる人間たちに囲まれて、自由に生きられるようになるんじゃないか、なんて甘えた考えは、通用しなかった。日本で頑張れなかった奴が異世界で頑張れるわけがないというのは至極道理で、唯一転生前と違うのは、現世では親が大金持ちだということだ。俺のことを溺愛して甘やかしてくれる金持ちの父親がいるのだから、それだけでも十分すぎるだろう、と思う。それ以上を望んだら、贅沢すぎてバチが当たりそうだし。

そんな現実はさておき、10歳になったことで、人間関係もいろいろと変化していた。

妹のマリーは8歳になり、ハイビスカスに護衛されながらローリエに淑女教育を受けている。

父イーグルはますます繁盛していく商売と比例するかのように体も自尊心も肥大化し、俺は肥え太りこそしなかったものの特に痩せるといったこともなく、肥満児のまま根暗で陰気なデブ街道をまっしぐらだ。ミント先生は大学卒業に伴い家庭教師を辞め、現在は教育実習生として王立学院の高等部で頑張っているらしい。婚約者サニーとは同じ1年A組の生徒でありながら教室内ではほとんど会話することもなくつかず離れずの関係を維持している。メイド長のローリエだけはあまり変わらないが、最近は少しずつ態度が軟化してきて付き合いやすくなった。

護衛の3人も相変わらずで、以前より距離感が縮まったせいか、最近やたらと砕けた態度をとるようになってきたが、文句はない。同年代の友達ができない俺にとっては貴重な男友達だ。何せ中身がアラフォーのおっさんだからな。見た目こそ10歳児でも中身がもう40近い俺が、リアル10歳児たちとどうやって友情を育《はぐく》めというのだ。

「ゴルド君、次の授業が始まってしまうよ。早く教室に戻ろうよ」

「失礼いたしました、殿下。直ちに参ります」

「もう、ピクルスでいいって言ってるのに」

「畏《おそ》れ多いことでございます、殿下」

王立学院では社会勉強の一環として寮生活を送る生徒が少なくないが、俺は実家から普通に馬車で通っている。授業のカリキュラムも小学生レベルの内容であり、かつて家庭教師であるミント先生に習ったことがそのまま繰り返されている感じで、特に面白みもない。友人もなく面白みもなく、なんら刺激のない退屈な二度目の小学生生活……と、思っていたのに。

なんの因果か、俺は王子様に目をつけられてしまっていた。正真正銘、本物の王子様にだ。

ブランストン王国第三王子、ピクルス・ブランストン。まさかのクラスメイトである。

名前を聞くだけで吹き出しそうになってしまうのだが、ギャグではなく本当にそういう名前なのだから困る。今社交界で最もホットなゼロ公爵家のご令嬢、ローザ・ゼロ嬢の婚約者でもある彼が、なぜ俺のような悪名高き成金商人の子倅《こせがれ》に目をつけたのか、本当に理解できない。

そもそもこの1年A組という場所は貴族の子供たちが集められたクラスであり、将来的には男爵家に婿入りする予定であるとはいえ、現状はまだ一介の平民でしかない俺は本来なら平民の子供たちが集められたB組か、もしくはC組に配属されるのが道理であろうになぜか、というかおそらくは多額の寄付金を弾み、その際に男爵家の一人娘の婚約者であることを念入りにアピールしたであろう父のせいでA組に配属されてしまったため、同級生たちからものすごい目で睨まれてしまっているのだ。

「もう、学院内では王族も貴族も平民もなく、みんな平等だって学院長先生も入学式の時に仰っていたのに。君はいつまで経ってもよそよそしいままだね？」

「平等であることと、礼節を守ることは両立し得ます故、平にご容赦を」

そんなキラキラ王子様との出会いは、入学した当初にさかのぼる。

◆◇◆◇◆

『おいお前！　あのゴルド商会の子供なんだってな！』

『金で爵位を買うような卑しい奴と同じクラスだなんて冗談じゃないぜ！』

『お前がA組になったのだって、親の寄付金のおかげなんだろ？』

『信じられない恥知らずだな！　お前の親父の会社、パパに言って潰してやろうか！』

はい、案の定貴族のボンクラキッズどもに絡まれまして。まあ、そりゃイジメられるよな。

これだから閉鎖的なコミュニティは嫌いなんだ。俺の婚約者であるというだけの理由でサニー嬢もクラスの女子たちから陰湿なイジメを受けているそうだし。これがいずれこの国の未来を担うであろう貴族の子供たちであると思うと、お先真っ暗感がすごい。

『無視してるんじゃねえよ！』

『何調子に乗ってやがんだ！』

『どうやら、痛い目見なきゃ分かんねえようだな！』


『ねえ、君たち何をしているの？』

そんなイジメの現場に颯爽と現れたのが、ピクルス王子だった。


『お、王子様!?』

『こ、これはですね、その！』

『生意気な平民に躾をしてやろうと思いまして！』

『学院内では王族も貴族もなく、みんな平等に一生徒だって学院長先生が仰っていたよね。王族の僕がそれを守ろうとしているのに、貴族の君たちがそれを蔑《ないがし》ろにするつもりなのかな？』

『め、滅相もございません！』

『申し訳ありませんでした！』

イジメの現場をイケメン王子様に助けてもらう。まるでコテコテの少女漫画のような展開だ。

俺がヒロインだったならば、この時点で素敵な恋が始まってしまってもおかしくはない。

『ねえ君、大丈夫？』

『はい。お陰様で助かりました。心より御礼申し上げます、殿下。お見苦しいところをお見せしてしまいまして、申し訳ございません』

さすがに相手が王子様なので、俺も遜《へりくだ》らないわけにはいかない。下手に機嫌を損ねたり不興を買って不敬罪だ！　なんて難癖をつけられたら堪ったもんじゃないからな。

『いや、そこまで畏《かしこ》まらなくていいから。クラスメイトでしょ？　仲よくしようよ』

『畏れ多いことでございます、殿下』

切実にやめてほしい。ただでさえA組に所属しているというだけでイジメの標的にされるような民度の低い学校なのに、王子様と仲よくなったりしたら余計にイジメられるじゃないか。

『僕は、君と仲よくなりたいと思ったんだ。ダメかな？』

『……仰せのままに』

俺をこの世界に転生させた神様。確かに俺は女嫌いで、女といるより男友達とつるんでいる方が楽しいのですが、だからといって、イケメン王子様なんか寄越されても困ってしまいます。つーか、本当のイケメンは心もイケメンだというのは本当だったんですね。10歳児とは思えないキラキラオーラを振り撒く白髪碧眼の美少年を前に、俺はただため息ばかりだ。

◆◇◆◇◆

魔法があるこの世界には魔道具という代物がある。分かりやすく言うと魔力を流し込むだけで自分が本来使えないはずの魔法を使用することができる道具だ。要するに、オイルの代わりに魔力で着火するライターみたいなものと思えばいい。

例えば射った矢が自動的に炎の矢になる炎の弓。着ていると氷の魔法が発動し続けるおかげで、砂漠やジャングルといった暑い場所でも涼しく着こなすことのできる氷の鎧。あるいはただ身に着けているだけで、そこにいるのに周囲の人間たちから認識されなくなる闇の首飾り。

そういった魔道具を作成する人間を、魔道具職人と呼ぶ。まんまだね。ただし、そこまで本格的な職人技による逸品でなければ素人でもそれっぽいものを作ることは可能だ。

なので、俺は身に着けているだけで周囲の人間から認識されなくなる闇の首飾りと似たようなものを自作することにした。自分の存在を他者の意識から取り除く、というステルスめいた闇属性魔法を宝石に刻印し、腕時計の装飾として加工する。これでただ装備しているだけで他人から歯牙にもかけられなくなる魔法の腕時計の完成。

なんでそんなものを作るのかって？　イジメ対策だよ。王子様に庇われたおかげで余計に周囲の嫉妬や反感を買ってしまい、ますますイジメられることになるのは目に見えてるからな。

ありがた迷惑な王子様は、なぜだか知らんがこの世界では脇役でしかない俺なんかと仲よくなりたいと言い出して、率先して声をかけてくるようになってしまった。正直クソ迷惑なのでやめてくれと言いたいが、相手が相手なだけに言えない。まるで少女漫画で金持ち学校に入学してしまった庶民の少女が学院の王子様に気に入られて付き纏われているうちに庶民のくせにと嫉妬した周囲の女生徒たちから反感を買い、余計にイジメられるという王道展開のようだ。

そこで役に立つのが、この闇の腕時計である。

この腕時計を装備している限り、俺の存在感は路傍の石コロと同じ程度にまで薄まるため、例えば教室の真ん中で堂々と王子様に声をかけられても、周囲のクラスメイトたちの目に映り声が聞こえるのは王子様の存在だけで、王子様が誰に話しかけているのか分からないし分からないこと自体に疑問を抱くこともないという便利グッズなのだ。

これを悪用すれば、例えば目の前を歩いている別の生徒のポケットから堂々と財布を盗んだとしても、相手やその周辺の目撃者たちは、俺が財布を盗んだ事実さえ認識できないまま、気付いた時には『あ!? 財布がない!? どこで落としたんだろう!?』と慌てることとなる。

なんだか使い方によってはものすごく悪用できてしまいそうで、怖ろしいな魔道具。魔法といい魔道具といい、本当に物騒な世界だ。

「おはようホーク君。今日もいい天気だね」

「おはようございますピクルス様、ゴルド様。本日はお日柄もよく」

「おはようございます、殿下、ゼロ様」

そしてそんな強烈な認識阻害の闇魔法を行使しているというのに平然と俺に話しかけてくるピクルス王子と、彼の婚約者である公爵令嬢のローザ・ゼロ嬢。チートか？　チートなのか？

実際にはただ素人の俺が作ったアマチュアの魔道具では、優れた魔法の才能を持つお二人には通用しない、というだけらしいが、それでも周囲の貴族のボンクラキッズどもは騙し通せているというのに、まだ10歳児ながらそれを看過する実力を兼ね備えたこの2人が地味に怖い。

「今日もその腕時計を着けているのかい？」

「外した途端に無用なトラブルを招いてしまうことが確定しておりますので」

「同じ貴族として、イジメなど、お恥ずかしい限りですわ」

「いえ、ゼロ様の責任ではございませんよ。そのお言葉だけで救われます」

3人で会話しながら、朝の構内を初等部の校舎まで向かう。寮生活の2人がわざわざ毎朝正門前で俺が馬車で到着するのを待っているとか、なぜだ。そんな風に目をかけられる理由なんてこれっぽっちもないはずなのだが、ひょっとしたら僕がイジメから守ってあげなければみたいな王子の親切心なのだろうか。だとしたら、ありがた迷惑にもほどがある。

傍目《はため》には俺たち3人が会話しながら歩いている光景は、王子様とその婚約者であるローザ嬢が2人で楽しく談笑しているようにしか見えないだろう。しかしまあ、あのローザ嬢までが俺に話しかけてくるようになるとは予想外だった。なんせ入学試験で無適合者の烙印を押され、公爵家から追放されることと相成ったこの世界の主人公、ヴァニティ君の妹だからな。初めて彼女がピクルス王子の婚約者であることを知らされた時はひどく驚かされたものだ。

おそらく彼女は、妹系ヒロインという存在なのだろう。妹系ヒロインとは妹でありながら兄に尋常でない恋心や執着心を抱き、『将来はお兄ちゃんと結婚するの！』という微笑ましい台詞を本気で実現しようと画策するような、度を越したブラザーコンプレックスを抱いた妹を指す。その証拠に彼女はかなり重度のブラコンのようで、公爵家から追放された兄の代わりに自分が公爵家の跡取りに据えられた今でも、失脚させられた兄を連れ戻すため婚約者である第三王子を抱き込んであれこれと頑張っているようだからな。

俺に話しかけないでください関わらないでくださいオーラを出しているにもかかわらず王子がしつこく俺に話しかけてくるものだから、必然的に彼女と関わる機会も増えてしまう。

作っておいてよかった魔道具。この腕時計がなかったら、今頃俺はクラス内でも高嶺《たかね》の花の二大巨頭である第三王子と公爵令嬢になぜか親しげに話しかけられている平民ということで、クラスメイトたちから吹き荒れる猛烈な嫉妬の嵐に呑み込まれていたことだろう。

「それで？　ローザ、無属性魔法について、何か進展はあったのかい？」

「いいえ。学院の図書館は禁書の棚に至るまで全て調べ尽くしましたが、無属性魔法についての具体的な記述は一つも見つかりませんでした」

「まあ、伝説の12番目の属性だとか、本来ならば存在しないはずの0番目の属性だとか、いろいろ言われているらしいですからね。そう簡単には見つからないのでは？」

「0番目だって？」

「まあ!?　ゴルド様！　そのお話、詳しくうかがってもよろしいかしら!?」

「え？」

　さて、短い付き合いだが彼女がお兄様大好きっ子であることは容易に窺い知れた。何せ入学当初、ヴァニティ君を公爵家の恥と貶し、次期当主の座に据えられた彼女をヨイショしようとした連中が薙《な》ぎ払われたぐらいだからな。物理的に、魔法で。

　彼女は優れた闇属性魔法の使い手であり、その気になれば初等部の校舎程度圧壊させられるほどの重力を操ることができるとかで、1年生ながら陰で学院の女帝などと呼ばれているらしい。そんな彼女に目をつけられてしまったら、どうなるか。

「詳しくも何も、お二人の方がお詳しいでしょう？　王族や公爵家の跡取りなのですから、旧約建国史ぐらい、当然読んでいらっしゃるはずでは？」

「旧約！　ああ、まさか！」

「盲点だったねローザ。そうか、旧約建国史か」

「え？　え？　なんですかその反応。怖いんですが」

「あのねホーク君。今一般に流通している建国史が、新約建国史であることを君は知っているんだよね？」

「ええ、まあ。新約があるのですから、旧約があっても何もおかしくはないのでは？」

俺が気圧《けお》されつつもそう言うと、２人は困ったように顔を見合わせた。なんだよ、妙に気になる反応をするじゃないか。俺、何か無自覚に地雷を踏んでしまったのだろうか？

「新約建国史。そういう呼び方をする人間そのものが、今は限られているんだよ。建国史に新約と旧約があること自体、今の世代の人間はほとんど知らないんだ。限られた一部の王族や貴族、もしくはよほど古い家柄でもない限り、建国史が2種類あることさえ知る由《よし》もない」

そうなのか。衝撃の新事実だ。そんなこと、誰も教えてはくれなかったぞ？

「旧約建国史は３００年ほど前に起きた宗教戦争でそのほとんどが焚書《ふんしょ》されてしまい、現存するものはほとんど残っておりませんの。故に、今市場に出回っている建国史を新約、と呼称することは、それだけで重大な意味を持ちますのよ」

「ワーオ……」

なんだかものすごい特大の地雷を踏んづけてしまったような気がする。大丈夫？　粛清されたりしない？　口封じに処されてしまいそうで、恐怖しかないのですが。

「まさかとは思うのだけれど、ひょっとして君は持っているのかい？　王家の禁書庫に厳重にしまわれ、歴代の王でなければ中身を読むことも許されない、その旧約建国史を」

「はっはっは！　嫌だなあ殿下。そんな言い方をされてしまったら、持ってるわけないじゃないですかとしか言えないじゃありませんか」

「待って！　逃げないで！」

咄嗟に逃走を図ろうとしたものの失敗し、ローザ嬢に10歳の少女とは到底思えない力強さで二の腕を鷲掴みにされてしまう。俺が運動不足の非力な肥満児だからというのもあるが、女児相手に力負けしてしまうというのは情けない。が、それ以上に今は彼女の目が恐ろしい。

「安心してくれ、君をどうこうしようというつもりは、僕たちにはないよ」

「それって、あなた方以外の連中に口封じされるってことですよね？」

「大丈夫、君が旧約建国史のことを言い触らさない限りは、きっと大丈夫だ」

「それって、あとあとになってやっぱり心配だから、ってなるフラグですよね？」

「ゼロ公爵家の名に誓って、あなた様の身に危害を加えないことをお約束いたしますわ！　ですから、どうかお願いです！　わたくし、どうしてもお兄様をお助けしたいのです！」

拝啓ミント先生。こんなことならあなたに歴史も習っておくべきでした。

◆◇◆◇◆

「この部屋には盗聴除《よ》け、覗き見除け、人払いの結界魔法が入念に張られている。だから、ここで話したことが外部に漏れる心配はない。安心してくれていいよ」

それって、外部に助けを求めることもできないってことですよね？　いや、やめておこう。公爵家の名に誓うとまでローザ嬢が宣言してでも助力を求めてきたのだから、これ以上言い出したら彼女の名誉を傷つけてしまうことにもなりかねない。ただでさえ俺たちの間に信頼関係なんてものはないも同然なのだ。大して親しくもない王子や公爵令嬢相手に、迂闊にそんな軽口は叩けない。俺はまだ、二度目の死を迎えたくはないからな。

放課後。授業を終えて急ぎ帰宅した俺は、とんでもない劇物であることが発覚した件《くだん》の旧約建国史を鞄の奥底にしまい込み、第三王子が暮らしているという学生寮の王族専用特別部屋になかば強制連行されるかの如く連れてこられてしまった。

部屋の外にはピクルス王子の護衛である王国騎士団所属の騎士2人と、ローザ嬢の護衛を兼ねているというメイドが2人、それからうちのバージルとクレソン。いざという時は……いや、暗い想像はやめておこう。大丈夫だ、うん、きっと大丈夫のはず。

「これが件の、旧約建国史になります」

「これが本物の……」

「実物を見るのは僕も初めてだ。君は一体、これをどこで？」

「それがその……下町にある古書店の特価品コーナーで、他の本に混じって銅貨1枚（約100円相当）で売られておりましたので、てっきり普通の本だと思い……」

「それは……」

「なんという……」

物の価値を知らないというのは恐ろしいことだね。店主からすれば、ただの古くて薄汚い本だったのだろう。実際には国宝レベルのヤバい代物であると知ったらそんな杜撰《ずさん》な扱いはできないだろうからな。それが巡り巡ってこうしてこの国の王子の手に渡るとか、どんな偶然だよ。

ひょっとしたらこれもまた、この世界の主人公であるヴァニティ君の主人公補正に導かれているのかもしれない。俺が偶然格安で購入した古本が実は重要な遺物であり、それが彼の妹であるローザ様の手助けをする形でこんな風に使われるのだから。世界は主人公を中心に回っている、という創作物のお約束めいた運命論を否応なしに感じさせられてしまうよな。

「とにかく、この本はお二人にお貸しします。いえ、お譲りします。むしろ引き取ってください。一刻も早く手放したくてしょうがなくなってしまいましたので」

「さすがに僕も扱いかねるよ。父上や兄上たちに知られては大事だし……」

「では、わたくしが責任をもってお預かりさせていただきますわ。これも全てお兄様のためですもの。お兄様をお助けするためでしたら禁書の1冊や2冊、どうってことありません！」

鼻息荒くローザ嬢が俺の手からひったくるように旧約建国史を奪い取る。美少女なのだから、鼻息はもう少し落ち着かせた方がよいのではあるまいか。いや、やめておこう。余計なことは言わないに限ると、今朝この本を通じて思い知ったばかりではないか。

「僕も一緒に読ませてもらってもいいかな？　予備の予備でも継承権を持つ王族としては、中身を知りたくないと言えば嘘になってしまうから」

「なんでもいいので、俺のことは黙っていてくださいね」

もし約束を破られるようなことがあれば、本気で呪いますよ？　お二人さん。

なんだかもうインパクトが大きすぎて、さっさと帰って全てを忘れて不貞寝してしまいたい気分だ。まさか身近にこんな爆発物が眠っていただなんて、考えるだに恐ろしい。

「ゴルド様、本当にありがとうございます！　このご恩は忘れませんわ！」

「いいえ、むしろ忘れてしまってください。そんな本は俺の手元にはなかった。いいですね？」

一礼だけして退室し、部屋の前で待っていてくれたクレソンとバージルに声をかける。

「待たせてしまったね。帰ろう、2人とも」

「おう、なんだご主人。やけに疲れた顔しやがって」

「おい、訊くんじゃねえよクレソン。坊ちゃんにだって言えないことぐらいあるんだからさ」

ちなみに旧約で語られる無属性魔法についての記述は、かつてこの世界は完全なる無であり、無から光が生まれ、光から生まれたのが人間である、みたいな話だ。だから無属性魔法こそが0番目の魔法であり、そこから属性が増えていって、最終的に無属性+11種類の12の属性が存在しているとか、最初に光から生まれた人類こそがこのブランストン王国の開祖、みたいな宗教的な内容がつらつらと綴られているため、宗教戦争の引き金となってしまったのだろう。

現在この国で信仰されている女神教なる宗教においては、人間やエレメントや11の属性を作り出したのは創世の女神ミツカであるとされているため、この世界における宗教の最大派閥である女神教とかつてのブランストン王国は300年前に宗教戦争を行い、結果として今、女神教が国教となり、新約建国史などが流通しているところを見ると、歴史の闇を感じるな。

それ以外にも新約と旧約で細々と記述の異なる部分は存在していたのだが、そこらは無属性魔法とはあまり関係がなさそうなので割愛。俺としてはとびきりの不発弾を王子とローザ嬢に押しつけることができたので、あとは2人があれを読んで何を思おうと知ったことではない。

しかし今回の一件で王子のみならず、彼女からもロックオンされてしまった気がしないでもないのだが、どうするかな。抱き込まれた挙げ句、いいように利用されてしまっては堪らないのだが、権力的には絶対的にあちらの方が上。いくら大金持ちとはいえ、この国の王子様と将来のお妃様相手じゃ分が悪すぎる。学内で最も有力な相手2人とコネクションを作ったと思えば、ゴルド商会の跡取りとしては正しいことなのかもしれないが、釈然としない。

「おうご主人、尻尾が好きなのは分かるがよ、せめて尻尾を弄くるのは馬車に乗ってからにしてくれや。歩きづれえったらねえからよ」

「あ、ごめん。考えごとしてたら、つい」

「オメエはほんとに尻尾が好きだなあ。こんなもん触って何が楽しいんだ？」

「いろいろあるんだよ、いろいろね」

◆◇◆◇◆

そんな具合に、俺の学園生活は結構波乱万丈に進んでいった。楽しみも喜びもないが、代わりにイジメや嫌がらせもなく、ただ授業を受け、家と学院を往復するだけの退屈だが大きな波風も立たない平穏な日々。定時で帰れるうえ、きちんと土日祝祭日は休めるだけでも、前世で

MO FU
MOFU
MO FU
MO FU

ブラック工場で働いていた頃より遥かにマシな境遇なので文句の一つも出ようもない。10歳児の体になってからは、腰痛や神経痛に苛まれることもなくなったしな。

ただ一つ看過できない問題があるとすれば、王子様と公爵令嬢様が、事あるごとに絡んでくることだろうか。立場上蔑ろにできない相手を接待するというのは疲れる。

そして、ゼロ公爵家の令嬢であるローザ嬢と関わり合うようになってから恐れていた事態が、ついに起きてしまった。

「ホーク様。あなた様を見込んで率直にお願いいたしますわ。公爵家から追放されてしまったお兄様をお助けするために、どうかホーク様にも協力していただきたいのです」

「そう仰られましても、公爵家の御家問題に対し、俺ごときに何ができるでしょう？」

「無論、なんの見返りもなく協力せよとは言いませんわ。わたくし今まではそういった類いの品々にはあまり興味がなかったのですが、最近急に宝飾品や美術品などが欲しくなってしまいまして。ゴルド商会であれば、そういった類いの品物をご用立ていただけますでしょう？」

「なるほど、表沙汰にしたくない大金を動かすには格好の隠れ蓑《みの》というわけですか」

「そこまでご理解いただけているのであれば話は早いですわ。どうかお願いします。今のわたくしには味方があまりに少なすぎる。王族・貴族の息がかかっておらず、ある程度自由に動ける協力者の存在が、どうしても必要なのです」

「しかし、成功しようが失敗しようが、どちらにせよゴルド商会は貴族連中から睨まれることとなるでしょう。俺の一存で、父の会社に迷惑をかけるわけには」

「その時は第三王子の権力を駆使して、僕が君たちを守ると約束する。ヴァニティ君は、僕の大切な友人だったからね。だから、僕からも頼む。彼を助けるのに協力してくれ」

この国の王子とその婚約者に2人がかりで頭を下げられてしまっては、さすがにノーとは言いづらい。身分ごとにクラス分けがなされているこの学院にはクラス替えという概念がなく、これから3年間、毎日顔を合わせ続ける相手だからな。その気まずさはかなりのものだろう。

◆◇◆◇◆

「そんなわけで、王族並びに公爵家との繋がりを、不本意ながら確保するに至りました」

「ホークちゅわーん？　パパちょーっと大事なお話がしたいなーって」

「まあ、そういう反応になりますよね。ちゃんと説明しますから、落ち着いてください」

ローザ嬢の語った話を要約すると、次のようになる。魔法の使えない無適合者ということで貴族籍剥奪のうえ公爵家から追放された兄と、そんな兄を庇い立てしたせいで公爵の怒りを買い、一緒に追い出されてしまった母が共に平民に堕とされ、わずかばかりの手切れ金を元手に下町で暮らし始めたものの、金銭感覚が貴族で生活能力などない2人は当然のように生活苦となり、困窮してしまっているので手助けしてやりたいのだが、父である公爵やその部下たちが彼女の動向に目を光らせているため、直接自分の手で兄らを援助するのは難しいらしい。

そこで白羽の矢が立てられたのが、ゴルド商会というわけだ。うちから安い宝飾品や美術品をぼったくり価格でローザ様が仕入れ、その売上の一部を俺経由で兄に横流ししてほしいという。金貨の10数枚程度、公爵家の財力からすれば大した出費でもないから、と。

金貨1枚1万円相当だから、確かに母子2人暮らしであれば、金貨15枚もあれば十分な生活を送ることができるだろう。彼ら母子が住んでいるという下町の一軒家も2人の動向を監視できるようにと公爵家が用意したものらしいので、家賃もないみたいだしな。

その後の流れとしては、俺個人がヴァニティ君改め、名前すら剥奪されて平民のヴァン君となったローザ嬢の兄に接触し、偶然下町で散歩中に出会って仲よくなり、彼の境遇に同情して金貨を恵んでやることにした、というフリをして彼らに事情を説明し、ローザ嬢からの手紙や金銭をこっそり手渡す。子供が2人で考えたにしては、なかなかによく練られた計画だ。

現状、俺とローザ嬢がそんな計画を任されるほど仲よくしていることを知っているのは俺たちのみ。よほどの下手を打たなければ、俺たちの裏の繋がりが露呈することもないだろう。

それにしても、だ。以前に妹のマリーが我が家の金を貧しい赤の他人に恵んでやろうと言い出した時に彼女を叱責した俺が、演技とはいえ貧乏人のヴァン君を憐れんで金貨を恵んでやる、という名目で彼ら母子にローザ嬢から託された金貨を渡すという構図はなかなかに皮肉なものだと思わなくもない。妹にはバレないようにやらないとな。

さて、それら一連の計画を行ううえでどうしても無視できないのが、ゴルド商会の名を使って公爵家に出入りする、という点だ。息子の俺が勝手にやったことなので、父は何も知りませんでした、では筋が通らないので、父に事情を説明し、承諾を得なければならない。

「俺はいずれゴールドバーグ男爵家に婿入りしますが、ゴルド商会の財力が後ろ盾にあるとはいえ、成り上がりの弱小貴族風情が社交界で歓迎されるとは到底思えません。公爵家・王家に多大な恩義を売っておくことは、将来的な利益に繋がるはずです」

「なるほど。確かに我がゴルド商会は、今まで教会に対しても貴族に対しても一貫して中立を貫いてきた。ワシが一人で商売をする分にはそれでも構わなかったが、ホークちゃんが男爵としてやっていくためには、そうも言ってはおれんか」

普段のおちゃらけた親バカ／バカ親っぷりが嘘のように、冷静に頭の中でソロバンを弾く父。こういう顔もできるんだな。いや、商人なのだから当然なのだろうが。正直、かなり意外だった。ただのヤバい人ではなかったようで、本当に何より。

「ふむ。リスクは大きかろうが、リスクのない投資など存在せん。いいだろう、許可する。ただし、ホークちゃんの身の安全が第一だ。少しでも危険を感じたら、手を引け。その時は、パパが守ってやる。たとえ公爵家が相手だろうが、ホークちゃんには指一本触れさせんぞ」

「ありがとうございます。ではローザ嬢に話を通しておきますので、近いうちに公爵家からの遣いの者が秘密裏に父さんにアポイントを求めて接触してくるかと」

　無事に話し合いを終えることができたのでホッとしていると、不意にそれまで引き締まっていた父の顔がだらしなくデレーっと崩れた。おっと、どうした親父殿。

「しっかしまあ、ホークちゃんの立場では正直あの学院での人脈作りなんて難しいだろうなと思っていたのだが、まさか公爵家とのここまでぶっといパイプを持ってきてくれるだなんて、パパ驚きでちゅよお！　ホークちゃんってばまだ小さいのに、さっすがワシの息子！　さすがホークちゃん、大天才！　ブーヒョヒョヒョヒョヒョヒョヒョ！」

「はあ、そうですか。喜んでいただけてよかったです」

　それまでの、計算高い商人の顔はどこへやら。一転して破顔した父が椅子から立ち上がっていそいそと執務机の横を通り、執務机の前に立っていた俺を両手で抱き上げ、抱き締めながらクルクルと踊り出す。なんだこの謎のハイテンションっぷりは。ミュージカル映画もかくやの浮かれっぷりだ。ここまで溺愛されていると、気恥ずかしいというかむず痒《がゆ》いというか。

「いいかいホークちゃん、聡明な君なら大丈夫だとは思うのだけれど、公爵家を侮ってはいけないよ。貴族というのは一族郎党そのものが巨大な一個の怪物のような、魔物めいた生き物だからね。末端の使用人、一見不仲そうな親戚、取引先、実は当主の愛人かもしれない女たち。どこから噛みつかれるか分かったものではないから、油断は禁物だ」

「肝に銘じておきます。いざという時は、俺を切り捨ててください。俺が持ち込んだことで、父さんやゴルド商会に迷惑はかけられませんので」

「んもう！　パパがホークちゃんを見捨てられるわけないでしょー！　こーんな会社、別に潰れちゃってもぜーんぜん問題ないんだからね！　パパの宝物は、いつだってホークちゃんたった一人さ！　裏口座や隠し財産だって国内外にいくらでも用意してあるんだから、いざって時には国外に逃亡してもいいわけだし！　ホークちゃんは会社のことなんか気にせず、自分のやりたいように、自由に生きてもらっていいんだよ！」

「ありがとう、父さん」

なんともまあ、ありがたい話じゃないか。外見こそかなりアレだが、この人は本当に息子を愛しているんだなあ、という深い愛情が言動から伝わってくる。たとえ方向性が間違っておりやや過剰すぎるほどの危険物であるとはいえ、根底にあるのは間違いなく父親として、我が子を愛するまっすぐな気持ちだ。ここまで言ってくれる父親なんてそうはいないんじゃなかろうか。ほっぺにチュッチュされてしまうのはちょっとキツいが、それぐらいは受けてあげてもいいと思えるほどの、深くて大きな愛情に包まれていると実感できる父の、本気の想い。

ふと、前世の両親のことを思い出した。この人ほど過剰ではないが、愛情をもって俺を育ててくれた両親。そんな両親に、結局孫を抱かせてやるどころか結婚相手を紹介してやることすらできず、交通事故で死んでしまった親不孝な俺。2人とも元気でやっているだろうか。いつまでも落ち込んではいないだろうか。あんな親不孝だった息子のことは忘れて、立ち直ってくれればいいと願っても、無理だろうな、と思える程度には、俺は愛されていたのだな。

ああ、本当にままならないな。人生というものは。

「ホークちゃん偉い！　すごい！　さすがはワシの息子！　やっぱりホークちゃんが一番！」

「父さん、苦しいです」

「おっとゴメンゴメン！　つい思い余って力が！　痛くなかったかい？」

「大丈夫です、これぐらいなら」

「そうかい。大丈夫だよホークちゃん。ホークちゃんはパパが守ってあげるからね！　誰にもかわいいホークちゃんを傷つけさせたりはしないんだから！」

前世であまり親孝行できないまま死んでしまった分、現世ではちゃんと親孝行しないとなと思いつつも、俺はこの人に何を返せるだろう、と思い悩んでしまう。そして、ふと気付くのだ。

この人はきっと、見返りが欲しくて息子を愛しているわけではないのだ、ということに。

◆◇◆◇◆

前略、神様。主人公ってすごいですね。

「なんの！」

「ハアっ！」

平民や貧民が大勢暮らしている下町の路地に、裂帛《れっぱく》の気合いがこもった声が響く。身長2m越えの全身筋肉達磨、クレソンに臆することなく木剣で斬りかかる、黒髪黒目の10歳の少年。彼こそが、目下この世界の主人公と推察される存在、ヴァニティ・ゼロことヴァン君である。

ローザ嬢の作戦により接触した当初こそ自身が無適合者であることへのコンプレックスや自分を庇ったせいで一緒に公爵家を追い出されてしまった母親への負い目、初めての平民生活や世間の冷たさ、厳しさなどに打ちのめされ軽く自暴自棄・人間不信に陥っていた彼だが、俺が公爵家ではなく、ローザ嬢個人の遣いとして来たのだと打ち明けてからは警戒心が緩み、多少なりとも心を開いてくれるようになった。落ち込んでいてもすぐに立ち直り、ありがとう、仲よくなろう、と言って距離を詰めてくるその人間性の善良さ、明るさ、前向きさ。

まさに彼こそが主人公！　と確信させられるだけのキラキラオーラにおじさん、目が眩《くら》んでしまいそうだ。といっても年齢的にはまだ現世の俺も彼と同じ10歳なのだが。

これがいわゆる主人公体質か、と感心してしまうぐらい元気で、何事にも一生懸命で、俺や俺の護衛たちにも率先して声をかけ、仲よくなろうとする姿は微笑ましく好ましい。

この手の追放ものの主人公は将来的に、冷めた目をして斜に構えた諦観気味の若者になるか、もしくは苛烈な復讐の炎を氷の仮面に隠した冷徹な復讐者になるのが王道だが、今の彼を見ている限りでは彼はそのどちらでもない、どちらかといえば昭和の少年漫画の主人公的な、不運不幸にもめげずに明るく前向きに生きる爽やかな好漢に成長していきそうな気がする。

「ゴルドさん、いつもごめんなさいね」

「いえ、妹さんにはいろいろと学院でお世話になっておりますので」

「そう、あの子が……本当に、２人ともやさしい子に育ってくれて……」

ハンカチで涙をそっと拭《ぬぐ》う主人公の母。彼女は典型的な貴族のお嬢様として蝶よ花よと育てられたらしく、愛情深いが世間知らずでまともに働くことなどできやしなさそうな筋金入りの貴婦人といった感じだ。なるほど、そんな彼女とまだ10歳のヴァン君が下町で生きていこうとしても、住む世界が違いすぎて上手くはいかないだろう。

俺が来るまでは、公爵家から追い出される際に投げつけられたという手切れ金を切り崩しながら生活していたそうだが、それが尽きてしまっては二進も三進も行かなくなってしまうであろうことは目に見えている。ひょっとしたらヴァン君には母親を養いながら働く苦学生設定が生えていたかもしれないな。主人公の家が貧しい、というのは定番だし。

「繰り返しになりますが、くれぐれもローザ嬢からの支援の件は内密に。公爵家だけでなく、周囲の近隣住民たちからも、お二人だけが何不自由なく生活していると知られてしまえばやっかまれ、最悪強盗に押し入られる可能性もゼロではありませんので」

「まあ！　なんて恐ろしい！」

「ええ、人間とは恐ろしい生き物なのですよ奥様。とはいえ、その怪物から身を寄せ合って、助け合いながら生きていくのもまた人間ですが」

念のため、俺が彼ら母子の住まうこの家そのものに闇魔法で結界を張ったため、そういった悲劇に見舞われる可能性は下がったかもしれないが、それでも人生何が起こるか分からない。

『ホークの名において命じる。闇よ、この家と、そこに住まう者たちを、悪意から覆い隠せ』

そんな詠唱をするだけで、物理的にではなく意識的に、彼ら母子への注目を遮断することができる。なので、もし現在この家を監視しているかもしれない公爵家の手の者たちに彼ら母子への悪意があったならば、家の中の会話を盗聴したり、覗き見たりすることはできない。

本当に便利だな、魔法。何が便利って、その拡張性の高さだ。

最後に一言条件を付け加えるだけでビックリするほど柔軟にその効力を自由自在に変化させることができるのだから。魔術師ギルドや学者ギルドといった集団が、日夜熱心に魔法について研究している理由も分かる気がする。

「どうした？　もうへバっちまったか？」

「まだまだ！　もう一本お願いします！」

「いいぜ、来いよガキ！　テメエにゃ見所がある！　鍛えりゃさぞ強くなれるだろうさ！」

「本当ですか⁉　俺、頑張ります！」

魔法といえば、不思議なのがヴァン君だ。彼は間違いなく魔力を持ちながら11種類全ての属性に適性を持たないせいで魔法が使えずにいるのだが、それだけではなく、なぜか他人のかけた魔法が一切効かないという特異体質も持ち合わせているのである。

厳密に言えば彼の体に触れた魔法が全て自動的に打ち消されてしまっている感じの、魔法の完全無効化能力者だった。彼の意思とは無関係に勝手に打ち消してしまうため、例えば回復魔法で傷を癒やすとか、氷属性魔法で涼《すず》むといった、他の人間たちが当たり前に享受している便利な魔法を彼だけが利用できないという不便な一面もあるのだが、それ以上に魔法による攻撃を無効化できるというのは、まるで少年漫画やライトノベルの主人公のようではないか。

魔法が当たり前に存在している世界で、魔法を使えない無適合者という烙印を押された落ちこぼれ。と見せかけて実は、他人の使う魔法を無効化することができるという、世界にたった一人のエスペシャルな特殊能力の持ち主。うーん、ありがちな設定だ。

試しに似たような境遇・能力を持っているアニメや漫画の主人公を挙げろと言われたら、すぐに複数名の名前が浮かんでくる程度にはありふれた設定すぎて、なんの意外性もない。

だがそれは、俺が前世でそういった創作物に慣れ親しんでいたからであって、この世界ではいまだかつて前例のない、たった一人の特異な存在であるからこそ、彼は周囲から異端視され迫害されてしまったのだろう。そしてそれが重大なコンプレックスになってしまってもいる。

だが、だがである。通常この世界では、属性魔法の資質を鍛えるためには、その属性のエレメントに合致した自然現象に日常的に触れるのがよいとされている。水属性ならば水泳や滝行、光属性ならば日光浴、風属性ならば風に吹かれ、土属性ならば地面に穴を掘って首まで埋まる。闇属性ならば深夜暗闇の中で瞑想をするとか、月明かりを浴びるといった修行が一般的だ。

その理屈に沿うならば、無属性魔法の使い手として彼が虚無感や無力感に苛まれ、自分には魔力がない、魔法の才能もない、何もないと自分が空っぽの人間であることを痛感するという今の現状は、まさしく無属性魔法の資質を鍛えるのに最適な状況なのではなかろうか。ただの何気ない日常生活が実は修行になっていた、という伏線は、さすがは主人公だなといった感じの素晴らしい運命力だと思う。彼のやることなすこと全てが彼にとっていい方向に転がっていくというのは、世界に愛された主人公ならではの特権だろう。

俺のような脇役とは、何もかもが根本から違う。

「ガハハハハ！　やるじゃねえかチビスケ！」

「俺は強くなるんだ！　俺が強くなって母上を守る！」

「いいぜ！　そういう気概のある奴は嫌いじゃねえ！」

彼は魔法の才能がないことで全てを失い、打ちのめされた。だが無力感に苛まれながらも、だからこそ強くなりたい、母親を守れるぐらい強くなりたい、と一念発起して、俺の護衛としてここへ付き添いでやってきているクレソン、オリーヴ、バージルたちに、『稽古《けいこ》をつけてほしい！』と彼らの雇い主である俺に許可を取ることもなく勝手に頼み込んだのだ。

さすがに俺の護衛トリオは俺の許可なく勝手に引き受けることはできないと言うので、やむなく許可を出してやったのだが、あまり面白いことではないのは確かだ。無論、必要なことであるのは理解していても、俺を差し置いてどんどんヴァン君と皆が仲よくなっていく様を横でただ眺めているだけ、というのは、彼という主人公のために用意された俺という引き立て役が、都合のいいように便利に利用されているかのようで、ムカつく。

中身がアラフォーのおっさんが10歳児相手に何を嫉妬してるんだ、と呆れられてしまってもおかしくはない幼稚な嫉妬心だが、もともと俺は容姿や才能に恵まれた人間が大嫌いだった。

ブサイクで、他人に誇れるような才能もなく、鬱屈とただ流されるままに惰性で人生を歩んでいた人間だったから、こういうキラキラした輝かしい若者を見ると、惨めになる。

せっかく異世界に転生して、大金持ちの家の子に生まれ変わった影響で少しずつ心に余裕が出てきたというのに、たとえヴァン君自身に悪意などこれっぽっちもなかったとしてもそれを台なしにされるような目が眩んでしまいそうなぐらい眩しい姿は、この上なく目に毒だ。

いかにも主人公らしい、人たらしの才能をいかんなく発揮し始めたヴァン君は、うちの護衛トリオだけでなく、既に近所の女神教の教会に住まうシスターの美少女であるとか、ヴァン君の懐から財布をスろうとしたネズミ獣人の美少女スリ師などと知り合い仲よくなっているとかで、大勢の人間を惹きつける魅力をフル活用して新たな人生を謳歌している彼を見ていると、俺の助けいる？　と大人げなく意地悪な気持ちになってしまう。

俺が力添えなどせずとも彼は既に2人の美少女と知り合い、自分を慕うかわいらしい妹や、王子様にも愛されていて、平民として第二の人生を謳歌し始めているではないか。それなのに、それなのに、と、つい暗い気持ちが心の奥底からどんどん滲み出してしまう。ああ、なるほど、確かに俺は闇属性に適性を持っているわけだ、と納得できてしまいそうな、深い暗い心の闇が、彼という光に照らされたことで色濃く浮かび上がってしまい、俺の心に影が落ちる。

「いいぜ！　その調子だ！　オラ、もっと激しくガンガン打ち込んできやがれ！」

「はい！　いきます！　テヤあああ！」

「踏み込みが甘え！　剣の握りも甘え！　甘ったれてやがんな！　俺を殺す気で来い！」

オリーヴも、バージルも、クレソンも。ここへ来る度に日替わりで彼に稽古をつけてやっているうちに、いつの間にか好感を抱いていたようで、このままではいつか3人とも俺みたいななんの魅力もない子豚よりも、人間的魅力に溢れた彼の味方になってしまうのではないか、という不安が胸をよぎる。人の心を金で繋ぎ止めておくことはできない。いくら俺が破格の高給で彼らを釣ったとしても、そんな金なんかより大事なものがある、とかなんとか言って、俺を裏切りヴァン君の仲間になってしまったとしたら、それを引き留める術はない。

彼らとはこの2年ほど仲よくやってきたのだから、できれば切り捨ててしまいたくはないのだが、いざという時に脇役の俺より主人公のヴァン君の方を優先してしまうような護衛では、頼りにできないからしょうがない、か。ああ、しょうがないな。

思い返せばいつだってそうだったじゃないか。前世の頃からずっと俺は誰かの一番にはなれない人間だ。誰の特別にも一番にもなれない、どうしようもなく人間的魅力に欠けた、生きていてもいなくてもどっちでもいい、誰からも顧みられることのない、なんら価値のない人間。世の中に必要とされない男。それが俺だ。それを、すっかり忘れてしまっていた。

何を勘違いしていたのだろう。異世界に転生して、ひょっとしたら自分が転生モノの物語の主人公になったんじゃないか、なんておめでたい勘違いをして、金で雇った護衛や金で買った奴隷を相手に浮かれて友達ゴッコをしていただけの、みっともない勘違い男。

男友達といても、こいつは俺と話しているより別の友達と話している時の方が楽しそうだな、なんて内心思っていたこともあった。結局のところは、いつもそれだ。学校でも、会社でも、いつだって俺は期待ハズレの男だった。努力しても、頑張っても、無理だった。だから、いつしか諦めてしまった。人に好かれたいと思うこともなくなった。俺なんかが人に好かれるはずないんだ、最初からそういう運命の下に生まれてきたのだと、そう言い訳して他人に好かれるための努力を無駄な努力だと切り捨てて放棄してからは、生きることがとても楽になった。

前世の記憶の片隅から、古いノートを引っ張り出してくる。それは、要らないものリスト。その要らないものリストに、クレソン、オリーヴ、バージルの名前を新たに書き加えていく。こうしておくことで、いざ彼らを切り捨てなければならない状況が来てしまった時に、まあ要らないものだったから、別段惜しくもないな、と潔く諦めることができるため、俺のような捻《ねじ》くれて捻《ね》じ曲がった人間にとっては便利なリストなのだ。

父以外の全ての人間の名前を、そのリストに書き加えていく。あいつも要らない、こいつも要らない。いつか前世と同じように化けの皮を剥がされ、自分がなんの魅力もないつまらない人間であることを知られて、みんながみんな俺から離れていっても惜しくないように、寂しくないように、お前たちなどこちらから願い下げだ、と言えるように。

前世ではずっと、そうやって生きてきたじゃないか。

忘れていた。浮かれていた。思い上がっていた。勘違いしていた。

心の中に、冷たい一本の境界線を引く。それを踏み越えてしまうことはひどく容易い。中には『え？　そんな些細なことで』と思われるような出来事一つで、俺の中の他人は容易くその境界線を飛び越えて向こう側に行く。そしたら終わりだ。そいつはもう、俺の中では要らないものになる。誰かを信用して裏切られるのはつらい。誰かに依存したら、そいつがいなくなった時につらくなる。だから、他人の存在を必要としない、一人で生きていける人間であれ。

考えてみれば俺が女嫌いになったのも同じ理由だった気がする。デブだとかブサイクだとか、なんか気持ち悪いだとか、そういった理由で、ただ生きているだけで俺は嫌われ、迷惑がられ、嫌がられる。何もしていないのに、一方的に自分を嫌ってくる女という存在を、どうやって好きになれと言うのだろう。お前らが俺を嫌うならば、俺だってお前らを嫌うに決まっている。

「坊ちゃん、暗い顔をしているが、どうかしたのか？」

「なんでもないよ、オリーヴ。なんでもない」

もしこの世界にホークちゃんが一番！　と言ってくれる父親がいなかったら、俺の心の闇はますます肥大化していたことだろう。世間的な評判は最悪だが、俺にとっては本当にいい父親だ。

「本当にどうした？　何か悩みがあるなら聞くぞ？」

「なんにもないよ。うん、何もない。君が気にすることじゃないさ」

どうせすぐに脇役の俺より誰からも好かれる主人公君の方を好きになるであろう相手に何を言っても無駄だろう。なんだか心の中の闇が、グツグツと煮え滾《たぎ》っているような気がする。

なるほどね。学院の授業で習ったことだが、歴史に名を刻んだ悪人や犯罪者たちの中には、闇属性魔法の使い手が多かったという。今ならば、その理由がなんとなく分かる。

空気中から俺の体内に取り込まれているエレメントが心の闇に反応して増幅され、闇が心に、体に染み渡っていく。それは優れた闇属性魔法使いになるための第一歩であると同時に、常に心の内側で氾濫《はんらん》してしまいそうな闇を抱えながら生きていくということでもある。

闇属性の適合者だから悪人になるのか、悪人になると闇属性の資質が伸びやすくなるのか。

ああ、と倦怠感にため息が漏れる。ヴァン君の無属性魔法の能力で、俺の心の中の闇も消し去ってくれたらいいのに。このザマでは、主人公になど到底なれやしないと納得できてしまう。

そうだ、俺は主人公なんかじゃない。見た目も中身も醜い脇役だ。それでいいじゃないか。身のほど知らずな夢を見ていられる無邪気な幼少期は終わり、現実と折り合いをつけながら生きていく思春期が始まる。実家が大金持ちであるだけ、前世よりはマシな第二の人生。

楽しまなくちゃ、損だよな？

◆◇◆◇◆

「迷える子豚……失礼、子羊よ。女神教の教会へようこそいらっしゃいました。本日はどういったご用件でしょうか？」

「寄付の話をしたいので、偉い人を連れてきていただけますか」

「まあ、寄付を。それはよい心がけです。女神様もお喜びになられるでしょう」

さて、気を取り直してビジネスの時間だ。

あまり心の闇を直視していても気疲れしてしまいそうなので、滅入った気分を教会で浄化してもらおう、というわけではない。これもローザ嬢のお兄様支援作戦とやらの一つなのだ。

信仰に貧富の差はなく、女神様の前で全ては平等と謳う女神教の教会が、下町にデーン！と建っている。この世界では世界的に信仰されている大手宗教、女神教のブランストン王国支部。

ヴァン君を見舞ったその帰り、道すがら用事を済ませに来たのである。

そしてのっけから人を子豚呼ばわりしてくれやがった、ピンク色の髪の毛をした清純そうなシスターは、名前をモモというらしい。ヴァン君いわく『すっげえいい子』だそうだが、いきなり人を子豚呼ばわりしてくる失礼極まりない人間らしいので、まあヴァン君の前では猫でも被っているのだろう。イケメンの前でばかりいい顔をする女というのは珍しいものじゃない。

「これはこれは、ホーク・ゴルド様ではございませんか。お噂はかねがね」

そんな外見のかわいらしさだけが取り柄の桃髪シスターに呼ばれ、教会の偉い人がやってきた。噂というのも碌なものではないだろう。なんせ、かつてゴルド商会に寄進寄付を募りに来た女神教の教徒が、父に寄生虫だの泥棒だのとボロクソに貶され、叩き出すように追い返されたという因縁があるらしいからな。確かにいきなり家に見知らぬ宗教家が来て、金を寄越せ！と言い出したらそりゃあ気持ち悪いし、怒るだろう。前世でも現世でも、カルト宗教というのはどうも好きになれない。

女神教の場合は孤児院を経営したり下町やスラム街で炊き出し活動を行うなどの善行はしているようだが、それでも軽く調べてみた限りでは上層部の方は結構ズブズブらしく、予想通りとも言える。まあ今回に限っては、その方がありがたいのだが。

「女神教、ブランストン王国支部。支部長のゴーツク様でいらっしゃいますか？」

「ええ、ええ、よくご存じで。いかにも私が女神教十三使徒が一人、ガメッツ・ゴーツクと申します。本日はどういったご用向きで？」

「寄付・寄進・援助・融資。言い方はなんでも。お金の話をしに参りました」

「それはそれは。女神様もさぞあなた様の善行をお喜びになられるでしょう。ではこちらへ」

見た目こそ、いかにも善良でやさしそうなお髭《ひげ》の神父様といった風貌だが、あきらかに裏ではあくどいことしてますよ感マシマシの法衣《ほうえ》姿の老人に案内され、応接室へと通される。

まず神父様なのにデブという時点で胡散《うさん》臭い。女神教は清貧を尊び住み込みで生活している神父やシスターたちは質素な生活をしているらしいのだが、その中に小太りの老人がいたらあからさまに浮く。絶対こいつ粗食とかしていないだろうな、と一目瞭然すぎて笑うわ。

ソファも質素、テーブルも簡素。いかにも『僕ちゃんたちは清貧です！』と主張せんばかりの質素な部屋だが、おそらくはこれも対外的なアピールなのだろうな。どうでもいいけど。

「用向きだけを手短にお伝えさせていただきます。今後しばらく、当家は毎月教会に金貨7枚を寄付するつもりがあります。そのうちの5枚を使って、下町一帯で炊き出しを行っていただきたいのです。ただし、ゴルド商会の名前は出さずに」

「ふむ、売名目的ではない、と？」

「ええ。ゴルド商会の名前を出さないことを条件に、あなた個人宛てに追加で金貨を5枚、計12枚の金貨を寄付する用意があります。無論、あなた宛ての5枚は表沙汰にはしません」

「ほお？」

毎月金貨5枚。1年で60枚。なんの労力もなく得られる小遣い稼ぎとしては結構な額だ。こちらが裏のある話をしに来たことを察したのか、ガメツ神父の顔付きがあきらかに変わる。伊《だ》達《て》にカルト宗教で支部長の座にまで昇り詰めたわけではないのだろう。事前調査通り裏のある人物だったようで、それまでのやさしそうなお爺さんの演技はどこへやら。

名前通りのがめつい強欲ジジイめいた表情を浮かべ、値踏みするように俺を見下ろしている。

こんな時、護衛として、また相手にナメられないようにするためのデコイとして、本当にクレソンは優秀だ。扉の前に立っているオリーヴの軍人然とした態度も有効に働く。

ほんと、便利な2人だよな。手放してしまうのが惜しくなるが、しょうがない。

「いかがでしょう。悪いお話ではないと思いますが」

「確かに、そのようですな」

ちなみにこの炊き出しもヴァン君親子に定期的に食事を摂らせるためのローザ嬢の策である。妹さんからとはいえ、あるいはまだ10歳の妹さんからだからこそ一度に大量の金貨を受け取ることには抵抗があるだろうから、彼ら母子にはあくまでも生活費だけを渡し、こうして教会を通じて間接的に彼らを支援しよう、というのがローザ嬢の考えらしい。正直思うところがないわけでもないのだが、俺はただの便利な手駒に過ぎないわけで。上から言われた通りに動くだけの求められた役割以上の領分には口を出しても無駄だろうから、何も言わない。

そして教会に毎月寄付する金貨12枚は当然ローザ嬢が次期公爵として公爵家から捻出した金であり、ゴルド商会の懐は銅貨1枚痛まないどころか公爵家に貸しを作ることができる。

教会も寄付を受けつつ支部長さんは小遣い稼ぎをすることもできてニッコリと、ローザ嬢のお父上以外は誰も損しない素敵な作戦というわけだ。

仮にもし彼が、『俺たちには仕送りがあるのに、お金のない貧しい人たち向けの炊き出しまでもらってしまうのは気が引ける』などと辞退したらどうするつもりなのだという点については、『ヴァン君たちが食べに来ないのならローザ嬢が炊き出しを続ける意義もないでしょうから、必然的にそのお零《こぼ》れに与《あずか》れる貧しい人たちが損をするだけなので、ぜひ君には炊き出しに参加してほしい』と説得することで事なきを得た。ものは言いようだよな。

「公爵家がらみ、ですかな?」

「おや、お耳が早いことで。ゴルド商会としても、一枚噛ませていただくことと相成りまして」

「ふーむ」

公爵家の名誉に関わる重大事件。どれだけ公爵が隠蔽しようとも人の口に戸は立てられない。そしてこの爺さんはしっかりとその内部情報をキャッチしているようだ。自分たちの教会がある下町に、話題のヴァン君母子が秘密裏にとはいえ引っ越してきたのだ。気にもなるだろう。

「出所不明金について、あれこれと痛くもない腹を王家や警察から詮索されるのは、こちらとしても些かよろしくないのですがねえ」

「寄付、寄付と常日頃から浅まし……失礼、熱心な皆さんがそれを気にしますか? 私たちが求めているのは、あなたがこの話に乗るのか、乗らないのかという返答だけです」

公爵家とゴルド商会の弱みの一端を握った、と判断するか、あるいは公爵家とゴルド商会の両方に恩を売れる機会を得た、と判断するか。あるいは表面上は話に乗ったように見せかけて、その裏で実は……と善人面の下であくどいことを考えているのが手に取るように伝わってくる聖職者の爺さん。ここまで露骨に腐敗した態度をとられると分かりやすくていいが。

チラッと俺の傍らに腕を組んで仁王立ちしているクレソンを見上げる爺さん。『私、人殺しに抵抗ありません』みたいな怜悧な眼差しで扉の前で一部始終を見守っているオリーヴの視線も、こうした交渉事には重宝するんだよな。惜しいな、本当に。

「よいでしょう。そちらの申し出を受け入れます」

「ならば契約書にサインを。こちらは契約を破れば命に関わるタイプの報いが自動的に発動する類いの闇属性魔法がかけられた契約書ですが、よもや女神教の使徒たるあなた様が、嘘を吐いたり契約内容を違えたりすることはないでしょうから問題ありませんよね？　契約を守ってさえいただければ、なんの変哲もないただの紙切れに過ぎないわけですから」

ほんと、闇属性魔法ってのは便利だ。あくどいことならだいたい闇属性魔法でできてしまうのだから。今回俺が用意したのはサインした人間が契約を破ると死んでしまう契約書だ。サインをした人間が違う人間に命じて間接的に契約を破らせたとしても問題なく命令した側と実行した側の両方に死の呪いが発動するという、大変便利な逸品である。どこまでアバウトなんだ。

「……ガキが。あまり女神教をナメるなよ？」

「無属性魔法、無適合者。３００年前の宗教戦争を、もう一度繰り返しますか？　ゴルド商会としては、戦争特需で儲けられるのであればそれでも構いませんが」

暗に公爵家のみならず、王家も一枚噛んでますよ、と匂わせてやると、爺さんは舌打ちしてソファにふんぞり返った。清らかな聖職者の演技を投げ出すのが早すぎやしませんかね？

「まあまあ。そう怒らないでくださいよ。お互い自分の利益のためだけに生きている者同士、仲よくしませんか？　お金で買える友情って俺、素晴らしいと思うんです」

「ほざきやがれ。美人のおねえちゃんならまだしも、テメエみてえなかわいげのカケラもねえクソガキと仲よしこよしなんぞ、俺は御免被るね」

本性丸出しで悪態を吐きながらも、紙一枚の契約書を隅から隅まで眺め、表も裏も満遍なく確認し、ついでに光属性の魔力も込めて隠し文字が浮き出ないかなどを念入りに確認してから、爺さんはサラサラと羽根ペンでサインを書き込む。ちなみに偽名を書き込んでも無駄だゾ。

「はい、では確かに。後出しジャンケンのような卑劣な真似はしませんからご安心ください。騙したりはしませんよ。俺があなたを騙す意味も旨味もありませんので」

「ふん、どうだか」

「それでは契約成立ということで。今後は毎月初めにゴールドボア商店名義でゴルド商会の息のかかった人間から直接あなたのところに寄付金が持ち込まれますので、どうぞよしなに」

「おう、分かった分かった。分かったからとっとと出てけ、クソガキ。二度と俺の前にその不愉快な面出すんじゃねえぞ。俺は野郎が嫌いなんだ」

「奇遇ですね、俺は女が嫌いですよ。男嫌いと女嫌い、仲よくやっていきましょう。……あ、妖しい意味ではありませんのでご安心ください」

「それを言うのがあと1秒でも遅かったら攻撃魔法をぶっ放してたぞ、おい」

割かしというか当然というか彼には嫌われてしまったようだが、俺は彼のような利益や損得勘定で動いてくれる人間は嫌いじゃないぞ。感情論だけで到底理解できない行動に走るような人間だったら、裏金の話は出さなかっただろうし。

無事に交渉を終えた俺がクレソンとオリーヴを伴い教会をあとにしようとすると、出入り口のところで先ほど出会ったばかりのピンクのド派手な髪色をしたシスターが声をかけてきた。

「あの、あなたは女神様を信じますか？」

「神様がいるのは知っていますよ。性別が女かどうかまでは知りませんが」

「それは、どういう？」

「さあ？」

なんせリアルに異世界転生してしまったからな。そんな所業、神様でもなければ不可能だろ。なんら特別な才能があるわけでも、この世界に呼ばれた目的があるわけでもない、どこにでもいる平凡な男、どころかそれ未満の冴えないおっさんを転生させたであろう何者かがいる以上、俺は神様に関してはいるんじゃないかと思うようになった。

でも神様、もし本当にあなたがいるのだとしたら、せめて説明の一つや二つ欲しかったです。どうして俺はここにいるのか。誰のためにここにいるのか。ここにいる意味はあるのか。ここで何をすればよいのか。考えても考えても答えは出ないどころか、心の中に巣食った闇のエレメントが俺の思考回路を、どんどん悪い方へ暗い方へと押しやっていくので地味につらい。

マイナス思考に囚《とら》われてしまうと、どんどんそちらに引きずられて、鬱《うつ》になっていってしまうのが俺の、前世の頃からの悪い癖だ。せっかく生まれ変わったのだから変わりたいのに変われない。ああ、もう、本当に。何もかも投げ捨てて、放り出してしまいたくなる。

誰か、助けてくれたりしないかな。無理か。

◆◇◆◇◆

無言で馬車に揺られ屋敷に戻る。クレソンもオリーヴも何か物言いたげな視線を向けてきているのだが、今は彼らと話をしたい気分ではないので無視した。

「おや、お帰りなせえ坊ちゃん。なんか暗あい顔して、どうしやした？」

「ただいまバージル。なんでもないよ。ローリエはどこにいる？」

「メイド長ですかい？　確かさっき厨房の方で見かけたような」

「そうか、ありがとう」

「またあの小僧に会ってきたんですかい？」

「そうだ。気になるのか？」

「まあ、なかなかに見所のある子供でしたからね。ああいうまっすぐな子は、つい応援してやりたくなりやせんか？」

「そうか、そう思うのなら休日にでも個人的に会いに行ってやればいい。きっと喜ぶだろう」

「……坊ちゃん？　どうなすったんで？　様子が変ですぜ」

「どうもしない」

バージルの顔も見ていたくなくて、クレソンとオリーヴには自由にしているよう告げると、一人で厨房に向かう。その途中、ローリエと廊下でばったり出くわした。

「お帰りなさいませ、坊ちゃま」

「ああ、ただいまローリエ。君の情報は役に立った。感謝する」

「左様でございますか。それはようございました」

あきらかに『私は裏社会の住民です』と言わんばかりの、暗殺者めいた音もなく一部の隙もない足取りでメイド仕事をしている彼女に、試しに情報収集を頼んでみたところ、彼女は見事それに応えてくれた。公爵家の内情、ヴァン君の周辺事情、女神教について、十三使徒の一人であるというガメッツ・ゴーツク神父のことなど、彼女が集めてきてくれた情報を参考に、俺はローザ嬢の計画を実行していったわけだ。いつの時代も情報を制する者が勝利を掴む。

しかし、彼女は本当に何者なのだろうか。何者でも構いはしないのだが、俺が前世の記憶を取り戻したあの日から2年。彼女がいまだこの屋敷で働き続けているということは、あきらかに俺や父をなんらかの意図をもって監視している、と考えた方が自然だろう。いつスカートの下から拳銃だのナイフだのピアノ線だのが飛び出してこないかヒヤヒヤしてしまう。

護衛たちを信用できなくなった今、彼女に襲われたら自衛する手段が闇属性魔法ぐらいしかないのだが、まあ……いいか。俺が死んだところで悲しんでくれるのは父ぐらいだろうし。

彼女がどこかしらからの命令を受けて俺を始末することになったら必然的に父も粛清されるだろう。2人揃ってあの世逝きになれば、現世でも親より先に死んでしまうという親不孝であの人一倍愛情深い父を泣かせるようなことにはならずに済む。

「坊ちゃまは、何も仰らないのですね」

「その必要もないからな。君がメイドとして我が家に仕えてくれているなら、俺は主人として君に仕事を頼むだけだよ」

「そこまでお分かりでありながら、わたくしを追い出さないのですか？」

「優秀なメイド長を解雇する理由がどこにあるんだい？　辞めたいのなら辞めればいいし、そうでないなら好きなだけここにいればいい。ああ、部屋まで何か、温かい飲みものを持ってきてくれないか。少しばかり喉が渇いてしまってね」

「では、ホットミルクでよろしいでしょうか？」

「ああ、それでいいよ。よろしく頼む」

ローリエと別れ、自室に向かおうとすると、クレソンとオリーヴが現れた。

「おうご主人、対局途中だった将棋の続きやろうぜ！」

「悪いけど、疲れているんだ。また今度にしてくれ。どうしてもやりたければ、オリーヴかバージルを誘うといい」

「坊ちゃん、待機任務は」

「今日はいいや。２人とも、好きに過ごしてくれて構わないよ」

「だがお傍に誰もいないというのは……」

２人をスルーして、暗い部屋に一人で入る。灯りをつけようか迷ったがそんな気分でもなかった。上着を脱いで、掛布団の上からベッドにうつ伏せに飛び込む。

分かっていたことだ。俺は、この世界の主人公じゃない。ローザ嬢はヴァン君のために動いている。ピクルス王子は友人のヴァン君のため、彼女に協力している。俺は都合よく利用されているだけの便利なサブキャラクターでしかない。ヴァン君のように誰からも好かれ、愛されるような、そんな器じゃないんだ。それを、この2年忘れてしまっていただけ。

「闇よ。ホーク・ゴルドの……金田安鷹の名において命じる」

俺が女よりももっとずっと、何より大嫌いなもの。それはきっと、自分自身。

「闇よ、闇よ。俺の心の中に巣食う惨めな劣等感や、卑屈なコンプレックスや、鬱屈としたつらく苦しい気持ちを全部、全部、闇の底に沈めてくれ。二度と見えないように、思い出せないように、嫌いなもの、醜いものを全て、闇の奥底に閉じ込めて……施錠しろ」

呪文を唱え終えた瞬間、それまでの胸の痛みが嘘のように、ふっと心が軽くなった。

まるで肺の中にズッシリと詰め込まれていた漬物石が消え去り、体が軽くなった気分だ。便利だなー闇属性魔法。今日1日ずっとドロドロ心の中で渦巻いていた悪感情が全部、跡形もなく消えて、なんだか一気に全てがどうでもよくなった。変に思い悩んでいじけていた自分がバカみたいだ。即効性の抗鬱剤でも飲んだような劇的な豹変ぶりに、我ながら驚愕してしまう。

もっとも、ただ封じ込めただけだから根本的な解決にはなっていないのだろうが、それでも

なんら問題はない。臭いものにはフタを。見たくないものからは目を逸らして、見ないフリを。それが人生賢く生きるコツだ。というか、暗いなこの部屋。さっさとベッドから起き上がった俺は灯りをつける。暗い気持ちで暗い部屋にいたら気分が余計に滅入るだけだろうに、そんなことにも気付けないぐらい落ち込んでいたんだな、さっきまでの俺は。

まったく、美少年や美青年が苦悩している姿は絵になるが、デブなブサメンがウダウダ思い悩んでいても誰も得しないゾ。なんて考えていると、室内にノックの音が響いた。

「坊ちゃま、ローリエでございます」

「ああ、入ってくれ」

「失礼いたします」

手にトレイを持った彼女は、俺の顔を見るなり目を瞬かせた。よっぽどひどい顔をしていたのだろうな、さっきまでの俺は。でももう大丈夫。魔法の力で全ては解決した。問題を先送りすることを解決と言えるかは疑問だが、まあいいだろ。ブサイクが暗い顔をしていたところで、世間はこれっぽっちも同情しちゃくれない。

自分の機嫌は、いつだって自分でとるしかないんだ。

第6章　女嫌い、見定められる

「全ての始まりとなる0番目の属性、無属性。そして無属性魔法の適合者かもしれないお兄様、ヴァニティ・ゼロ。こうなると、ゼロ公爵家の歴史そのものが俄然怪しくなりますわね」

「偶然にしてはできすぎている気がしないでもないからね」

「できすぎた偶然や都合のいい奇跡を、世間では運命と呼ぶらしいですよ」

「運命、ですか」

「ではこうして僕たちが同じ年に生まれ、学院で巡り合ったこともまた、運命と呼べるのかもしれないね？」

「ご冗談を。お三方はともかく、俺は運命なんてものに選ばれる器じゃありませんよ」

「もう、ホーク君はまたすぐそうやって自分を悪く言う」

「事実を客観視しているだけです」

ピクルス・ブランストンはこの国の第三王子である。それ故、幼い頃から綺麗なものも醜いものも、人も物もたくさん見て育った。王族に生まれたこと、3番目の男児として生まれたこと。妾《めかけ》である母が第一夫人たる王妃と仲が悪いことも、2人の兄とギクシャクしていることも、さまざまな要素が複雑に入り混じってそうなっていることを、彼は10歳にして理解していた。

王族、貴族、王宮、学院。ありとあらゆるしがらみだらけの窮屈な人生に、息苦しさを感じないと言えば嘘になる。だからだろうか。ホーク・ゴルドという友人との付き合いは、気楽で心地よかった。彼は男爵家の令嬢と婚約こそしているものの、平民であり、商人である。

ピクルスも、ゴルド商会にまつわる悪評はよく聞かされていた。社長のイーグル・ゴルドは傲慢で、陰湿で、金さえあればこの世の全てを思い通りにできると思っている、尊大な卑劣漢。そんな悪意を広めている貴族たちはしかし、いずれもゴルド商会に借金をしたり、なんらかの担保と引き替えに融資を受けている者たちが圧倒的に多かったのである。

つまりは、たかだか平民の商人ごときに金を借りなければならず、しかも頭を下げなければならないという屈辱を、悪評を広め陰口を叩くことで発散していただけの、恩知らずの集まりなのだ。当然その矛先は、社長の息子であるホーク自身にも向けられる。

愚かで、浅はかで、傲慢で、女好きの、黒豚などと呼ばれる父親ソックリの醜悪な子豚。

くだらない誹謗中傷《ひぼうちゅうしょう》だと思いつつも、しかしまあ、そんなにも父親に甘やかされ溺愛されて育った子供であるならば、人格は結構歪むだろうな、とも考えていた。だから、実際に本人に出会った時は、なんとも驚かされたものだ。

『ねえ、君たち何をしているの？』


目立たず、主張せず、彼は心底どうでもよさそうに、冷めた眼差しで周囲を見下ろしていた。その冷ややかな眼差しには見覚えがあった。鏡に映る、自分の目によく似ていたからだ。

だからだろうか。貴族の子供たちに呼び出され、囲まれ袋叩きにされそうな彼を、頼まれもしないのについ助けてしまったのは。

第三王子のとる態度としては悪手だ。貴族の子供たちを取り纏め、上に立つ者として彼らを従わせる。そのために彼をA組の共通の敵として、クラスが結束するための踏み台として利用することもできた。だがそんなくだらない手段を選ぶのは、愚か者だと彼は思った。


「ねえホーク君、僕たち、もう友達だよね？」

「一介の平民にはあまりに畏れ多いお言葉にございます、殿下」

「本音は？」

「ただでさえ面倒な立場に置かれている俺を、これ以上面倒事に巻き込みかねない不用意な発言はお控えいただけると心底ありがたく」

「あはははは！　やっぱり僕、君みたいな友達がいてくれると嬉しいなあ」

気兼ねなく、肩の力を抜いて本音を言い合える本当の友。取り巻きとは違う、自分に敬意を払いながらも、決して媚びることのない貴重な相手。

「お二人とも、仲がよろしいのは大変結構ですけれど、今は無属性についてもう少し真剣にお考えくださらない？」

「ああ、その件について一つ考えていたことがあるのですが」

「なんでしょう？」

「無がある、って、一体どういう状態なのでしょうね？」

「無が、ある？」

「ええ。何もないからこその無であるはずなのに、その無がヴァン様の中にあるというのは、なかなかに哲学的な考えだと思いませんか？」

「言われてみれば、確かに」

「少し奇妙な感覚ですわね」

「属性魔法の資質を鍛えたいなら、体内に取り込んだエレメントをその属性に近しいものに馴染ませるのがよいと言われていることは既にご存じのことと思いますが」

風属性なら風を浴びる。水属性ならば海や川で泳いだり、雨を浴びたりする。火属性ならば、焚火の傍で瞑想を行う。雷属性ならば、雷雨の日に屋外で瞑想を行うなどなど、さまざまだ。

「ヴァン様は自分自身に魔法の適性が無いものと思い込んでいらっしゃる。だからこそ体を鍛え、魔法無しでも戦えるような強さを求めていらっしゃるわけで。しかし自分のエレメントを無駄なもの、意味の無いもの、ありもしないものと強く思い込み続けることこそが……」

「無属性魔法の適合者としては、何よりの訓練になり得る？」

「あまりに斬新すぎる発想だ……驚いたよ」

「あくまでただの仮説ですがね。ドーナツの穴はドーナツ無しでは成立し得ない。無を無たらしめるものは何か？　あるはずなのに、無い。何も無いがある、というのはとても哲学的で、論理的に矛盾している。実に興味深いと思いませんか？」

クスクス笑いながら、お茶請けにとローザが持参した、王都で人気の洋菓子店のドーナツを手に取り、２つに割って、片方を頬張るホーク。

「さて、この状態で、ドーナツの穴はどうなってしまっているのでしょうか？　半分になった？　穴ではなくなった以上、穴が消えて無くなってしまった？　お二人はどう思いますか？」

◆◇◆◇◆

なんとも度し難い存在だ、と、ローザ・ゼロは目の前の級友を見てしみじみ思う。

初めは忸怩《じくじ》たる思いでいた。最愛の兄があのようなことになってしまったというのに、なぜ彼のような平民がA組に入学してきたのだ、と。逆恨みでしかない悪感情と共に、彼を偏見の目で見ていたことは、恥ずかしながら認めざるを得ない。

だが、婚約者たるピクルス王子が彼を面白い子だと言って接近し、あきらかに嫌がっている様子の彼に付き纏い始めた頃から、なぜそこまで、という疑問を抱き、彼の人間的本質がどのようなものであるかを、自分の目で見極めてやろう、と接近したのだが。

『まあ、伝説の12番目の属性だとか、本来ならば存在しないはずの0番目の属性だとか、いろいろ言われているらしいですからね。そう簡単には見つからないのでは？』

だが、そんな彼の口から何気なくこぼれた発言こそが、彼女にとって世界で一番大切な兄を救うやもしれないきっかけになったのだから人生とは不思議なものだ。偏見や悪意の色眼鏡を外して見れば、彼は実に独創的で、個性的な視座を持つ興味深い人間だった。

無属性魔法に対する考え方もそうだ。ピクルスやローザが思いもよらなかった観点から無というものの存在を真剣に考察している。兄の体内に無があるとは確かにどういうことなのか。そんな根本的なことにさえ、自分は考えも及ばなかったというのに。

彼の目には一体この世界は、自分たちは、どのように映っているのだろう。

『ヴァン様はあなた様のことを非常に気にしていらっしゃいましたよ。感謝と申し訳なさがおおよそ6対4ぐらいで入り混じっているような感じでしたが。ああそうそう、ヴァン様よりローザ様宛てのお手紙をお預りしております。お返事を出したいのであればなるべくお早めに』

『女神教の王国支部長と話をつけて参りましたので、炊き出しの件に関しては問題ないかと。彼が来なければ炊き出しそのものが中止になり、それで損をするのは下町やスラム街の住人たちだということをお伝えしておきましたので、遠慮して来ない、といった事態は防げるかと』

彼は驚くほど大胆かつ繊細に、ローザが期待していた以上の成果を上げてくれた。なるほど、これはピクルス様が興味を惹かれるわけだ。何より彼はローザ自身を一度たりともいやらしい目で見ないのである。下は同年代から上は60すぎの狒々《ひひ》ジジイまで、ありとあらゆる世代の男たちから情欲にまみれたいやらしい視線をぶつけられることが多く、男の性欲というものにほとほとウンザリさせられていたローザにとっては、衝撃だった。

自分にはピクルス様、彼にはサニー・ゴールドバーグという婚約者がいるからであろうか、とも思ったが、婚約者がいても露骨にいやらしい視線をぶつけてくるような不躾《ぶしつけ》な男は星の数ほどいる。中には、王子様に振られたら愛人にしてやるから言え、などと、下品で下劣な冗談を飛ばしてくる、貴族とは到底思えないような卑しい男もいた。それに、だ。

彼と婚約しているサニーの方は満更《まんざら》でもなさそうな好意を彼に寄せているようであるというのに、肝心のホーク自身はいっそ冷酷さすら感じさせるほど、自分自身に対してドライなのだ。まるで、『自分が人から愛されるなんてあり得ない。絶対にあり得るはずがない』とでも頑なに思い込んでいるかのような、ゾッとさせられてしまうほどに昏《くら》い目は、軽い恐怖すら感じさせる。あまりにも低すぎる自己評価と自己肯定感は、いっそ自己嫌悪の域だ。

そんな彼が、いくら公爵令嬢の頼みとはいえ自分たち兄妹のために協力し、尽力してくれる理由がサッパリ分からない。だからこそ自分もピクルス様も、いまだ彼を取り込めずにいる。

自分たちはまだ彼の信用を得られていないのだ。自分たちを見る彼の目はあまりに淡白で、しかし拒絶されている風ではなさそうだ。同い年だというのに、まるで何十歳も年上の大人を相手にしているかのような、不思議な違和感。やりづらい、と思ってしまう。

警戒心の強い野良猫がほんの少しだけ近寄ってきて、用意した餌の匂いを嗅いでくれただけ。目の前の餌に毒物でも入っているのではないかと、用心深く探るような距離感で、それを詰めようとすれば即座に尻尾を巻いて遠ざかってしまう。これまでは向こうから積極的に近づいてきてくれる者ばかりとしか接してこなかったローザにもピクルスにも、自分たちと仲よくなることを内心嫌がっているような、放っておけば遠ざかっていくばかりの偏屈な変人とどうにかして仲よくなる方法が、皆目見当《かいもく》もつかなかったのである。

『あははははは！　やっぱり僕、君みたいな友達がいてくれると嬉しいなあ』

先ほどのピクルス様の言葉が脳裏をよぎる。お友達。利用し合うだけの関係性ではなく対等に本音を言い合い、屈託なく笑い合える友人になれたならば、ああ、それは、さぞ面白いだろう。男といえば家族か、婚約者か、使用人か。あるいはそれ以外の、自分をいやらしい目で見てくるケダモノ共か、利用してやろうと企む貴族たちか、あるいは媚びを売ってくる者ぐらいしか知らない彼女にとっては、彼はそう、初めての、男性のお友達、になるのかもしれない。

正直に打ち明けてしまえば、公爵令嬢たる自分には、この学院でサニーと仲よくなるまで、女友達さえ一人もいなかった。取り巻きか敵か。そういった類いの、信用の置けない女たちばかりが周囲には大量に溢れ返っており、屋敷のメイドたちも、友人と呼べるほどの親しみはなく、心の底から友達だと呼べる相手など、正直、一人もいなかったのだ。

ああ、だからだろうか。今は素直に思える。

ホーク・ゴルド。風変わりなクラスメイト。今まで自分の周りにはいなかった人種。

私は彼と、友達になりたいのかもしれない。

◆◇◆◇◆

「ホーク！　おはよう！　今日もいい朝だな！」

「ええ、おはようございます、ヴァン様」

「様なんてよしてくれよ！　俺はもう貴族じゃないんだぜ？　普通にヴァンでいいよ！」

「いえ、商人の習性とでも思っていただければと」

ヴァンにとってホーク・ゴルドという男は、平民になって初めてできた大切な友達だった。

自分はかつてヴァニティ・ゼロという公爵家の長男であった。だが王立学院の入学試験中に、属性魔法への適性がないことが発覚してしまい、貴族としては不名誉な『不適合者』の烙印を押され、公爵家の恥と罵られ、名前も名字も奪われ追放されてしまった。自分を庇ったことと、出来損ないの長男を生んだ罪だと公爵家より追い出された、愛する母と2人で。

公爵家の長男としての輝かしい人生から一転。平民に身分を堕とされた彼の人生はあまりにつらく苦しいものとなった。今まで友達だと思っていた皆がヴァンに対し手の平を返したように冷たく意地悪となり、誰も見向きもされなくなったどころか石を投げつけられる始末。

かつて当たり前のように食べていた食事が今ではもう一食分を賄うだけでも難儀するような高価な代物であったことを知り、自分が着ていた上着1枚を買うだけの金で平民の4人家族が1日分の食事を賄えることを知った。自分がいかに甘やかされて育った、世間知らずの無知な子供であったかを思い知らされ、後悔しても、もうあの頃の生活には戻れない。

だが不幸中の幸いにも、妹のローザとその婚約者であるピクルス王子だけは、ヴァンを見捨てずにいてくれた。公爵たる父……いや、もう父とも呼ばせてもらえない赤の他人となった男からの手切れ金を切り崩しつつ、今日からお前たちはここで暮らすのだ、と公爵家が用意した小さく狭い下町の一軒家で細々と暮らし始めた自分たちの前に現れた、ホーク・ゴルド。

彼はローザとピクルス様と知己であると語り、彼女らの頼みでここへ来たのだと明かした。彼は皮肉屋であったが商家の息子であるためか、もう公爵家の人間ではなくなったヴァンにもヴァンの母に対しても丁寧で、本人は無自覚なのかもしれないが、面倒見のいい人物だった。

「バージルさん！　今日もよろしくお願いします！」

「おう、どっからでもかかってきな！」

「はい！　行きます！」

魔法を使えないどころか魔法が効かないという、とことん無適合な体質故に、病気や怪我を回復魔法で治療してもらうことができない自分が慣れない下町暮らしで風邪を引いてしまった時に薬を持ってきてくれたのもホークだったし、強くなりたいと言えば、護衛の冒険者さんに、自分に稽古をつけてやれと言ってくれた。世間知らずで常識に疎かった自分たち母子に平民の世界に溶け込んで生きていくための基本を教えてくれたのも、非力な母と自分を守ってくれる魔法の守護結界をこの家にかけてくれたのも、ローザからの手紙や援助金を届けてくれているのも、教会での炊き出しを強化するように働きかけてくれたのも、全てホークだ。

『あなたのことが大好きなお二人に、熱心に頼み込まれてしまいましたので』と謙遜する本人は少しも恩着せがましくなく、『少なからず打算でやっていることですのでそこまで感謝されてしまっても困ります』とぶっきらぼうな態度でわざと突き放すようなことを言うが、それならもっと冷淡で事務的な態度をとってもいいはずだ。慇懃《いんぎん》無礼になるでもなく、自分に一人の人間としてやさしく親切に接してくれる彼のことを、自分も母も好ましく思っている。

『いいですかヴァン様。無知であることはそれだけであらぬ誤解や不要な悲劇を生む可能性があります。世の中には知らない方がいいことも多々ありますが、それでも得られる知識は極力得ておくに越したことはありません。学んでください。あなたが強く生きていけるように』

『無適合者であろうと、魔力を持っていることに変わりはありません。無属性魔法への適性があるかもしれないという可能性も、考慮しておくべきです。そもそも、魔法が効かない体質というのがまずおかしいのです。何もしていないのに魔法が消えるなどあり得ません。無自覚のうちにあなたが魔法に対してなんらかのアプローチをし、無属性魔法で属性魔法を打ち消している……と考えた方が遥かに論理的ですよ。世の中他人の言うことだけが全てではないのです。ご自分の体のことなのですから、一度自分自身でじっくり考えてみてはいかがでしょうか』

『あなたは決して魔法に嫌われているのではない。むしろ、魔法の方があなたを恐れている。そうお考えになられてはいかがでしょうか？　心の中で考えるだけなら何を思おうと自由です。ネガティブに俯いてばかりいるより、ポジティブに顔を上げて前を向いている方が、よほど建設的な人生を送れると思いませんか？　まあ、俺が言えた義理ではないのですが』

ローザは自分を公爵家に連れ戻すために尽力しており、ピクルス王子はそのために協力してくれているという。いずれ公爵家に戻ることが叶《かな》うかもしれないなら、そのためにも初等部で得られる最低限の知識ぐらいは詰め込んでおけと、彼は自分に勉強すら教えてくれた。

ローザ、ピクルス様、そして、ホーク。俺の、本当の友達。

自分にできるだろうか。いくら公爵家からの頼みとはいえ、赤の他人のために自分の貴重な休日を潰すことが。彼にだってゴルド商会の跡取りとしての、次期男爵としての勉強や仕事があるだろうに。それでも嫌な顔をすることなく、こうして下町まで足を運ぶことが。

「ほらほら、集中しな坊主！　戦っている時に考えごとなんぞ命取りだぜ？」

「うわ⁉」

バージルに足払いを食らい、すっ転んでしまった拍子に手にチクリと痛みが走る。

「痛っ！」

「うお、やべえ！　やっちまったか⁉　すまねえ、大丈夫か坊主！」

「いえ、ちょっと血が出たぐらいです。大丈夫です、続きを」

「ダメに決まっているでしょう」

立ち上がった自分の肩に、ホークが手を置く。

「坊ちゃん、すまねえ」

「強くなりたいと言い出したのは彼です。接待でもあるまいし、さすがに一切の傷や怪我を負わせることなく鍛え上げろ、などと無茶は言いませんよ。とはいえ、軽い出血でも傷口から雑菌や黴菌が入ってしまえば、深刻な感染症などに繋がる恐れもあります」

「うえー、またあの消毒液ってやつ塗られるのか？　あれ、沁みるからヤなんだよな」

「感染症になって苦しんだり死んだりするよりはマシでしょう？　ただでさえ魔法が効かない

体質なのですから、病気や怪我には人一倍注意すべきですよ。それにあなたにもしものことがあったら、俺がローザ様に殺されます」

「そいつは大変だ！」

「では、大人しく諦めてください」

ホークに連れられ家に入ると母が編み物をしていた。彼に勧められたらしい。手編みの品をバザーなどで売ったり、物々交換に出したりするのだそうだ。

元より母は編み物が上手かったし、平民として追放されてからは覚束ない手で家事をするか、日がな一日途方に暮れるか、窓辺でぼんやり座っている時間が異様に増えていたため、やることができてからは、以前よりもずっと人間らしさを取り戻したような気がする。

「まあ、ヴァン！　血が!?」

「ただの切り傷だよ母さん。大袈裟《おおげさ》だな」

「それだけ心配してくださるお母上がいらっしゃるというのは幸福なことですよ。さあ早く傷口を水で綺麗に洗い流してきてください」

言われてハッとなる。彼には母親がいない。『悪い』と言おうとして、ここで謝罪するのはもっと失礼な気がして、何も気付かなかったフリをして水瓶に近づく。

自分は彼に何を返せるだろう。恩にどう報いればよいのか分からないでいるうちに、どんどんどんどん彼への借りばかりが増えていく。


『将来の公爵様に多大な恩を売っておけると思えばこの程度、安い投資です』

『俺はもう公爵にはなれないよ』

『あなたが侯爵に返り咲くことができればそれでよし。失敗したとしても、次期公爵であるローザ様に大きな恩を売れたならば、ゴルド商会の利益にもゴールドバーグ男爵家の利益にもなるでしょう？　ほら、暗い顔をしている暇があったら、料理の一つでも覚えてください』

水瓶の水面に映る自分の顔を見下ろす。以前よりもずっと、明るくなった自覚がある。理不尽を嘆き、我が身の不運不幸を嘆き、世界を恨み、どうして、どうして！　と他者を憎むだけの存在であったヴァニティ・ゼロはもういない。

自分はヴァンだ。平民のヴァン。

ローザの兄、ピクルス様の、ホークの友人として、それに恥じない男を目指し足掻《あが》く者。

コップで水瓶に貯まった水を掬《すく》い、窓から手を出して血を洗い流す。ふと思い立って、もう一杯水を汲《く》み頭からそれを被ってみた。火照って汗を掻いた体に、冷たい水が心地よい。

強くなりたい。やさしくありたい。強さもやさしさもひけらかすことなく、ただ自然体でそれをなす、ホークのように。そうしていつか胸を張って、彼に友達だと言ってもらえるように。

◆◇◆◇◆

「どうも。近くまで来たのでご機嫌伺いに参りましたよ」

「帰れクソガキ。テメエの豚面見てるだけで飯が不味くなるぜ」

「おや？　清貧をモットーとする女神教の使徒様ともあろうお方が、ステーキランチですか？　いけませんねえ、教会の皆さんは質素なスープやシチューやパンと少量の野菜だけという清貧ランチを召し上がられていらっしゃるというのに、そのトップであるあなたがこれとは」

「うるせえ、こちとら老い先みじけえんだ。んなもん食ってられっかよ。で、なんの用だ？」

「いえ、特に用はないのですが。本当にただ近くまで来たので、嫌がらせと様子見を兼ねて顔を出したらあなたがどういう反応をするのか気になりまして」

「死ね！」

女神教ブランストン王国支部長。その実態は金に汚い汚職神父、ガメツ・ゴーツクには最近、どうしてもぶっ殺してやりたいと感じるクソガキがいる。そいつの名はホーク・ゴルドという。国内でも指折りの大商会、ゴルド商会の社長の一人息子であり、ガメツにそこそこの金貨とそれなりの不快感を運んでくる、厄介な子豚だ。

正直に言うと最初はナメていた。公爵家の使いっ走り。バカ親に甘やかされて育ったせいで、自分はなんでもできると勘違いしている増長したクソガキだと。だが侮りの代償は小さくなく、まんまと一杯食わされてしまったという苦い記憶が残っている。

ゴルド商会の関与を口外しない、という約束を守るだけならなんら苦労はない。だが、いいように利用されてしまった、という屈辱は忘れ難い。ましてこんな10歳のガキにだ。せっかく教会を抜け出し、行きつけの酒場で酒を飲みながら美味い肉を食っているというのに、途端に砂を噛むような苛立ちが口の中に広がるのも腹立たしい。

「まあまあ、悪党同士、仲よくしましょうよ。お金しか信用できないでいると、いざお金に裏切られた時に泣くハメになりますよ？」

「誰がテメエなんぞと！　仲よくするにしたってテメエ以外の相手を選ぶぜ。で、この俺様になんの用だよ？　くっだらねえ用件だったらぶっ飛ばすぞ」

「ですから、ただヴァン君の様子を見に下町の近くまで来たついでに立ち寄っただけですよ。ここは僕が奢《おご》りますから、そんなに邪険にしないでください」

相席の許可も出していないのに勝手に丸テーブルの対面の席に座り、酒場のウエイトレスのねーちゃん相手にガメツが食べているものと同じステーキとベイクドポテト、大盛りライスにブドウジュースまで注文するふてぶてしさときたら。親の顔が見てみたいものである。奢りでなければ蹴飛ばしてでも退席させているところだ。

この酒場の店主には少なくない額の口止め料を握らせているため教会では大っぴらに楽しむことのできない豪勢な食事と一人の時間をゆっくり楽しめる憩いの場であったのだが、この豚野郎のせいでそれをぶち壊しにされるのかと思うと無性に腹が立つ。

「んで？　シケた面しやがって、またあの元公爵家のガキがなんかやらかしたのか？　お？」

「そんな露骨に俺の不幸を喜ぶ顔しないでくださいよ……。彼自身に落ち度はないのですが、俺が一方的に彼に苦手意識を持っているせいで、相手をしていると無性に疲れるんですよね。ああいうキラキラした、人の輪の中心にいそうな感じの子、苦手なんです」

「そうかい。ま、気持ちは分かるぜ。俺も教会の支部長なんぞやってっと、たまーにこいつ善人通り越してただのバカなんじゃねえか？　ってレベルの善人に会うこともあるからな」

「そう！　そうなんですよ！　あまりにいい子すぎて調子が狂うというか」

赤ブドウジュースを赤ワインのように飲み干したホークが、疲れた顔でガメツを見上げる。

「いい気味だ。ざまーみろ」

「ですのであなたのような悪党の悪人面を見ることで、キラキラ好青年オーラを前に眩んでしまった目を曇らせようというわけです。よかったですね、人様のお役に立てて。女神様とやらもさぞお喜びになられることでしょう」

「本気でぶん殴られてえか、クソガキ！」

「わあ！　暴力反対、暴力反対！」

本当にかわいげのないガキだ。だが、その目を見ていると不思議と振り上げた拳をその顔面や脳天にブチ込んでやろうという気にはなれないのがなんとも腹立たしい限りである。

世界中で信仰されている女神教。その王国支部長を任されている自分で言うのもなんだが、大物な俺を相手に、大した度胸だと思わなくもない。

見る目のねえ無知で純朴な孤児のガキ共や教会のシスター共に囲まれて、支部長として常日頃から善人を演じなきゃなんねえストレスを適度に発散できる相手ができたというのは、まあ悪くねえ。十三使徒なんぞと偉そうに言ってもその実態は、業突《ごうつ》く張りのガメつい、どっぷり汚職に染まったジジババ共の集まりだからな。こんな風に気軽に暴言を吐いてもいい相手、というのはかなり貴重なのだ。この国に来てから初めてできたと言っても過言ではない。

何より言葉とは裏腹にこいつの目には、侮蔑や嘲笑の色が一切ねえ。むしろ同族に出会えて喜ぶような、妙に後ろ暗い老獪《ろうかい》ささえ感じさせる。おおよそ10歳のガキがする目じゃねえ。

「あ、美味しいですね、ここのステーキ。俺も常連になろうかな」

「却下だ却下。テメエは出禁《できん》に決まってんだろうが！」

「フフ、残念ですが既に店主さんは買収済みですよ。どうしても俺を出禁にしたいのなら、俺が積んだ金額を上回る金貨をご用立てしてしてあげてください」

かわいげのないガキだが、食ってる時だけは歳相応の顔をしやがる。道理でコロコロ豚みてえに肥えているわけだ。まあ、俺も人のことを言えた義理じゃねえがな、とガメツ・ゴーツクは己の下っ腹をさすりながら、奢りだからと無駄に奮発してやった酒を口に運んだ。

第7章　女嫌い、目が覚める

「困ったことになったわ」
「ええ、困ったことになりましたね」
「まさかこんなことになるとは」

初等部に入学し、彼らと出会ってからもうすぐ1年が経過しようとしている頃。

ローザ嬢は無適合者の烙印を押され、貴族籍も名前も名字も剥奪されてしまった兄のヴァン君を助けるため、次期公爵としての立場を利用して現公爵である父親の目を盗みながらいろいろと暗躍している。そのために俺も協力させられているのはご存じの通りだ。

そんな彼女のお兄様お助け作戦の一環として、俺が提供した『無適合者が無適合たる理由』という題名のレポート。無適合者とタイトルにあるものの、中身は実際のところ無属性魔法についての考察だ。『創世の女神が11種類のエレメントを作り出した』と経典にある女神教が国教となっているブランストン王国内で取り扱うには些か危険な代物だ。なんせ無属性魔法など存在しない！　と主張している女神教に、真っ向から喧嘩を売る形になるわけだからな。

なぜヴァン君は魔法が効かない特異体質なのかという観点から、かなりマイルドにぼかした内容でエレメントや属性魔法について私見を述べる内容となっているが、そこそこ魔法に詳しい人間が読めば、すぐに著者の真意に気付くはずだ。

「まさか、飛び級のお話が来てしまうだなんて。どうしましょう？」

「辞退すればよいのでは？」

「でも、お兄様のことを認めさせる、またとない絶好のチャンスですわ！　この国の首脳研究施設である学者ギルドへの招聘《しょうへい》と、王立学院大学部への飛び級。こんな大幅ショートカットの機会は二度と訪れないかもしれませんのよ？」

たかが平民のガキ風情がそんなもん発表したら握り潰されるか一笑に付されて闇に葬られるかのどちらかなので、無適合者についての研究を始めても立場上何もおかしくないローザ嬢の名義で発表し、ピクルス王子と俺の名前はスペシャルサンクスとしてレポートの巻末に載せてもらったのだが、それがまずかった。

論文に目をつけた学者ギルドでも指折りの変人である天才学者たちが、この論文の執筆者をぜひ大学の自身のゼミに招きたい！　と言い出したらしいのである。ここでローザ嬢が大学に飛び級進学してしまったら、間違いなくボロが出る。なぜなら件の論文は、１００パーセント俺の著作だからだ。ローザ嬢はその内容を全体の３割ぐらいしか理解できていない。

そんな状態で大学に進んでも、少し突っ込んだ質問をされたらアウトである。最悪、盗作を疑われかねない。そもそもが10歳の子供にこんな論文書けるのか？　と疑われてもおかしくはない内容なので。だからこそ飛び級の話が出たのだろうが、まさかそんなことになるなどとは俺たちの誰もが予想していなかったがために、こうして3人揃って途方に暮れているのである。

「後ろ暗い近道をしようとして、そこで躓《つまず》いて事実が露見してしまえば、ここぞとばかりに公爵や無属性魔法の真偽・是非について快く思わない人間が攻撃を仕掛けてくるでしょうね。連中にわざわざ口実を与えてやるおつもりですか？　俺はオススメしませんよ」

「もしそんなことになってしまったら、最悪無属性という研究対象そのものが槍玉に挙げられ今後研究を禁じられてしまうかもしれないね」

「正論すぎて、反論できないのが悔しいですわ」

「やっぱり、諦めるしかないんじゃないかな。全てを正直に話して、飛び級の話そのものをなかったことにしてもらうのが一番無難だと思うよ」

ピクルス王子も彼女の飛び級に関しては断固反対のようだ。そりゃそうだろう。相手は大人、それも、バカと天才は紙一重を地で行くと評判の、変人・奇人めいた天才揃いの学者ギルドに所属する、偏執的な研究狂ばかりなのだから。そんな連中の前で、10歳の少女がどれだけ嘘や誤魔化しを貫き通すことができるかなど、考えるまでもない。

「成果を焦りすぎるあまり、しなくてもよい失敗をしてしまっては元も子もありません。ローザ様の計画は元より、女神教の支配が色濃く及んでいるこの国で行うにはあまりに無謀なものですから、たった一度でもボロを出せば小さなヒビから水瓶が砕けてしまうように全てがご破算になってしまう可能性もある。極力慎重に行きましょう」

「そうね、あなた方の仰る通りですわ。とても口惜しいのだけれど、今回は論文の執筆者がホーク様であることを打ち明けて、辞退するしかなさそうね」

「いやいや、そうでもないぞい。悩める若人たちよ」


例によって密談には打ってつけの、学生寮内にある王族専用部屋。盗聴や覗き見のみならず、転移魔法で直接室内に飛び込んでくることなどを無効化する結界魔法が厳重に張られたその室内に、いつの間にか、白いお髭がチャーミングな、いかにも魔法使い然としたお爺さんが現れ、俺たちは咄嗟に身構えてしまうほど驚愕させられてしまった。

「きゃあ!?　学院長先生!?」

「一体どこから!?　それより、今の会話!」

「フォフォフォ、そう警戒せんでも大丈夫じゃよ。どうやらお困りのようじゃのう?」

マーリン・アクア。王立学院の学院長である老人だ。学者ギルドの名誉会員、魔術師ギルドの名誉会長も兼任し、ブランストン王国宮廷魔術師団の外部顧問も務める偉大な魔法使い。時折この国の王様にも助言を求められることがあるというほどの大賢者様である。

「結界魔法が張られているはずですが、どうやってこの部屋へ？」

「かつてこの部屋に……いや、学院全体に魔物除け・賊除けの結界魔法を張ったのは、何を隠そうこのワシなのじゃよ。自分専用の秘密の抜け道ぐらい、いくらでも細工できたわい。あ、これ他のみんなには内緒じゃぞ？　あちこちから叱られてしまうからのう、フォフォフォフォ」

なるほど、それでこの部屋で起きたことも全て彼に筒抜けと。いい性格してるなジジイ。

(フォフォフォ、褒め言葉と受け取っておこうかの)

(っ！)

心も読めるのか、この爺さん！

(ホークの名において命じる！　闇よ！　俺の心と記憶を覆い隠せ！)

(いやいや、さすがに滅多なことがなければ生徒の記憶や心の中を覗き見したりはせぬよ。ワシもそこまで悪趣味ではないからのお)

しないだけで、できないとは言わないんですね。クソが。

(フォフォフォ。今のは単に、お前さんの表情があんまりにも分かりやすかっただけじゃよ。生徒のプライバシーは守られねばならぬ)

どうだかな。俺たちの会話を盗み聞きしていたような、悪趣味な爺さんだ。何より心の中や記憶を読み取られるということは、俺の前世の記憶を読み取られかねないということでもある。それだけは、絶対に避けなければならない。

得体の知れない、異世界からの転生者。この世界には存在しない知識を持つ者。

そんな不気味な子供を周囲が放っておくだろうか？　最悪闇討ちされるなり粛清されるなり、あるいは捕まって拷問されて、情報や知識を洗いざらい吐かせられてしまうかもしれないのだ。

この世界に転生してから一番の恐怖がゾワリと俺の背筋を伝う。何より恐ろしいのは10歳児程度の魔法などこの世界で一番の大賢者の前では児戯にも等しく、容易く俺がかけた闇属性の防御魔法を、光属性の魔法で抉《こ》じ開けるなりなんなりしてくるかもしれないということである。

「あの、学院長先生！　わたくし、その……」

「まあまあ、皆落ち着くのじゃ。ワシは何もそなたらを罰しに来たわけではないのじゃよ」

論文の執筆者が俺であることがバレた。それはまだいい。この爺さんに話が伝わっているのならば、あとはローザ様に飛び級の話を辞退してもらえばそれで話は終わりだ。

だが、わざわざ首を突っ込んできたということは、なんらかの意図があるに違いない。

そしてこの手のお髭が素敵な爺さんという絶対に物語のキーパーソンであることが約束された超越者的・愉快犯的キャラクターが企む計画というのは碌でもないものと相場が決まってい

る。

「ゴルド君。そなた、彼女の代わりに飛び級して大学に進学するつもりはないかね？」

「は？」

ほら、やっぱり。


学院長の無駄に長ったらしいお話を要約すると、こうだ。

学者ギルドに所属する人間たちは天才というか、天災めいた頭脳を持つ筋金入りの偏屈揃いなので、公爵令嬢だろうが平民だろうが別にあの論文についての内容を詳しく議論できるのならどっちでもいいらしい。

学院長もあの論文には目を通したそうだが『これほどの論文を10歳で書き上げられるような子供を遊ばせておくのは実に惜しい！』と上に掛け合い、既に俺の承諾さえあれば俺を大学に飛び級させるお膳立ては整っているのだという。なんとも用意周到なことだ。

公爵令嬢ならまだしも平民の子供、それもあのゴルド商会の倅が飛び級なんて話になれば、十中八九金の力でゴリ押ししたんだろ！　と学院内の生徒たちの反感を買いかねないが、俺には自分の存在感を打ち消す闇魔法をかけた腕時計がある。大学生たちはともかく、大学教授や講師として勤めている学者ギルドの天才学者相手には通用しないだろうが、そこは逆に好都合。

あきらかに俺を歓迎してくれるはずがない大学生たちをスルーして、教授や講師陣とだけ顔を合わせ、思う存分無属性魔法についての研究をしてみないか、というわけだ。

「いいんですか？　無属性魔法についての研究なんてあきらかに王家や教会に喧嘩を売りかねない行為なのに、学院長であるあなたがそれを支持するような真似をしてしまって」

「フォフォフォ、ワシもまた魔法使いであり研究者の端くれじゃからのう。宗教的な弾圧により魔法の研究が妨げられてしまう、というのは、正直歓迎すべきことではないのじゃよ」

それに、と学院長は無駄にチャーミングなウインクをしながら立てた人さし指を唇に当てる。いい歳こいた爺さんが何をやっているんだ、と思わないぐらいには似合っているのがなんとも腹立たしい限りで、案の定ピクルス王子やローザ嬢は気にならないらしい。

「君自身にとっても、決して悪い話ではないはずじゃ。学者ギルドの上層部は、宗教も王権もクソくらえと言わんばかりの、研究にしか興味のないロクデナシの集まりじゃからのう。『君のような子供』にとっては、間違いなく居心地がよいぞ？」

君のような子供が何を指すのかは不明だが、確かにこのまま10歳児に囲まれて3年も小学生ゴッコを続け、さらに中学生ゴッコ・高校生ゴッコを6年間も続けるよりは、さっさと大学を卒業してしまった方が自由の身になれる、か？

「クソくらえ……」

「あー、コホン。ローザ、レディがそのような言葉を口にしてはいけないよ？」

「は⁉　申し訳ございませんピクルス様。あまりの驚きに、つい……」

「まあ……気持ちは分かるけどね。まさか学院長がここまでぶっちゃけてくるだなんて、僕も思わなかったよ。なんだか学院長のイメージが崩れてしまいそうだ……」

「フォフォフォ。世の中とは常に新鮮な驚きと意外性に満ちておるものじゃよ。君のお父上もそうやっていろんなことを学びながら王になったのじゃ」

損得勘定だけで考えてみれば、確かに悪くない話だ。正直、精神年齢が40近いおっさんが小学生に混じってお勉強をしている姿というのはかなり惨めというか、みっともないというか。無属性魔法についての研究が進むこともゼロ兄妹にとっては喜ばしいことだろうし、ついでになんらかの研究で成果を挙げられれば、爵位をもらうこともできるかもしれない。

そうすれば、サニー嬢との婚約だって解消できる。彼女が好きとか嫌いとか以前に、いくら体は10歳児でも精神年齢が40近いおっさんと10歳の少女が15歳前後で結婚するという行為自体が事案だ。まして新婚初夜なんてことになってしまったら、とんでもない大惨事である。

この世界では、女性は13歳から18歳ぐらいで嫁いで子供を産むことが特に珍しいことでもなんでもない。だが、前世で日本人として30年以上生きてきた俺でも、郷に入れば郷に従えの精神で、はいそうですか、とすぐに受け入れられるはずもなく。

何より俺は、筋金入りの女嫌いなんだぞ。結婚なんて本音を言えばしたくもない。親孝行のために我慢して結婚しなければならないという苦痛にこの2年間耐えてきたが、結婚しなくて済むかもしれないのなら、大学の一つや二つ卒業してやろうじゃないか。

「いいでしょう。その話、お受けいたします」

◆◇◆◇◆

「そんなわけで、飛び級の話を受けることにしました」

「オー……なんというかホークちゃんは、パパの予想の斜め上を軽々と飛び越えていくね？　神童すぎてパパビックリだ！　いや、もちろんすごいことだし、嬉しいよ？」

俺の学費を支払ってくれている父に、きちんと話を通しておくことも忘れない。事後承諾になってしまう形で申し訳ないのだが、文句は公爵家か学院長に直訴してくれ。

「だったら飛び級おめでとうパーティーを盛大に開かないとね！　パパの自慢の愛息子を、みんなに見せびらかしてやろう！　普段大した器でもない息子を自慢してくるバカな貴族どもの悔しがる顔が目に浮かぶようだブヒ！　あ、そうだホークちゃん！　大学進学のお祝いは何が欲しい？　パパ、お船でも飛空艇でも宝石でも馬でも、なーんでも買ってあげちゃうよ！」

「パーティーはやめてください。あまり大々的に喧伝してしまうと、あちこちから睨まれかねませんので。息子自慢がしたいのであれば、あくまでさりげなく水面下で匂わせながらそれとなく下手に出つつも、ここぞとばかりにマウントを取ってやりましょう。この手の自慢話は積極的に大騒ぎするより、『いえいえ飛び級ぐらい大したことではありませんよ。それで？　平民の子供などより遥かに優秀であって然るべきお宅のお子さんはいつまで初等部で遊ばせてあげているおつもりで？』ぐらいの謙遜をくれてやった方が効率的かと」

「わあ、えげつない！　さっすが、それでこそパパの子さ！　ブーヒョヒョヒョヒョ！」

メチャクチャ上機嫌で高笑いする父。嬉しそうで何よりです。今まで散々成金のバカ息子とバカにして見下し続けてきたゴルド商会の倅が、貴族たる自分たちの子供を差し置いて10歳で大学に飛び級するという快挙を成し遂げる。実に腹立たしく、悔しいでしょうねえ。

それにしても、何度聞いてもギャグにしか思えない笑い声だ。ブヒョヒョヒョヒョ！　って、一体どうやったらそんな笑い声が出てくるのだろうか。時折語尾に『ブヒ』と付いているのも、わざとやっているのでなければ本当に不思議でしょうがないのだが。

まあ、いいか、たとえこの父がなんらかの創作物のキャラクターだったとしても、こうして目の前で生きていて、臨機応変に会話ができている以上は、間違いなく意思を持った一人の人間なのだから。ちょっと笑い方が変でもなんの問題もない。個性の範疇《はんちゅう》だろう。

俺のことをこうやって愛し、心から誇らしそうに褒めてくれる父が嬉しそうにしているのを見るのは俺にとっても喜ばしいことだ。俺を愛してくれる父を、俺も愛そう。

たとえ容姿が黒豚でも国中で嫌われている悪徳商会の社長でも、それでも俺にとってはこの世界でたった一人の、かけがえのない父親なのだから。

◆◇◆◇◆

挨拶《あいさつ》は大事である。学生の頃は全く重視していなかったものの、社会に出たら真っ先に矯正されるもの。それが挨拶だ。新社会人はまず挨拶から、なんて言われるぐらい、挨拶は大事なのだ。まして飛び級で大学に進学するだけでなく学者ギルドにも加入するとなれば、ギルドの責任者であるギルド長にきちんと挨拶しなければならない。

さらに言えば俺は商人の息子である。ブランストン王国の経済を牛耳る商人ギルドのギルド長にもまだ挨拶していないのに、先に学者ギルドと魔術師ギルドのギルド長に会うのはちょっと……という面倒な面子《めんつ》にこだわる連中がいたせいで、俺は3つのギルドのギルド長が待つ高級レストランにて会食をしなければならなくなった。あまり気が進まないとはいえ、その辺りを蔑ろにしてしまうとあとあとグチグチ文句を言われかねないため、ここは我慢だ。

それにしても、異世界転生モノの小説などでは主人公は真っ先に冒険者になることを夢見て冒険者ギルドに登録することがなかば様式美みたいなところがあるのに、冒険者ギルドをスルーして他のギルドに行く辺り、ほんと物語の王道から外れたことばかりしているな、俺。

たいていのチート能力持ちの転生者たちは、『え⁉ レベル1なのにレベル99のS級冒険者でも倒すには複数人がかりでも苦戦するような最強のドラゴンをたった一人でやっつけたの⁉ すごーい嘘みたい！ 私冒険者ギルドで高嶺の花なんて呼ばれる街で評判の美人受付嬢だけど惚れました抱いてください！』なんて展開になったりするものだが。

まあ、そんなことになってもこれっぽっちも嬉しくもなんともないから別にいいけどさ。

「やあやあ、よく来たねホーク君」

「へえ、その子が噂の天才児かい」

「はてさて鬼が出るか蛇が出るか！ 我輩、ワクワクしてきましたぞ！」

魔術師ギルドのギルド長であるお髭のナイスミドル。商人ギルドのギルド長であるいかにも極道のアネゴといった感じの強そうなお婆さん。そしてドレスコードもあるような高級レストランだというのになぜか白衣に身を包んだ、赤毛の熊獣人のおっさん。熊の彼が俺がお世話になる学者ギルドのギルド長、オークウッド博士だそうだ。いずれも個性的な面々である。

「それでは、会食を始めるとするかのう」

「皆さん、うちのホークちゃんをよろしくお願いしますぞ！　あ、これつまらないものですが」

「おやめ、イーグル。こんなところでジャラジャラと金貨を取り出すもんじゃないよ」

「我輩いただけるものは遠慮なくいただく主義ですぞ！　なんせ研究費はいくらあっても足りませんからな！」

父が取り出した露骨な賄賂に顔を顰《しか》める商人ギルド長のお婆さんと、ホクホク笑顔でそれを受け取り、懐に収めるオークウッド博士。これには学院の代表として同席している学院長と、何食わぬ顔で賄賂を受け取る魔術師ギルド長のおじさんも苦笑いだ。俺を除くと平均年齢が50～60歳ぐらいの老人たちの集まりが、王国でも有数の有名レストランのＶＩＰルームで行われている。すごいぞ、まるでこれから悪巧みをするかのようだ。

「それでそれで？　早速ですがホーク君、君は無属性魔法に対し、どのような見解をお持ちなのですかな？　我輩に詳しくお聞かせ願えますかな？　何せ無属性魔法という概念そのものがこの国では禁忌とされているせいで、あまり研究が進んでおりませんでな！　君のような若い才能の登場はまさに彗星のごとく！　ああ我輩、時代が変わる予感をヒシヒシと感じますぞ！」

「およしよ、がっついてみっともない」

「みっともなさ大いに結構！　見栄えの良し悪しなど崇高なる学問の前では全くの無意味！　無価値！　我々は日夜魔法や科学の針を一秒でも早く進めるために人生を捧げているのですよマダム！　そのためならば、おお！　手段を選んでいるいとまなどありませんとも！」

「確かに君の書いた論文の内容は、私の目から見てもかなり斬新だった。魔術師ギルドでもかなり活発に議論が交わされているよ。とても興味深いね」

「フォフォフォ、大人気じゃのう、ホーク君」

俺が熊獣人の博士に詰め寄られている横で、学院長は素知らぬ顔でブドウ酒を飲んでいる。

「えー皆々様方におかれましてはこの度、我が息子ホークに格別のご引き立てを賜り深く感謝申し上げます。こちら、ゴルド商会からのささやかな贈り物をご用意させていただきましたので、ぜひともお納めくださいまし。これでよいですかなおババア様」

「やれやれ、なんでもかんでもそうやってすぐに大金を持ち出して、自分の意のままに状況を動かそうとする悪癖、変わらないねアンタは」

父と憎まれ口を叩き合う商人ギルド長のお婆さん。なんだかとっても意外な光景だ。父にもこんな風に言い合える友人がいたのだな、と思うと、よかったねえという気分になる。

「まあ、ありがたくいただいておくがね」

「残念ながらワシは受け取れんのう。生徒の保護者からそういった金銭を受け取ってはならぬ、と規則に定められておる故。ああ、ワシは悲しい」

「では、学院への寄付金を今まで以上に弾みますとも！　ぜひホークちゃんをよろしくお願いいたしますよ学院長様！　オークウッド様！」

「おお、それはありがたいことじゃ」

「言われるまでもありません！　わざわざ飛び級のお話まで用意したわけですからな！　ご子息は我輩が責任をもって面倒を見させていただきますとも！」

「アンタに任せる方がアタシゃ不安だと思うがね」

目の前で大人たちによるお金のやり取りが行われているが、将来的に父のあとを継いでゴルド商会を切り盛りするなり男爵家に婿入りして貴族としてやっていくなり、その両方を両立するハメになるにしても、そうやって相手の心を掴んだりするのは俺の仕事になるわけだ。

人間性はさておき、商人としての才覚は本当に一流なんだよな、この人は。そうでなければたった一代でゴルド商会をここまで大きく成長させることはできなかっただろう。

「今回はあくまでアンタんとこの倅が3つのギルドに面通しをしに来たってだけなんだろ？　大袈裟なんだよ、あの冷酷非道な鬼のイーグルが、とんだ親バカじゃないか」

「とはいえ金で取り除ける障害は極力排除しておくに越したことはありませんからな！　学問の道とは即ち理解なき凡夫どもとの戦いの道でもある！　研究の邪魔をされぬよう方々に根回

しをしておくことを蔑ろにしては、肝心なところで足を引っ張られかねませぬわけですし！」

「そのイチイチ芝居がかった言い回しはどうにかならんのか、鬱陶《うっとう》しいぞオークウッド。そもそも、食事中に立ち上がるのはマナー違反であろうが」

三者三様にそれぞれの組織のトップに昇り詰めただけのことはあり、3人ともが個性豊かというかキャラが濃いというか。むしろうちの父も学院長もそうだし、ものすごく濃い面子が揃っているのだな。なんだか胸焼けしてしまいそうだが、これで初等部で貴族のボンクラキッズどもの発情期で凶暴になった猿みたいにキーキー煩い様を間近で見せつけられなくなると思えばまあ我慢のし甲斐もあろうものだ。校舎が離れてしまえばピクルス王子やローザ嬢との接点も減り、使いっ走りとしてコキ使われる生活からも少しは解放されるだろう。

（やれやれ、本当に難儀な子じゃのう）

（うお!?　頭の中に直接話しかけてこないでくださいよ学院長。驚くじゃないですか）

（その歳で返事ができるそなたもたいがいじゃぞ？）

しれっと俺の頭の中に、魔法で直接話しかけてくる学院長。以前にもピクルス王子の部屋であった出来事を警戒して、あらかじめ魔法で防御しておいた甲斐があったな。おかげで一方的に言われたい放題にならずに済んだ。とはいえ、やはり心や記憶を読み取られないよう守る防御魔法の特訓は急務か。勝手に他人に心の声や記憶を読み取られるというのは、やはり気持ちの悪いものだ。こうして表面上は無言ながらも会話をすることができるのはとても便利だが、なんだかゾワゾワするというか、違和感がすごいというか。

(やれやれ。そなた、そんな心がけでは大学で友人を作ることもままならんぞい?)

(友人なんて、どうせできやしませんよ。異端の論文で飛び級してきた10歳児ですよ? 受け入れられるわけがないでしょう。どうせ待っているのはそこでもイジメですって、絶対)

◆◇◆◇◆

やっぱりな、と思ったのは、大学に進学した俺が初めての講義で紹介された時だ。

「本日からこちらでお世話になります、ホーク・ゴルドと申します。よろしくお願いします」

各種手続きを踏んでいる間に誕生日を迎え、11歳になった俺の新学期は、初等部2年生になるのではなく大学1年生になることで始まった。といっても、想像していた通りの苦い幕開けになってしまいそうだったが。基本的にこの世界では、学生たちは10歳で初等部に入学し、15歳で中等部を卒業して結婚するなり就職するのが一般的であるとされている。

3年分の学費を賄うのは平民にとっては大変なことであり、基本的に高等部は貴族の子供たちの道楽の場だ。しかし、大学部以上になると、話は大きく変わってくる。

なぜなら、高校生になる分には学費さえ支払えればエスカレーター式に進学していくことが可能だが、大学部への進学は厳しい試験をパスしなければ、どんなに金を積んでも進学させてもらえない。学者ギルドや魔術師ギルド、宮廷魔術師団の人間らも頻繁に研究棟に出入りする大学や大学院は、この国の科学や魔法の研究機関を兼ねているから。いつまでも貴族としての責務を果たさず、学院でモラトリアムを送りたいだけの怠惰な学生は、ただ研究の邪魔になるだけだと、容赦なく篩《ふる》いにかけられる。貴族であろうが王族であろうが、例外はない。大賢者マーリンの名の下に、やる気や才能や知識のない奴はどんな身分であれ弾かれる。その代わり、情熱と知識があれば平民でも活躍できる場所。大学部とはそんな場所なのだ。

なので大学生になれたという事実は、この世界では多大なるステータス。前世で例えるなら、日本国内に存在する大学は東大が一軒だけしかなく、しかも定員数はそのままというあまりに狭き門となってしまっているのである。故にこの世界における大学生というのは、自分たちは既にこの国の将来を背負い立っている、選ばれたエリートなのだという自尊心が強い者が多い。研究さえできれば他のことはどうでもいいという変人もいるにはいるが、大多数は前者だ。

そしてそんなエリート大学生たちの中から、教授や講師たちに『この子は見込みがある』と認定されたほんの一握りの天才・秀才だけが、大学院への門戸を開かれるという寸法だ。推薦入学以外に大学院に入学する方法はない。たとえ王族であったとしても。

さて、ここで問題です。そんな大学院生を目指して、日夜自尊心と自惚れの強すぎる若者たちが切磋琢磨《せっさたくま》している大学へ、学者ギルド長のオークウッド博士と大賢者マーリン学院長のダブルお墨付きで、いきなり11歳の子供が飛び級進学してきたらどうなるでしょう？

「ああ、よろしく」

（は？　意味分かんね。こんなことがあっていいのか？　なんかの間違いじゃねえのか？）

「一緒に頑張ろうな！」

（ふざけんな。マジふざけんな。こんなガキと机並べてお勉強しろってのか？　冗談だろ？）

「飛び級なんて、すごいじゃない！」

（あの子が落ちたのに、なんでこんなガキが？　どんな汚い手を使ったのかしら？）

「フフ、かわいい子ね」

（信じられない。こいつ、あのゴルド商会のガキでしょ？　やっぱりお金？　お金の力よね？）

「天才児だかなんだか知らないが、僕の邪魔だけはするなよ」

（この子があの論文を書いたのか……盗作でないとしたら、恐るべき才能だ）

相手の心の声を盗み聞きするのは人として倫理に悖《もと》ることは理解していたが、闇属性魔法の特訓と、この世界の大学生の実態はどんなもんか見定めるためにあえて使用しているのだが、案の定表面上は好意的に振る舞いながらも、内心穏やかならぬようだ。ま、そりゃそうだろ。

それにしても、前世では高卒で働いていた俺が生まれ変わった異世界で大学生デビューとは。前世の両親にもこの晴れ姿を見せてあげたくなるな。

◆◇◆◇◆

「それで？　大学生活はエンジョイしておるかね」

「見れば分かるでしょう？　ただひたすらにここでも空気に徹していますよ」

そんなわけで当然のように友人などできるはずもなく。講義では目立たぬよう常に隅っこの席に一人で座り、昼はボッチ飯を満喫している俺が食堂で大盛りのカレーを食べていると、同じようにカレーの載ったトレイを手にした学院長が現れ、俺の隣の席に座った。暇なのか、この爺さん。いや好意的に見れば、俺のことを心配して様子を見に来てくれたのか。

考えてみれば、小中学校の校長先生とかって普段何をしているのか全く知らなかったもんな。

ちなみに学院内には護衛は立ち入ることができないので、最近めっきり必要最低限の事務的な会話しかしなくなった俺の護衛トリオはここにはおらず、ヴァン君のところに顔を出す時以外では、登下校の送り迎えの時ぐらいにしか喋ることもなくなった。

誰にも心を許せなくなったこの生活が寂しくないと言えば嘘になるが、いずれ全員解雇する予定の連中だ。深入りすればするだけ別れがつらくなるし。あいつらはもう要らない。俺は独りでも生きていける。前世でもそうだったのだから、同じことをするのは難しくないはずだ。

ローザ嬢やピクルス王子とも放課後に呼び出された時に仕方なく顔を出す時以外はほとんど顔を合わせる機会も理由もない。サニー嬢？　知らない子ですね。

「ふむ……この程度の闇属性魔法による気配遮断も見破れぬ者たちばかりとは、誇り高き王立大学の質も年々落ちておるのかもしれんのう」

「俺が闇属性魔法を使うまでもなく、彼らの目は偏見の色眼鏡で曇っていたようですから、余計に心の闇に干渉しやすかったというのもありますがね」

「学問とは、フラットな目線で物事を多角的に観察することから始まるものじゃ。人であれ物であれ、最初から主観的な思い込みだけでこうと決めつけてかかるというのは感心せんのう」

「そう思われるのであれば、直接彼らにそう言ってあげればいいじゃないですか。誰かに指摘されなければ気付きづらいことというのは、世の中にはたくさんありますよ。若いうちは特にね。……ああ、やっぱり今のなしで。どうせ俺が学院長に不当に依怙贔屓《えこひいき》されている、と思われるのがオチでしょうから。ますます反感を買うだけですね」

「相変わらず、まだ11歳とは思えん発言じゃのう」

「お気に障ったのなら申し訳ありません。生まれつき、こういう性分なもので」

「寂しくはならんかね？」

「ご存じありませんか？　ブサイク男が寂しがったところでただ気持ち悪がられるだけですよ」

衝突から始まる人間関係というものも、世の中には存在するのだろう。最初は反目し合っていても、ぶつかり合っていくうちに相互理解を深め、やがて打ち解けられるようになる。

そんな関係性も、きっと存在する。だが、悪意という刃物を隠し持ち、笑顔の裏で、こちらを傷つけてやろうと画策しているような連中に、笑顔でぶつかっていくのはただの愚行だ。少なくとも俺はやりたくない。そういうのはヴァン君のような主人公に任せておけばよいのだ。

いや、逆か？　主人公だからそういうことができるのではなく、そういうことができるから、主人公のような生き方ができるのかもしれない。俺はただ、面倒事から逃避しているだけだ。自分のことを嫌っている相手に自分を好きになってもらうように努力するのは大変だし、手間だし、何より面倒だから、相手がこちらを嫌っているのだからこちらも関わり合いにならないように避けてもいいだろう、と言い訳して、相手と向き合うことから逃げているだけ。

まあ、処世術として誰もがやっていることではある。社会人になれば、誰しもが上辺《うわべ》だけの浅い付き合いで世の中を渡っていくだろう？　会社の上司や先輩に、本音なんか言えるわけがない。本心なんか絶対に死んでも明かせない。でも愛想笑いはするし、心にもない社交辞令も言う。無難な世渡りのためには必要不可欠だからね。世の中なんて所詮、そんなもんだ。

「ゴルド、少しいいか？　前回話した風属性魔法による加速と雷属性魔法による加速と光属性魔法による加速の方向性の違いについての話なのだが」

「ゴルド君少しいいですか？　学内では発動しないように結界で封じられている洗脳・催眠・魅了の魔法を学外でかけられた人間が学内に侵入した際の防犯対策についての議論の続きを」

「ゴルドくーん！　今日も楽しい楽しい討論会のお時間ですよ！　さあ行きましょう！　すぐ行きましょう！　え？　ギルド長としての仕事はどうしたのかって？　そんなもの、崇高なる研究の前ではあまりに些事《さじ》！　吾輩の天才的頭脳は誰にでもできる退屈極まりない事務仕事などではなく、研究に使用してこそ輝くものなのです！」

大学生たちの間では悲しいぐらい孤立する一方、教授や講師、外部から出入りしている学者・魔術師ギルドの人間たちからは概ね好意的に受け入れられている。というのも変人奇人揃いの大学院出身の天才・秀才たちは、魔法の話さえできれば本当に相手が平民だろうが、11歳の子供だろうがなんでも構わないようだからだ。

大学生たちに嫌われる↓でも教授や講師たちからは気に入られてかわいがられている↓嫉妬でますます嫌われるという負の連鎖。こりゃもうバラ色の大学生活は諦めるよりないな。

せめてミント先生がまだ在学していてくれれば少しはマシだったのかもしれないが、彼女はとっくに卒業して教育実習を終え、この春から高等部で正式に教師になったらしいので、望むべくもない。今度、お祝いに菓子折りでも贈っておくか。

◆◇◆◇◆

「やあ、こんにちはホーク君！　今日も今日とて一人寂しくお昼ご飯かい？　よければ俺もご一緒させてもらっていいかな！」

「畏れ多いことでございます、殿下」

「ははは！　俺のことは親しみを込めてルタバガと呼んでくれと言ったろ？」

「畏れ多いことでございます、殿下」

「そんな露骨に畏まられてしまうと寂しいな。学院内では王族も貴族もなく皆平等、だろ？」

「お戯《たわむ》れを。そも、あなた様は21歳。私は11歳。対等になり得るはずがございません」

「年齢とか、身分とかって、そんなに大事なことか？」

寝言は寝てから言えバカ野郎、と言えたらどれだけよかっただろう。

「大事なことでございますとも。あなた様はよろしくとも、私どもにとっては大問題です」

そこそこ充実した大学生活が始まって、数週間が経過した頃。最近俺は、妙な美青年に付き纏われるようになってしまって難儀している。3年生の先輩、白髪碧眼の第二王子、ルタバガ・ブランストン。そう、あのピクルス王子の腹違いのお兄様である。

ピクルス王子が正統派のキラキラ系イケメン王子様キャラだとしたら、こちらはスポーツマン系の爽やか細マッチョイケメンといった感じだ。昭和のスポコン漫画ではなく、平成のホストクラブみたいな美少年揃いのスポーツ漫画に出てくるような、部員たちをそのカリスマ性でグイグイ引っ張っていく帝王系の部長キャラみたいなのを想像してくれれば分かりやすいと思う。

露骨に無視されたりあからさまに視線で見下されたりといった初等部のガキどもほど直接的ではないにせよ、ゼミ内で軽いイジメにあい始めた頃から何かと俺を気にかけてくれていた彼は、俺が腕時計型の魔道具を使って存在感を消すようになってからもその隠蔽魔法を見破り普通に話しかけてくることができる程度には、ちゃんとした人間であるらしい。

もっとも、王族が平民イジメや子供を相手に差別を主導するわけにはいかないという当たり前の理由や打算もあるのかもしれないが、少なくともここで出会った大学生たちの中では一番まともな人間であることは間違いない。とはいえ弟さんが直視するのも憚《はばか》られるような発光物のごときイケメンなら、こちらは口臭をケアしてくれるミントタブレットを5粒ぐらい一気に口の中で噛み潰したような、口の中が猛烈にスースーするを通り越して、むしろ痛いぐらいの清涼感の塊がごとき爽快クールイケメン。前世が根暗で陰気なオタク気質の高校生だった俺にとって、スポーツマンというのは水と油のように交わることのない真逆の存在だ。

「午前中の講義はどうだった？　分からないことや疑問に思うことがあったらなんでも訊いてくれていいんだぜ？」

「殿下が私のような下賤の者に目をかけてくださる理由が何よりも分からないのですが、それは……」

「おいおい、さすがにそれは自分を卑下しすぎだろ！　数十年ぶりに飛び級をなし遂げたって評判の天才児だぜ？　それも、初等部から大学部への飛び級は、開校以来初めての快挙だって話じゃないか。誰だって君のことが気になるさ」

　俺のプヨプヨした肉厚のほっぺを指でツンツンしながら、美味そうに味噌ラーメンと炒飯と餃子のセットという、剣と魔法のファンタジー世界のイメージをブチ壊しにするような定食を食べるルタバガ王子。大学の食堂としては正解なのだろうが、異世界的には不正解だ。

「せっかくこうして知り合いになれたのに、君がいつも一人ぼっちでポツンとしているのを見るのは忍びなくてさ！」

「お気持ちは大変ありがたいのですが、私のことはどうぞ放っておいてください。これ以上波風が立ってしまうことを、私も周囲の皆さんも望んではいないのです」

「……そっか」

この国の第二王子がボンクラでなかったことを喜ぶべきか。あるいは彼がきちんとした人間であるせいで、こうして事あるごとに絡まれて無理矢理『みんな』とやらの輪の中に引っ張り込まれそうになるのでその都度全力でお断りするハメになっているのだと嘆くべきか。

彼に悪気がなく、親切心でやってくれていることは分かるだけに余計に厄介である。ほんと、切実にやめてほしい。スクールカーストの頂点がスクールカーストの最底辺に好意的って。ハリウッド映画とかで序盤の冴えないオタク主人公君にもやさしく親切に接してくれて、展開が進むごとに親密になっていくような美少女ヒロインとかじゃないんだからさ。深海魚を無理矢理水面付近に引っ張り上げたら、水圧差で死んじゃうんだぞ？

「君、王宮でも結構話題になってるぜ？　あのピクルスにようやく友達ができたと思ったら、まさかの平民の商人だって。おまけに今度は無適合者に関する論文を書いて、飛び級だろ？　自分で思ってるよりずっと周囲の注目を集めてること、自覚した方がいいぜ？」

「それはなんとも……ご忠告痛み入ります」

「ははは！　ほんと、不思議な子だなあ。だからかな？　君のこと、結構気になっちゃうのは」

一点の曇りもない、青空みたいな人柄が売りらしいルタバガ王子の青い目に、一瞬だけ昏いものが宿る。第一から第三まで、3人も母親の違う王子様がいると、水面下での派閥争いとか熾烈な後継者レースみたいなものもあるんだろうな。爽やかなだけじゃやっていけまい。

とはいえそんな王子間での派閥争いなんてものに、俺を抱き込む旨味はほとんどないだろう。むしろ無属性魔法なんて女神教関連での厄ネタにしかならなそうな分野に携わっている分、王子様としては邪魔まである。だからか？　そのために監視を兼ねて接触してきたのか？

「君と一度話をしてみたかったってのは本当。話をしたうえで、君のことをもっと知りたいなと思ったのも本当。どうだい？　このあと腹ごなしにバスケかテニスでもやらないか？」

1、運動音痴の肥満児がスポーツなんかできるわけがない。断る。

2、11歳児が21歳の大学生相手に勝てる要素がない。拒否する。

3、食べてすぐ運動するとかバカだろ。謹んで辞退する。

「簡単なラリーぐらいしかできませんが」

「はは、さすがに11歳の子相手に、本気の試合をしようとは言わないよ」

正解は4、王子様の言い出したことに平民ごときが逆らえるわけがない、だ。

「軽い腹ごなしさ。楽しもうぜ」

さて、昼休みに大学の中庭にあるコートでお遊びテニスが始まったところで、周囲の注目がほどほどに集まっている現状、いい機会だから俺が普段使っている闇属性魔法がどのようなものであるのかを軽く解説しておこう。例えば、フェンスの向こうで俺とルタバガ王子がテニスをしているところをじっと見つめている、おそらくルタバガ王子に好意を寄せているであろう女子大生A。表面上はやさしいお姉さんぶっているものの、内心は俺を見下しまくっている彼女。『わあ！　ルタバガ王子がテニスをしていらっしゃる。素敵だわ。相手は誰かしら？　ああ、あの忌々しいゴルドか。『どうでもいいわね』。それよりルタバガ王子はやっぱり素敵ね！　それにしてもあの豚、ルタバガ王子のお相手に選ばれるだなんて、卑怯な手を使って不正入学した豚の分際で『別にどうでもいいわね』。『ゴルドのことなんてどうでもいいわ』。『それよりルタバガ様の勇姿をこの目に焼きつけておかないと』。ああ、やっぱり素敵！』

とまあ、こんな具合に俺へのヘイトを『どうでもいい』と思い込むよう、自動的に誘導する仕組みとなっている。当然、本心の部分では俺にどんな悪感情を抱いているか分かったもんじゃないが、それこそ俺の知ったことではないのでどうでもいいな。

「なあホークくん！　君は今のこの国の、この学院のあり方について、どう思う？」

「特にどうとも思いませんが」

「本当に？」

「ええ、本当に。私のような一介の平民が、皆様方に何を思うことも無礼でありましょう」

「本当にそうかな？　そうやって君たちに口を噤《つぐ》ませてしまう俺たちの方が……」

「お戯れを、殿下」

打ち返すことを放棄した俺の顔のすぐ横を、硬球が通りすぎていく。フェンスにぶつかって軋《きし》んだ音を立てたテニスボールが、転々と転がっていく。

「あなた様も、ですか？」

彼は無言で微笑んでいる。

「ローザ様もピクルス様も、あなた様も。揃いも揃って皆様、私めごときに一体、何を期待なさっておられるのでしょうか」

「都合よく利用されることが不快かい？　便利に使われることが不愉快かい？」

「いえ、いいえ。ただ不思議なだけです。私などよりよほど有用な道具はお持ちでしょうに」

俺がボールを拾いに行く気配がないので、ルタバガ王子はポケットから予備のボールを取り出し、それをコートの地面に数回バウンドさせてから、またサーブしてくる。遊びの範疇ではない強烈な一撃。反応できないわけではないが、打ち返そうとすることを放棄する俺。

「使えるものはなんでも使う。利用できるものは躊躇いなく利用する。王族・貴族の生き方なんてそんなものさ。長く使いたいと思ったものでも必要とあらば壊れるまで酷使することも厭わない。俺も弟もローザちゃんも彼女の兄もみんな、生まれながらにして誰かの道具だ」

一点の曇りもない笑顔でそう言ってのける彼はなるほど、王子様なのだなと実感させられる。

「だからこそ、君のような『自分は誰のものにもならない』とハッキリ主張するような態度で俺たちのような王族相手にも臆することのない存在が、気になって気になってしょうがないのかもしれないね。手に入らないものほど、人は欲しくなってしまうものだから」

「俺は、そんなに偉そうに見えてしまっているのでしょうか？」

「まあ、俺は好ましく思うよ。きっとあの子たちにとっても、そうなんじゃないかな」

打ち返すことを完全放棄した俺に、そろそろお開きにしようか、と彼は笑った。

◆◇◆◇◆

世界が広がるということは、接する人の数が増えるということだ。学院長、ルタバガ王子、各種ギルド長たちと、大学の教授に講師、そして学生たち。正直、人と関わり合いになるのはひどく面倒だ。前世でも職場の飲み会が死ぬほど大嫌いな人間だったからな。人と必要以上に関わり合いたくない。最低限の事務的な関わりですら、本音を言えば面倒で、億劫で、鬱陶しかった。勝手に失望される前に、一方的にガッカリされる前に、遠ざかってほしい。

さて、ここらで少し、我が身の置かれている状況を整理してみよう。

まず俺が大学に飛び級した目的。

一つは無属性魔法に関する研究を進め、ゼロ兄妹に恩を売ること。ヴァン君は間違いなくこの世界における主人公だ。恩や媚びを売っておいて損はない。見た目は子供でも中身が40近いおっさんが、小中学生をもう一度やらされる、という拷問めいた所業を回避するためにも必要なことだった。正直やってられなかったからな。

この手の若返って人生やり直しモノの作品に触れたことがない人間には理解が及ばないかもしれないが、世の中には小学校のテストで１００点満点を取って親や教師や同級生相手にドヤ顔でイキリ散らかす痛々しい元中年サラリーマンだとか、精神年齢が肉体年齢に引っ張られているという理由で小中学生男児に本気で恋をしてしまったり、涙腺が子供だからと人目も憚らずに大泣きしてしまうような、元アラフォー独身ＯＬなどが数多《あまた》存在する。

そう聞いて『気持ち悪い』と思うのは正常な感性だろう。

そういった『人としてちょっと問題があるのでは……』みたいな事態に陥ってしまうことを避けるためにも、ちょうどいいお話をいただいたものだと思う。実際学者ギルドはいいところだ。

国王も女神教も知ったことか！　俺たちは研究に生きるんじゃい！　とばかりに、決して表沙汰にできないような研究に日頃から手を染めていたらしい彼らは無属性魔法や無適合者に関する研究にもバンバン協力してくれるので非常に助かる。

もう一つは、もしなんらかの研究で功績を上げて、爵位を授与されるようなことになれば、サニー嬢としたくもない結婚をしなくて済むという点。彼女のことは嫌いではないが、なんせまだ11歳なのだ。肉体はともかく中身が40近いおっさんと、11歳の少女の結婚。犯罪である。この世界では合法だったとしても、前世で培われた俺の倫理観的にはナシナシのナシだ。そもそも結婚願望ゼロの俺からしてみれば、生涯独身ですらいいと思っているのに、好きでもない相手と結婚して世間体と親孝行のために欲しくもない子供を拵《こしら》えて、家族のために犠牲になることを余儀なくされる憐れなお父さん、という物悲しい生き物には、正直これっぽっちもなりたくない。結婚は人生の墓場、なんて、よく言うしな。

だが男爵家を継ぐ立場になれば、子供は絶対に必須だろうからな。結婚だけでも猛烈に嫌なのに、まして14、15歳の少女を孕《はら》ませろというのは、お断りしたいに決まっているだろ？ まして自分の子供なんて、冗談じゃない。自分なんて生まれてこなければよかった、と将来自分ソックリのブサイクな子供に涙ながらに言われるとこ想像してみ？ 死にたくなるわ。

「では、無属性魔法の本質とは、人間の体内で変換されたエレメントの属性情報だけでなく、エレメントに付与された魔法の指向性をも無効化ないしは初期化することにある、と？」

「あくまで仮説ですが。光属性・水属性といった属性を問わず、回復魔法そのものが怪我を負ったヴァン少年には効きませんでした。それもただ効力がないのではなく、魔法そのものが彼の体に触れた途端に消失してしまうのです。ただ術者の体内で光や水の属性に変換されたエレメントを初期の状態に戻しているだけならば、『無属性の回復魔法』として、回復効果そのものは残っていなければおかしい。では『回復せよ』という呪文部分だけが打ち消されているのだとしたら、光や水の魔力に変換されたエレメントはどこへ行ってしまうのか？」

「無属性の回復魔法！」

「その発想はまさに盲点でしたな！」

「考えてみれば、無属性魔法で何ができるのかさえ、我々は知らない！」

盛り上がる学者先生たちを手で制し、俺は続ける。

「僕たちが行使している魔法は、空気中に含まれるエレメントを体内に取り込んでそれぞれの体質ごとに異なる属性の魔力に変換し、その属性に適合した現象を引き起こすべく、指向性を持たせた命令を実行させることで発動しているわけですが」

「一口に回復魔法と言っても、光属性でも水属性でも傷を癒やすというその一点においては全く同じ結果をもたらすという事実にも着目すべきですな！　エルフたちの間では、木属性の回復魔法なるものが使われているという事例もありますぞ！」

「では仮に、エレメントに付与された指向性そのものが魔法の本質であり、属性はその効力をイメージすることを後押し・補強するための補助的な代物に過ぎないのだとすれば！」

「世界がひっくり返りかねませんな！　理論上闇属性の回復魔法、火属性の回復魔法といった、従来の発想ではあり得なかった魔法を実現することさえ可能になるやもしれませぬ！」

「危険な、極めて危険な発想ですわ！　ですが、だからこそ研究のし甲斐がある！」

「属性とは、魔法とは何か！　ああ！　これまで誰もが常識と信じて疑わなかったものが、覆されていくこの高揚！　この興奮！　この期待！　これだから研究はやめられませんなあ！」

放っておいたらこのまま翌朝まで続く討論会でも始めかねない勢いの大盛り上がりだ。

「属性と効果！　これまで同列に語られていた概念が引き剥がされようとしている！　そこを別個に分けて考えることが可能になるならば、まさしくパラダイムシフトが起きますぞ！　素晴らしい、実に素晴らしい着眼点です！　我輩、興奮のあまり胸の高鳴りが止まりませんぞ！」

「無属性にエレメントを変換するという考えが前提からして間違っている可能性もありますね。水属性の魔法を氷属性の魔法で上書きしたり、木属性の魔法を火属性の魔法で乗っ取るような形で威力を底上げして発動することができる点は既に証明されていますから。もしもともと全てのエレメントは最初から無属性であり、人間が勝手に属性を後付けしているだけだとしたら」

「ブラボー！　ブラボー！」

「その発想はなかった！　まさに発想の転換だ！」

「すぐに研究を！　実験を！　検証を！　解明を！　証明を！　ああ解き明かしたい！　実証

したい！　今すぐにでもラボに駆け込みたいっ！」

「素晴らしい、素晴らしいですぞホーク君っ！　やはり君を招聘することを選んだ我輩の目は間違っていなかった！　さあさあ同志諸君、座っている場合ではありませんぞ！」

俺の持ち込んだ、無属性魔法と無適合者に関する研究。その研究に協力してくれている学者先生たちとの話し合いは、毎度のように激論となる。学者ギルド長のオークウッド博士は毎回必ず顔を出すし、魔術師ギルド長のお髭のおじ様も、一度堪らずといった様子で口を挟んでオークウッド博士と3時間以上激論を交わし合ってからは、参加する機会があきらかに増えた。

興味のある分野なら節操なしに片っ端から食いついていく学者ギルドとは違い、魔法だけを信奉する魔術師ギルドにとっても魔法の根幹を揺るがしかねない此度《こたび》の題材はそれまで宗教的理由で敬遠されていた未知の分野を掘り下げていくだけあってか、学者ギルドの天災的天才たちとは別のベクトルで極まった魔法バカたちが、専門家としての意見を遠慮なく、忌憚《きたん》なく、容赦なくぶつけてくれるというのはこちらとしても大助かりである。

当然学内でこんな話をしていることが国や女神教にバレたら即刻研究を凍結されるどころか全員反逆罪で捕まってしまってもおかしくはないレベルの特級危険物を取り扱っていることは間違いないので、それぞれのギルド長が見込んだ、本当に知識の探求のためなら神をも畏れぬ極まった大バカ野郎だけが集められており、情報が洩れるリスクも最小限に留めている。

だからこそ『アイツ普段大学で何やってるのかよく分からないのになぜか教授や学院長から過剰に評価されてる。教授や講師たちに訊ねてもその理由を教えてもらえない。そんなバカなことってあるか。それがまかり通っていいのか』と余計に大学生たちからは反感を買う結果となっているのだが、別に連中と仲よしこよしがしたいわけじゃないからどうでもいいな。

俺が1を言えば10の質問が飛んできて、10の返答に対し１００の議論が即飛び交い始めるような魔窟でああでもない、こうでもないと議論を交わし合うことは、結構楽しかったりする。もともとオタク気質な俺は、一つの事柄について深く掘り下げて考察したり、意見をぶつけ合ったりすることは好きだった。ただ仕事柄そんなことをする必要もないような単純肉体労働に就いていたから、いつの間にか疲れと面倒臭さが祟《たた》って遠ざかっていただけなのだ。

「なんだかずいぶんとすごいことになってしまっておりますわね。わたくしたち3人だけで議論していた頃とは比べものになりませんわ」

「そうだね。やはり素人の寄せ集めが頭を捻らせているより、素直に専門家に知恵を拝借する方が正確で確実なのかもしれない」

一応当事者の妹ということで、見学に来たローザ様とピクルス王子は白熱する学者たちの盛り上がりっぷりに、ついていけないといった風な顔をしており、ルタバガ王子は熱く意見をぶつけ合う学者や魔術師たちの姿に目を輝かせている。

「本当に面白い子に目をつけたものだねピクルス。お前が気にかける理由もよく分かるよ。ぜひとも彼にはこのままこの国のさらなる発展のために尽力してもらいたいと思わないか？」

「この国の、ですか？」

「そんな怖い顔をするなよ。お前だって、純粋な友情だけを見出しているわけではないだろ？」

「それを言うのであれば、わたくしとて同じ穴のムジナですわ。元はお兄様をお助けしたいというわたくしのエゴが発端ですもの。利用している者として、彼への恩義には報いなければ」

ヒソヒソ話に耳を立てた限り、順調に恩は売れているようで何より。このまま彼らの味方をしていれば、いずれヴァン君を主人公とするなんらかの物語が始まってしまったとしても俺は主人公サイドの味方キャラクターとして認識してもらえるはずだ。

魔王が復活するとか、かつて女神と戦った邪神（そんなものがいるのかは定かではないが）が蘇るとか、隣国との戦争が起こるとか魔物が王国を襲来するとか、あるいはただ単に貴族ではなく平民として王立学院高等部に入学して甘酸っぱい青春ラブコメを楽しむのかは知らないが、いざという時に主人公陣営に仲間扱いしてもらえるのならば安泰だろう。

◆◇◆◇◆

それは徹夜明けの朝のことだった。碌に家にも帰らず、大学の研究棟に引きこもって、学者先生たちと楽しく無属性に限らず魔法の研究を楽しんでいた矢先のこと。一向に戻ってこない俺に痺れを切らした父が心配して、連れ戻してくるよう護衛トリオに命令したらしいのである。

「あー、久しぶりクレソン」

「久しぶり、じゃねえよ！　このバカが！」

ゴルド邸に強制帰宅させられるための馬車に仕方なく乗り込もうとして、朝の強い日差しを浴びた俺は寝不足と不摂生と栄養不足が祟って眩暈《めまい》だか貧血だかを起こし、そのままぶっ倒れてしまったのだ。気付いた時にはゴルド邸の俺の部屋……ではなく、王立病院にいた。

えっと……一体どうしてここにいるんだっけ、と頭がクラクラした状態でベッドから起き上がろうとした俺は、ベッドサイドにある小さな椅子が壊れてしまうのではないかと不安になるような巨体から不機嫌オーラを発するクレソンと、久しぶりに言葉を交わしたというわけだ。

「バカはひどいなあ」

「うるせえ！　テメエなんぞバカで十分だこのバカ！」

「父さんに連絡してないよね？　お願い、してないって言って。研究のしすぎで倒れたなんてバレたらあの心配性の父さんのことだから、部屋から出してもらえなくなっちゃうかも」

「チッ！　してねえよ！　オメエがそう言うだろうと思って、オリーヴの野郎がオメエの親父にも学院にも連絡しねえように気ィ回しやがったんだからな！　アイツ今ぶっ倒れたオメエのために飯まで買いに行ってやがんだぞ！　感謝しろや！」

「それはありがとう。俺なんかのためにわざわざそこまでしてもらわなくても大丈夫なのに、手間かけさせちゃって悪いね。父さんとこに顔出したらまたすぐ大学に戻るからさ。そしたら俺のことなんか放っておいて、またすぐ自由に過ごしてもらえるようになるか」

ら、と言い終える前に、ベッドから降りようとした俺がバランスを崩してベッドから転がり落ちそうになったところを、咄嗟にクレソンが抱きとめてくれる。数週間ぶりに触れる毛皮の懐かしいモフモフ感と筋肉の強靭な弾力は以前よりもさらに良質になっていた。シャンプーでも変えたのだろうか。一緒に風呂に入ることも碌にしなくなっていたから、知らないが。

「なあご主人よ。俺ら、オメエになんかしちまったか？」

「え？　何もされてないけど？　むしろ介抱してもらってるじゃん」

「そうじゃねえよ！　テメエ、本気で分かってねえのか!?」

「何を？」

「こんの、バカ野郎が！」

体調不良の頭に怒鳴り声がグワングワン響いて、目が回りそうで気持ち悪くなりながらも、彼の怒った顔を見つめる。何が言いたいのかよく分からなくて、面倒だから闇属性魔法を唱えてさっさと彼の心の中を覗き込もうとして、失敗した。

ゴチン！　と頭に拳骨《げんこつ》を落とされたのだ。

痛い。誰かに殴られるなんて、何十年ぶりだろう。前世でまだ幼い頃に、父親に拳骨されて以来かもしれない。筋肉達磨の彼が本気で殴ったら、それだけで頭蓋骨が砕けて死んでしまいそうだから、よっぽど手加減して殴られたであろうことは分かる。

理解できないのは、なぜ殴った側の彼の方が、痛そうな顔をしているのか、だ。

奴隷の首輪を着けられている彼が、飼い主である俺に暴力を振るうことはできないはずじゃないのかって？　そんな首輪、とっくに外したよ。さすがに3年間も一緒に暮らしてたんだぜ？　王立学院に入学する前ぐらいに外してあげたわ。

本当はいざという時の肉壁要員として、俺を庇い死んでくれるような身代わり奴隷を買ったつもりだったのに、結局一緒に仲よく暮らしているうちにすっかり情が湧いてしまってそれもできなくなってしまったんだよな。俺ってばとことん甘ちゃんというか偽善者というか。

とにかく、彼はもう自由の身だ。『どこへなりとも好きに行っていいよ』と告げたところ、『このまま今の生活を続けてやってもいい』と言うので奴隷ではなく護衛としてきちんと雇い、他の2人と同じだけのお給料も支払っている。父さんが、だけど。

「もう我慢ならねえ！　あの2人と違って、俺ァ気がみじけェんだ！」

「いや、いきなりそんなこと言われても分からないって。何？　俺、なんかやらかした？」

「なんにもやらねェんだろうが！　いきなりなんにもやらなくなっちまった！　将棋も乗馬もチェスもトランプもリバーシも買い物も外食もだ！　一緒に飯を食うことも風呂に入ることもしねェようになっちまって、あんだけ鬱陶しいぐれェに執着してやがった俺らの尻尾に触ることすらしなくなっちまった！　なんでなんにも言わねェ！　なんにも求めねェ！　あんだけ懐っこかったクセに、いきなり俺らを一瞥《いちべつ》すらしねェようになるってェのはどういうこった！」

俺の体をベッドに仰向けに叩きつけ……こそしなかったものの、上からぐっと押さえつけ、それから俺の何倍もある巨体で覆いかぶさるように、俺の顔を覗き込んでくるクレソン。

どうやら、本気で怒っているようだ。一体どうしたというのだろうか。

ああ、そういえば、彼らがヴァン君と仲よくしている楽しそうな姿を見ていると頭がおかしくなりそうだったので、彼らの名前を要らないもののリストに書き加えて、いついなくなってもいいようにと仲よくすることそのものをやめたんだった。

だが、それがどうしたというのだろう。彼らには、今まで俺のワガママに付き合わせて束縛してしまっていた時間を自由時間として解放してあげたのだから嬉しいはずだが。ただでさえホワイト勤務な仕事の時間が、さらにゴッソリ減ったのだから。俺だったら大して好きでもない上司のご機嫌伺いやゴマスリをする必要がなくなってラッキー！　その分の時間をもっと有効活用しちゃお！　ぐらいにしか思わないだろうから、彼が、彼らがそれに不満を抱く理由がよく分からない。やりたくもない仕事なんてやらずに済むならそれが一番だろうに。

「なあ、俺らはオメエに何をしちまったんだ？　オメエ、ここんとこちィっとも笑わなくなっちまったじゃねえか！　少しも楽しそうじゃねェ！　大人になったってェのとも違う！　あんだよ！　俺らの何が不満だってんだ！　今まで仲よくやってきたじゃねェか！　いきなり手の平返したみてェに冷たくされる理由が分かんねェよ！　文句があるってんならそう言えよ！」

だって……俺と一緒にいるよりヴァン君と一緒にいる方が楽しそうに見えたから。脇役の俺なんかより、やっぱりみんな主人公の方をみんな好きになるんだなって、そう思ったから。

「もう我慢の限界だ！　オリーヴもバージルも『今はオメエを信じて待つ』だとか悠長なこと言ってやがったがよォ！　俺ァ気がみじけェんだ！　もうこれ以上は辛抱ならねェ！」

分かった、って言ったじゃないか。大学に飛び級してからは、忙しくてなかなかヴァン君に会いに行けなくなるから、という名目で、彼に会いたくなくて、でも彼を鍛えるという約束を破ってしまうと彼の好感度が下がりそうだから、これからは俺の代わりに金貨を持って、３人ローテーション制でヴァン君母子のところに行くように言ったら、平然と分かったって言ったじゃないか。今さら俺のことなんかどうでもいいんじゃなかったのか？

そんな風に言われたら、勘違いしてしまいそうになるじゃないか。

それじゃあまるで、俺のことを大切に想っているかのような……

「何かしちまったってんなら謝るからよォ！　そんな泣きそうな面しやがるクセして、じっと黙りこくって、なんも言わねェで、俺らに背ェ向けけんじゃねェよ！　俺らはダチだろうが！　言いたいことがあんなら言え！　こっちを向け！　俺らを見ろ、こんの、大バカ野郎がァ！」

慟哭《どうこく》にも似た絶叫。クレソンの、俺の顔よりも大きな手の平が伸びてきて、病院のベッドに仰向けに寝かされた俺の首を鷲掴みにする。彼の握力なら、そのまま首を絞めるどころか首の骨をへし折って俺を殺してしまえるだろう。だが息苦しさは少しも感じない。そのまま親指と人さし指で俺の顎を挟んで、無理矢理彼の方を向かせられる。

目と目が合った。ああ、たったそんなことさえ何週間ぶりだろう。


「見ろって言われても、見て……」

るよ、と言おうとした言葉が、途切れた。ああ、そんなにもまっすぐな、真剣な目で真正面から見つめられてしまったら……もう目を逸らすことはできない。

直視させられたのは、彼の顔だけではない。現実だ。

ああ、クレソンって、こんな顔してたっけ。出会ったばかりの頃は、もっと薄汚れた感じで。1年も経つ頃には、ちょっと太った？　なんて軽口を叩き合って。それで、それから、ええと。

「ねえ」

「おう」

「なんか、老けた？」

「ああ、オメエに心配かけられたせいでな」

前世では現実的にあり得なかったような、山猫とは思えない鮮やかなオレンジ色の毛並みに、白髪が混じっていた。もうずっと彼の顔を見ないようにしていたから気付かなかったけれど。

「戻ったぞ……おい！　何をしているクレソン！　坊ちゃんの首を絞めるなど、正気か⁉」

「わー、待って待って！　大丈夫だから！」

ホルスターから拳銃を取り出し構えようとするオリーヴに、慌てて両手を振って制止する。

「オリーヴ、だよね？」

「どうした？　頭でも打ったのか？　記憶の混濁があるようなら今すぐ医者を呼んでくるが」

「いや、大丈夫だよ。うん、大丈夫だ」

黒毛の山犬は記憶の中の姿とあまり変わってはいなかった。極力視界に入れないようにしていたので、ハッキリ顔を認識したのはかなり久しぶりかもしれない。そうか、冷静に考えたら、もう何週間も意図的に彼らを避けていたのだから、久しぶりと思ってしまうのも当然か。

前世の記憶に覚醒した時に似た気分だった。まるで目が覚めたような。

いや、目が覚めたのだ。目を覚まさせてもらったのだ。俺はなんてバカだったんだろう。

視界がぼやけて色彩が滲む。自分が一筋の涙を流していることに気付いたのは、俺の首から手を放したクレソンが、そのまま親指で流れ落ちる涙を拭ってくれたからだ。

心にかけた錠前が、砕けたようなイメージだった。かつて心の闇の奥底に沈めたはずの想いが解き放たれて。いつか、叩きつけるように、投げ捨てるように、わざと乱暴に手放した大切なものが、この手の中に戻ってきたような。

フッと心が軽くなったと同時に、俺は自分がお腹を空かせていることに気付いた。そんなことまで忘れてしまうぐらい、自分自身を蔑ろにしていたのだ、
俺は。ああ、本当に、どうしようもないな。なんでみんな、こんなどうしようもない俺を、見捨てなかったんだろう。その答えは、もう分かっている。今度こそ、目を逸らしたりはしない。

「ねえ、君たちってさ……俺のこと、意外と好きだったりする？」

「ったりめェだろうが」

「それがどうかしたのか？」

「ああ、いや、うん……どうもしないよ。どうもしない」

◆◇◆◇◆

クレソンに拳骨してもらった拍子に、憑き物が落ちたのだろう。なんとはなしに、もう一度生まれ変わったような不思議な気分だった。なんだろうな。今まで俺は自分のことを、大人だ、おっさんだと思っていたけど、実はそうでもなかったのかもしれない。少なくともこの世界を本当に現実だと認識して生きていただろうか、と言われたら、ハッキリ言って答えはノーだ。

だってそうだろ？　いきなり交通事故で死んだと思ったら、魔法や魔物や獣人が存在している世界に転生していたのだから。現実味なんてあるわけない。でも、ここがそんな創作物めいた世界だったとしても、どれだけ声が声優にソックリであったとしても、目の前で生きている彼らは紛れもなく命や意思を持った人間であり、プログラミングされたキャラクターではないのだ。まあ、超高高度に発達したＶＲＭＭＯなら人工知能を搭載したあたかも生きている人間のようなリアルなキャラクターを作り出すことは可能かもしれないが……もうそんな後ろ向きな考えは捨ててしまおう、と決めた。こんな俺を想ってくれた、みんなのためにも。

実に３年間にも及ぶ現実逃避がようやく終わって、ここから俺の本当の第二の人生が始まる。

そんな、晴れやかな気分だった。

後ろ向きで、卑屈で、劣等感の塊のような、ガキっぽいアラフォー男。金田安鷹として生き、死んだ前世の記憶に意識を引きずられるのではない。かといって、前世の記憶を取り戻す前の、生きているだけで周囲に不幸しかばら撒かないような、傍迷惑なクソガキに戻るわけでもない。

俺は、俺だ。この3年間、ヘソ曲がりなりにもホーク・ゴルドとして生きてきて、そうして大勢の人間から反感を買いながらも、それでもこんな俺を受け入れてくれる人たちも、いつの間にかたくさんいたのだ。父さん、護衛のみんな、ローリエにマリー、ピクルス様とローザ様。そしてヴァン君。オークウッド博士に学院長。大学の学者さんたち。こんな俺なんかが、人から愛されるわけがない、だって、前世ではそうだったんだから、と、目を背けていた人たち。

でも、そうじゃなかった。

前世は前世、現世は現世だ。今の俺が、前世の生き方を踏襲する必要はないのだと。

だから、もうありもしない被害妄想に囚われ、卑屈に俯いてばかりの日々は卒業しよう。

「おはようございます、オークウッド博士、学院長先生」

「おや、おはようございますホーク君！　なんだか今朝は、やけにご機嫌ですな？」

「フォフォフォ、スッキリした顔をしておるのう。迷いは晴れたかね？」

「ええ、おかげ様で。いろいろありましたが、もう大丈夫そうです。ご心配をおかけしました」

「フォフォフォ。ちと心配であったが、もう大丈夫そうじゃな」

久しぶりにマリーの顔をちゃんと見た。ビクビクオドオドしていた記憶ばかりが残っている弱気な幼女はいつの間にか、9歳になっていた。そんなマリーの護衛として、すっかり仲よくなったハイビスカスの顔を、しっかりと認識したのは初めてだったかもしれない。感情のない暗殺者キャラだと思っていたメイド長のローリエは、ぐっと雰囲気が柔らかくなっていた。

もう金髪妹じゃない。赤髪冒険者でも青髪メイド長でもない。記号化して記憶していた彼女たちもまた、一人の人間だったのだ。そんなことさえ分からずにいた俺って、ほんとバカだな。


「ホーク君、おはよう」

「おはようございますホーク様。本日もよいお天気ですわね」

「おはようございます、ホーク様！」

「ええ、おはようございます皆さん」

「ねえ、何かいいことでもあったのかい？」

「なんだか昨日までとは雰囲気が別人のようですわよ」

「ええ、まあ。とてもいいことがありまして」

「まあ！　それはよかったですわね！」

ピクルス様とローザ様。２人の向けてくれる好意にようやく気付けた。ただ俺を利用しているだけの権力者だと思っていた２人の顔は、ムカつくぐらい絶世の美男美女だった。

サニーの顔にそばかすがあることを、３年目にして初めて知った。

なるほど、言われてみればローザ様に比べ遥かに地味な顔立ちをしている。だが、体付きも顔も子豚な俺が、他人の容姿をどうこう言えた義理ではない。

「おはようございます、殿下」

「おや、おはようホーク君！　君から話しかけてくれたのは初めてだね！」

別に浮かれて闇属性魔法がかけられた腕時計を外したりはしない。大学の教室に入っても相変わらず俺の存在は空気なままでいい。ただ大勢の取り巻き連中に囲まれて朝から爽やかスマイルを浮かべていたルタバガ様だけが、俺の変化に気付く。

憑き物が落ちてもやることは変わらない。大学に行って、無属性魔法の研究をして、たまの休日にはヴァン君のところへも、きちんと顔を出すようになった。脇役の俺とは違う、世界に選ばれ愛された主人公というレッテルを剥がして接した彼は、なるほど誰からも好かれそうな爽やかな美少年で。だけど、それを疎ましいと思うことも、もうなかった。

それからほんの少しだけ、自分を顧みるようになった。

自分のことなんか、大切にしても意味がないと思っていたから。自分を大切にしたことも、愛したこともなかった。父が俺を愛してくれているのは、息子なのだから当たり前だと思っていた。血の繋がりという前提条件を失くしてしまえば、誰からも愛されない、大切にされない嫌われ者の自分を、どうして愛してやれただろう。大切にすることができただろう。


「坊ちゃん、お迎えにあがりやしたぜ」

「うん、ありがとうバージル」

「いえいえ。ようやく元の坊ちゃんに戻ってくだすって、ホッとしやした」

「心配かけちゃったね、ごめん。それと……ありがとう」

「なんのなんの。飛び級するような天才だってどんだけ騒がれても、坊ちゃんはまだ子供だ。子供ってえのは、大人に心配をかけたって何もおかしくはねえもんでさあ」

「はは、その通りかもしれないね。俺は、どうしようもないガキだったよ、うん」

今日のお迎えはバージルだ。２人で馬車に揺られながら流れゆく車窓の向こうの夕暮れに染まる、美しいブランストン王国の街並みを眺める。

この世界に転生して、よかった。心からそう思った。

第8章　女嫌い、立ち上がる

「さて、どうしたものかな」

「殺すか？　それとも拷問か？　言っとくが俺ァ、拷問下手だぞ？　すぐ壊しちまうかんな！」

「まあまあ、まずは落ち着いて、冷静に。ローザ様にも確認を取らないと」

「手ぬるいなァ。さっさと半殺しにして問い詰めちまった方が早くねェか？」

「慎重なんだよ。まあ、できれば手荒な真似はしたくないんだけど……無理だろうな」

　この世界の全てが愛しく感じてしまうような、変なテンションで浮かれていた期間が終わり、久しぶりにヴァン君に会いに来た矢先、いきなり事件に巻き込まれるとは思わなかった。

　それも白昼堂々、敵が襲ってくるだなんて。俺がこの家に張っておいた防御結界がなければ、ヴァン君のお母さんは窓から撃ち込まれた毒矢に首を撃ち抜かれて死んでいたと思うと、命の価値があまりにも軽すぎるこの剣と魔法のファンタジー世界に、恐怖を感じてしまう。他人事では済まされない。もし窓辺に立っていたのが俺だったらと思うと、手が震えてしまいそうだ。

　落ち着け。こんな時のために護衛を3人も雇っているんじゃないか。

　慌てて家の外に飛び出していこうとするヴァン君を引き留め、闇属性魔法で毒矢の持ち主に呪いをかけたところ、ドサリと気絶した下手人が近所の家の屋根から転落したのでクレソンに頼んで犯人の身柄を回収してきてもらったのだ。縄で縛り上げ猿轡《さるぐつわ》を噛ませる。目隠しも忘れずに。いかにも暗殺者ですと言わんばかりの、全身黒ずくめの装束に身を包んだ女だった。

同時に闇属性の魔法で気配遮断したオリーヴに外の様子を探ってもらっている。決して深追いはしないよう念押ししたので、すぐに戻ってくるだろう。こんな時、元軍人であり冷静沈着なオリーヴと、豪胆なクレソンの山コンビはとても頼りになる。

「こいつら、一体なんの目的で母さんを殺そうとしたのかな」

「おそらくですが、公爵家がらみでしょうね」

「そんな！　父上が……！」

「まだ確定したわけではありませんが、他に心当たりもないでしょう？　今のところ」

危うく殺されかけたのだという恐怖に気絶してしまったヴァン君のお母さんをベッドに寝かせ、闇属性魔法を使って気絶した殺し屋女の記憶を読み取る。大学で魔法にまつわる研究を進める傍ら大勢の天才学者や一流の魔術師たちに教えを受けている間に、呪文を魔道具にではなく、刺青《いれずみ》のように体に刻み込む魔法刻印というものを覚えたので、一部の魔法に関しては詠唱なしでも使えるようになったのだ。

その反動として、刻印された魔法を使うと体の一部に紋章のようなものが浮かび上がる体質になってしまったが、普段は目に見えないから生活に支障はない。

さて記憶を紐解いてみたところ、どうやらこの女、暗殺者ギルドなる物騒な組織に所属しているただの雇われ暗殺者らしく、ヴァン君母子の命を狙う理由までは知らされていないようだ。というか、暗殺者ギルドなんてものまで存在しているのか。本当にすごい世界だな、ここは。

理由は問わず、ただ仕事で人を殺す。プロの殺し屋というわけだ。そう考えると怖くなってしまったので、しばらく目が覚めないよう闇属性魔法を使って念入りに意識を封印する。

依頼はヴァン君母子の暗殺と死体の処分。要するに、この世から消せってことだ。

「……」

「おう、どうしたご主人。そんな不安そうな顔してよォ。心配すんなって！　オメエのことは俺らが守ってやっから、安心してろい！」

「うん、よろしく頼むよ、ほんと」

クレソンもオリーヴも、そしてきっと今ここにはいないバージルも殺しには慣れていそうなのが恐ろしくもあり、頼もしくもある。相手が魔物だろうが、人間だろうが、動物だろうが、命を奪うという行為にどうしても抵抗があるのは、前世が日本人だったが故の弱点だろう。

分かっている。ビビってしまっている俺の方がこの世界ではおかしいのだ。11歳のヴァン君でさえ母親の命を狙った敵に対し、『絶対に許せない！』という気概で息巻いているというのに、俺と来たら。覚悟を決めなくては。相手は殺すつもりで来ているのだ。命のやり取りだなんて物騒なことはしたくないだなんて、そんな生温《なまぬる》いことを言っていられるような状況じゃない。

それで傷つくのが俺自身ならまだしも、俺の身代わりになって護衛のみんなが敵にやられて大怪我を負ったり死んでしまったりしたら、それこそ絶対立ち直れないだろうからな。


「お母様が襲われたというのは本当ですの!?」

「ええ、下手人の一人を捕らえました。間違いなく暗殺者ギルドの人間です。警察にはまだ通報していません。おそらく、握り潰される可能性が高かったので」

「そんな、まさか！　お父様が暗殺者ギルドを使ってまでお兄様とお母様を排除しようとするだなんてそんな……お兄様に替わっていただけますか？」

「ローザ！　どうしよう、俺、俺……！」

「お兄様、よかった！　ご無事ですのね！」

風属性の魔法刻印が刻まれた携帯電話というよりは武骨なトランシーバーに似た通信用魔道具でローザ様に緊急の連絡を入れると、案の定ものすごい剣幕で捲《まく》し立ててきた。まあ、当然だろうな。自分の兄と母が殺されそうになったのだから。それも殺害を命じたのが他ならぬ自分たちの父親である可能性が高いとなれば、そのショックも相当だろう。

2人はしばらく何かを話して、というより多大な精神的ショックを受けて落ち込んでいるヴァン君をローザ様が懸命に励ましているといった様子であったが、やがて会話が済んだのか、ヴァン君が通信機を俺に手渡してくる。

「ホーク様、まずはお母様の命を救ってくださったこと、心よりお礼申し上げますわ。わたくし、父の謀略によって、今は学院の敷地内に閉じ込められておりますの。ピクルス様も同様に。すぐに脱出したいのですが、そう簡単にはいかなそうで……」

「そちらはそちらで緊急事態、というわけですか、分かりました。こちらはこちらで、今打てる手を打っておくことにしますよ。くれぐれも、短気は起こさず。いいですね？」

「ええ。正直学院の警備員を殴り飛ばしてでもそちらに向かいたいところですが。どうか兄と母をよろしくお願いいたします。あなた様のご助力に、心より感謝を」

通話が切れると同時に室内に沈黙が満ちる。無理もない。実の父親に殺されかけたも同然の状況なのだから。たとえ公爵家を追放されようと、それでもいつか、父親と和解できるのではないかと期待していた彼にとっては、あまりにもつらすぎる仕打ちだ。

「今戻りました、坊ちゃん」

「オリーヴ！　無事でよかった！　状況は？」

「目撃者はゼロ。犯行の痕跡も一切なし。おそらく、ツーマンセルで仕事をする暗殺者ギルド定番のやり口だろう。もう一人の犯人は、おそらく相方を見捨てて逃げたに違いない」

グルグル巻きに縛られ床に転がされた女暗殺者をしゃがんで調べながら、オリーヴが言う。

「敵に捕まるというヘマを犯したこの女は既に切り捨てられたも同然。殺したり警察に突き出したりしたところで、連中は知らぬ存ぜぬを貫くだろう。暗殺者ギルドとはそういう組織だ」

「そっか……俺たち、これからどうすればいいんだろう？」

「見せしめにこの女の首を落として、敵の根城に送りつけてやるってのはどうだ？」

「物騒だな！」

「だが生かしておくだけ無駄だろう。公爵家の御家騒動なんて一大事に、拷問されたぐらいで情報を吐き出すような軟な人間を宛がったりはすまい」

俺たちが話をしていると、不意にヴァン君が泣き出した。

「父上！　どうして……どうしてだよ！」

それは俺たちのせいだよ！　とはさすがに言えない。おそらくだが、公爵は焦ったのだろう。娘のローザ様がヴァン君を公爵家に返り咲かせようとあれこれ暗躍していることに気付いていないはずがないからだ。婚約者であるピクルス王子がそれに協力しているであろうことも。

だがゼロ公爵は第一王子派として有名だ。第三王子であるピクルス王子と娘を婚約させるべく暗躍したのも、継承権を巡って第一王子と対立しかねない第三王子を監視下に置くことで牽制・妨害工作をしやすくするためなのではないか、と社交界では今も囁《ささや》かれている。

たかが小娘一人に何ができる、と侮っていられるうちは目こぼしされていたのだろうが、ここへ来て状況がかなり大きく動いた。具体的には、飛び級の話だ。娘が表向きは無適合者に関する内容だが実際には無属性魔法について言及した論文を発表し、それが原因で大学に招聘されるなどといった展開は、さすがの公爵も想定外だったのだろう。

結果的に論文の本当の執筆者は俺で、娘さんは代理発表者だったものの、そのせいで無属性魔法に関する研究がかなり進んでしまい、大賢者マーリン、学者ギルド、魔術師ギルドまでも巻き込んでの、到底無視できないレベルの騒動にまで話が膨らんでしまった。

ひょっとしたら無属性魔法って本当に存在しているのでは？　みたいな風潮が、２つのこの国の根幹をなす主要ギルドに蔓延してしまったことは、女神教と癒着の激しい現国王と、第一王子派からしてみれば面白くないだろう。商人ギルド経由で俺に圧力をかけようにも、あいにく俺は商人ギルドにも多大な影響力を及ぼす、悪名高きゴルド商会の一人息子。おまけにそのゴルド商会をワンマン経営しているのが、あの傲慢・傲岸不遜・慇懃無礼の権化が如き、世界で一番自分が偉いと思い込んでいる、などと囁かれる悪徳商人、イーグル・ゴルド。あの父が、大人しく公爵の命令に従い俺を罰するだろうか。誰でも分かる。それはない、と。

『慌ててうちに内部告発してきた時は内心笑ったぜ！』と、女神教ブランストン王国支部長のガメッツの爺さんと例の酒場で会合した時に知らされていたので、ゼロ公爵がうちに、というか俺に目をつけていることは既に知っていたのだが、どうやらガメッツの爺さんも、タダで働け！さっさと動け！と上から目線で催促してくる公爵より、年間60枚の金貨という11歳の子供にしてはかなりの大金と呼べる額の賄賂を送ってきてくれるローザ様の方にいい顔をすることを選んだそうだ。やはりいつの時代も、ものを言うのはお金の力だね。

そんなこんなで公爵家の恥たる無適合者として追放したはずの息子の周りが何やら騒がしく、鎮圧しようにも『女神教への冒涜だ！』と大騒ぎして国王に直訴し、それを口実に一連の研究を全て握り潰してくれるはずだった女神教のお偉い十三使徒様がまさかの『疑わしきは罰せずでございますよ』などと様子見に回ってしまったことで、いよいよ追い詰められ強硬手段に出た、のかもしれない。少なくとも、状況的にはそうだったとしてもなんら不思議ではない。

いや、ちょっと待てよ？　もし仮にそうだったとしたら、一人ヤバいのがいないか？

「オリーヴ、すぐに屋敷に戻ろう！　クレソンは念のため、ヴァン君たちに付いていてくれ！」

「なんだ？　どうしたってんだいきなり」

「ローリエだ！　彼女、暗殺者ギルドの関係者である可能性が高い！　もし公爵がなんらかの手を回したなら、タイミング的に動き出すなら今だ！　この女を連れて、屋敷に戻ろう！」

「了解した。すぐに馬車を呼んでくるから待っていてくれ」

オリーヴが近場に停車させてある馬車を家の前に回すべく出ていく。

「ヴァン様、申し訳ありませんが、緊急事態です。しばらくはクレソンと一緒に、この家に籠城なさってください。お母様共々、決して一人で外出しようとはなさいませんように。特に、お父様に会いに行こうなどとなさってはいけません。絶対にです。よいですね？」

「わ、分かった！」

「おいちょっと待て！　なんで俺がここで留守番なんだよ！」

「俺を殺すよりヴァン君を殺した方が手っ取り早いからだよ！　襲撃が1回限りとも限らない。今度はもっと大勢で押しかけてくるかもしれない。もしそうなったら頼れるのは君だけなんだ。お願い、クレソン」

「チッ！　わーったよ！　ぜってェ死ぬんじゃねェぞ！　死んだらぶっ殺してやっかんな！」

「気を付けるよ。俺だって、まだ死にたくなんかないさ」

せっかく生きることが楽しくなってきたんだ。こんなところで死んでたまるか。

「坊ちゃん、待たせた」

オリーヴが馬車と共に戻ってきて、俺たちは運搬しているところを見られても大丈夫なようシーツで包んでその上からグルグル巻きに縛り上げた女暗殺者を荷台に積み、ゴルド邸に急ぐ。

◆◇◆◇◆

「バージル！　ローリエはどこだ！」

「メイド長ですかい？　そういや、姿が見えやせんが」

案の定か。屋敷の中を探し回っても彼女の姿はどこにも見当たらない。どうやら戻ってくるのが一足遅かったようだが、屋敷内に毒物や爆弾が仕掛けられている様子はなかった。

「そんなに血相を変えなすって、一体どうなすったんで？」

「暗殺者ギルドが動いた。ヴァン君たちの命が狙われている。君は屋敷の警備を強化してくれ。最悪の事態を想定しておくに越したことはないからね」

「そこまでですかい！　分かりやした！　ハイビスカスの奴にもそう伝えときやす！」

「オリーヴ、彼女の匂いは追跡できる？　獣人であって犬じゃないから無理そう？」

「やるだけやってみよう」

「お願い」

ローリエの匂いを辿《たど》って屋敷の外に出たオリーヴ。彼に抱き上げられながら俺たちは消えた彼女の痕跡を追う。俺たちに危害を加えるでも害のある置き土産を残していくわけでもなく、黙って姿を消した辺り、彼女にはそこまで嫌われてはいなかったと。

そう自惚れてもいいのだろうか。

◆◇◆◇◆

「ローリエ！」

「坊ちゃま……」

ローリエがいたのは案の定ゼロ公爵家だった。しかし様子がおかしい。公爵家の人間たちが、一人残らず氷漬けにされているのだ。門番も、警備員も、メイドも、執事も、全員。

状況的に間違いなくローリエがやったのだろう。だが、一人も死んでいないのはどういうことだ。そもそも、なぜ彼女が公爵家の人間を攻撃するのだ。むしろ彼女は公爵家の子飼いの密偵とかじゃなかったのか？

「やはり、いらしてしまったのですね」

氷でできた刃物を悲しげにこちらに向けてくる彼女の心を闇属性魔法で読み取ろうとして、分厚く高い氷の壁に勢いよくぶつかってしまったかのようなイメージと共に彼女の心の中から弾き出される。さすがは裏の顔を持つワケアリな雰囲気をプンプン醸し出していたメイドだ。

心や記憶を閉ざす術ぐらい、当たり前に身に着けていても何もおかしいことではない、か。

「君がホーク・ゴルドか」

状況が呑み込めない。なぜゼロ公爵が彼の執務室で氷漬けにされているのだろうか。豪奢な椅子に座ったまま四肢を凍結させられている彼の視線はひどく憎々しげだ。

「君さえいなければ、こんな最悪の事態にはならなかったものを」

「と、仰いますと？」

「いいえ、いいえ坊ちゃま。何も聞く必要はございません。公爵は元妻子殺しの罪を背負い、ここで自害し、公爵家は取り潰される。それで万事仕舞いでございます」

「黙れ！　狂女の走狗めが！」

「お黙りなさい！　氷よ、ローリエの名において命じます！　彼の口を塞いでしまうのです！」

即座に公爵の口が氷に覆われる。だが鼻を塞いでいないせいで、窒息死には至らない。一体、何がしたいんだ彼女は。公爵を殺したいのであればそのまま殺してしまえば済むだろうに。

なぜ、わざわざこんな回りくどいことをしているのだろうか。

「ねえローリエ、話をしよう」

「いいえ、お話しすることなど何もございません」

「いやいや、さすがにそれは無理があるだろう？　俺が来る前に公爵を殺して、さっさと姿を消していればそれで終わりだったのに、君はそうしなかった。それどころか、俺が来るのを待っていたかのような口ぶりだったじゃないか。本当は、君にも何か事情があるんだろう？」

「それは……」

本当は誰かに縋りたかったのに、本音を、本心を打ち明けてしまいたかったのに、自分にはそんな権利も資格もないって勝手に決めつけて、心を閉ざしていた俺みたいにさ。

「俺はさ、思い知ったよ。自分一人の身勝手な思い込みだけで鬱になって、自分で自分を追い込んでも、いいことなんて何もなかった。言いたいことがあるのならちゃんと声に出して相手に言わなきゃ、何も伝わらないんだ」

勝手に期待して、勝手に傷つけられた気になって。そんなのバカみたいだろ？

「それに気付けたのはみんなのおかげだ。こんな俺なんかを見捨てずに心配してくれたみんながいてくれたから、俺は本当の愚か者になる前に、目を覚ますことができた。だから俺は君とも話をしたい。どうしてこんなことをしたのか。どんな事情があってこんなことをしているのか。君が何を考えて、何を思っているのか。今はそれを知りたいと思う」

「坊ちゃま……ご立派に、なられましたね」

「全部、君たちのおかげさ」

俺に向けていた氷の刃物を公爵の執務机に置き、浮かべた涙をハンカチで拭うローリエ。その直後、ドサリと何かが倒れる音が天井裏から響いてきて、一拍置いて黒装束に身を包んだ男が落下してくる。同時に天井裏から飛び降りてきたオリーヴがその隣に着地した。

その人、意識がないまま落っこちてきた拍子に盛大に顔面を床に打ちつけたみたいだけれど、大丈夫？　死んだり前世の記憶を取り戻したりしていない？

「こいつも暗殺者ギルドの人間か？」

「だろうね。ローリエの協力者なのか、それとも彼女の口封じでも狙っていたか」

「攻撃しようとしていたので気絶させておいた。まだ殺してはいない」

気絶させた暗殺者の四肢を手際よくロープでギッチギチに縛り上げ、慣れた手付きで猿轡を嚙ませるオリーヴ。いきなりの乱入者の登場に驚いているローリエと公爵。

「さて、それじゃあ、どうしてこんなことになってしまったのか聞かせてくれる？」

「……はい」

「あと、公爵の口の氷も溶かしてあげたら？」

「そうですね」

さて、それじゃあ、腹を割ってのお話し合いと参りましょうか。

◆◇◆◇◆

今回の事件、結構複雑に、いろいろな思惑がからみ合っていたので、順番に整理していこう。

まず、全ての元凶はこの国の王妃だった。国王の正室であり、第一王子の母親だ。ちなみにルタバガ第二王子とピクルス第三王子の母親ではない。あの2人はそれぞれに異なる側室の子だから、この国に3人いる王子は全員母親が違うということになる。それがきっかけだった。

敬虔《けいけん》な女神教の教徒であり、王様に頼んで毎年国庫から多額の寄付金を弾ませている彼女は息子である第一王子をうちの父さんレベルでひどく溺愛し、息子を王にするためならば、どんな汚い手段も厭わないような苛烈な人物であったらしく、継承権を持つルタバガ王子やピクルス王子を幼い頃から何度も暗殺しようと裏で企んだり、彼らの母親である側室2人を表向きは事故や自殺に見せかけて死に追いやったりと、悍ましい悪事に平然と手を染めてきたそうだ。

そんな王妃にとって、国王の一存により、息子の第一王子の政敵になり得る第三王子と娘を政略結婚させる運びとなった公爵家は目障りな存在だった。世間では第一王子派のゼロ公爵が、第一王子のため邪魔な第三王子を監視・妨害するべく政略結婚を企んだのだ、などと言われているが、実際には第三王子と娘が国王の意向により結婚するハメになってしまい、断ることもできず、このままでは我が公爵家が王妃に睨まれ王宮内で冷遇されてしまう、と慌てた公爵が、それまで曖昧《あいまい》だった立場を第一王子派としてやむなく表明した結果、ゼロ公爵は熱心な第一王子派だ、などと巷間《こうかん》で噂されるような身勝手なゴシップが独り歩きしてしまったのだとか。

第一王子派としてあなたの息子に忠誠を誓いますよ、と王妃にアピールしてなんとか窮地を脱したのも束の間。今度は息子のヴァニティ君が王立学院の入学試験で無適合者であることが発覚。それだけならまだしも、無属性魔法の適合者なのではないか、という噂が方々で飛びかったからさあ大変。女神教の聖書では、この世界に存在する11の属性は全て創世の女神ミツカが創ったことになっているため、12番目の属性なんてものは女神教からすれば絶対に認められない異端の考えなわけで。自分たちが何百年間もありがたがってきた聖書の記述が実は間違ってました、なんてのは、熱心な宗教家共からすれば到底認められないだろうからね。

まさに踏んだり蹴ったりというか、一難去ってまた一難というか。ゼロ公爵からすれば、なぜ我が家にばかりこんな災難が!?　と女神を恨んでもおかしくはないほどの災難続きだ。

さて、これに怒り狂ったのは王妃である。『目障りな公爵家だけれど、これからはうちの子の忠実な家臣として忠義を尽くすと言うのなら、まあ見逃してあげてもいいでしょう』ぐらいの心持ちだったのに、今度は『史上初の無属性魔法の適合者かもしれないぞ！』『いやいやそんなはずがないだろう！　彼はただの無適合者だ！』などと、入学試験を見学していた新聞記者や雑誌記者たちが連日『ゼロ公爵家の醜聞！』などと面白おかしく紙上で騒ぎ立てたものだから、敬虔な女神教徒としては大激怒。そんなわけで、王妃は思ったらしい。

よし、公爵に命じてヴァニティ・ゼロを始末させよう、と。

「つまり、息子さんと奥様を追い出したのは、王妃の魔の手から守るためだったと？」

「そうだ。私が激怒したフリをしてゼロ公爵家の家名と貴族としての身分を剥奪し、『二度と公爵家の敷居は跨《また》がせぬ！』と大騒ぎすれば、王妃とて命までは奪うまい、と考えたのだ」

手切れ金という名の生活費を渡し、下町に隠れ家を用意させ、公爵家の手の者に監視という名目で警護させた。つまり、ヴァン君母子の周りをウロウロしていた例の公爵家の人間たちは、彼ら母子を害するどころか逆に守っていたというわけだ。

誰だよ、『おそらくですが、公爵家がらみでしょうね』なんでヴァン君に語っちゃった奴。俺だよ。先ほどまでの自分の発言がとんだ的外れであったことが恥ずかしすぎて、顔から火が出そうだ。いや、公爵家がらみであることは間違いなかったのだが、その主犯がね。

「ローザの反発は、ちょうどよい隠れ蓑になってくれた。娘が反発し、私がそれを抑圧する。娘が兄を想い声高に私を非難するほど、私が妻子を庇い立てしているなどとは思われ難くなる」

「それを、俺たちがブチ壊しにしてしまったわけですか」

「そうだ。全くもって余計なことをしてくれたものだと、恨み言の一つも言わせてくれ」

ヴァン君母子は公爵家から追放され、無適合者である兄に身内の情から執着している愚かな女だと公爵が意図的に悪評を吹聴《ふいちょう》した結果、社交界からは冷たい目で見られているローザ様と、そんな彼女と結婚するハメになったピクルス第三王子の派閥は大幅に弱体化する。

そうなれば王妃はもはやガタガタになってしまった第三王子派などには見向きもせず、目下最大の敵となり得るルタバガ第二王子に意識を向けるだろう。災難続きで胃薬を手放せない日々が続いていた公爵も、これでようやく安心……となる、はずだった。

しかし、事態は一変。王立学院に入学したローザ様が、半年も経たないうちに無属性魔法の実在を裏打ちするかのような論文を学会に発表してしまい、しかもそれが『王妃なんて屁《へ》でもねえ！』と評判の、変人揃いの学者ギルドの目に留まってしまった。王妃のかわいい第一王子でさえなし遂げられなかった快挙である大学に飛び級する話まで出てきてしまい、公爵としてはもう胃痛と心労でブっ倒れてしまってもおかしくはないほどの大混乱。

結果的にローザ様の飛び級の話こそなくなったものの、その代わりに大学生になりやがったホーク・ゴルドなる平民の子供が無属性魔法と無適合者に関する研究を飛躍的に推し進めてしまい、やっぱりヴァン君って無属性魔法の適合者なんじゃね？　みたいな風潮が蔓延《まんえん》。

静かに穏やかに緩やかに、もうこれ以上目立ってしまわないようにとヒッソリ時間をかけて鎮静化させるはずだった事態が、ちょっと目を離した隙にあれよあれよという間に王立学院・学者ギルド・魔術師ギルドという不敬トライアングルを巻き込んでの大炎上に発展してしまい、もはや鎮火は絶望的。ゼロ公爵のメンタルと胃はボロボロである。

そんなわけで、王妃は再び思った。

よし、ヴァン君もローザ様もゼロ公爵家もホーク・ゴルドも目障りなゴルド商会も何もかも、この際だからまとめて全部潰してしまえ、と。

一旦は見逃しかけていただけに、死角からぶん殴られたどころかミサイルでも撃ち込まれたかのごとき今回の一連の事態に王妃は完全にお冠状態。かくして暗殺者ギルドと、ローリエの所属する王族直属の諜報部隊『アンダー3』が動き出したというわけだ。

「私にできることはもはやローザを学院内に閉じ込め、大賢者と名高き学院長に、どうか娘を守ってくれ、と頼み込むことだけだ。息子と妻は殺され、私はその犯人として捏造《ねつぞう》された証拠品の数々と共に裁判にかけられ処刑。公爵家は取り潰しになる、はずだった」

「でも、土壇場でローリエが王妃を裏切った？」

「はい。わたくしは公爵の身柄と引き替えに、ゴルド商会の皆様の安全を得る手筈《てはず》でした。王妃様がお約束してくださったのです。公爵家さえ始末できれば、坊ちゃまやお嬢様、屋敷に勤める使用人たちの命までは取らずにおいてやる、と。ですが……」

「まあ、そうだよな。今までの話を聞く限りじゃ、クソ王妃がそんな約束守るとは思えんし」

「はい……このまま公爵を殺してしまって本当によいのか、迷っておりました」

「そこへ俺たちが追いついてきた、と。そもそもローリエはどうしてそんな取引に応じたんだ？

てっきり、俺と父さんのことは嫌っているものとばかり思っていたのだけれど」

「初めのうちは、そうでした。少なくとも3年前までは。しかし、坊ちゃまが階段から転落なさったあの日から、全てが変わり始めたのでございます」

横暴な暴君だったホークが別人のような真人間になり、同じく救いようのない愚か者だった父親を宥めすかすようになってからは、家庭環境のみならずゴルド商会の経営方針もまともになった。気付けばただ苦痛でしかなかったゴルド邸でのメイド長としての生活は、いつしかそこで過ごすローリエにとっても居心地のよいものになっていたらしく、『要警戒。監視継続の必要アリ』と上司に虚偽の報告をしてまで、今日まで一介のメイド長として入り浸っていたと。

『その必要もないからな。君がメイドとして我が家に仕えてくれているなら、俺は主人として君に仕事を頼むだけだよ』

『そこまでお分かりでありながら、わたくしを追い出さないのですか？』

『優秀なメイド長を解雇する理由がどこにあるんだい？　辞めたいのなら辞めればいいし、そうでないなら好きなだけここにいればいい』

かつてヴァン君に嫉妬してひどく荒れていた時期に、何気なく彼女に言った言葉が彼女の心にそこまで深く刺さっていた、などとは想像もしていなかっただけに、驚いてしまう。

「物心ついた時から組織の道具であり人殺しであったわたくしにとって、坊ちゃまやお嬢様、お屋敷の皆様と共に過ごした平和な日々は何よりの安寧《あんねい》でございました。まるで自分が人間になったのではないかと、錯覚してしまいそうになるほどに」

「まるでも何も、君は人間だろう。ひょっとして、実は吸血鬼や妖精だったりするとか？」

「……いえ、いいえ」

子供の頃から殺人マシーンとして生きてきた彼女が人間性に目覚めたというのなら、それはめでたいことだ。だが、それが原因でゴルド家を救う代償として公爵一家を犠牲にすることに罪悪感を覚えてしまい、ここまで来て実行に踏み切れなくなってしまった、とローリエは言う。

「だが、どの道我らは皆終わりだよ。我が妻子の暗殺に失敗し、君の家のメイドがしくじったことで、王妃は怒り狂って本気になるだろう。遠からず私たち一家も君たち一家も粛清される。もはや国外に逃亡する猶予《ゆうよ》もない。何もかも終わりだ。どうせ我らは皆死ぬのだから、最後に君のせいだ、と恨ませてくれ。君が余計なことをしなければ、こうはならなかったのに」

「ならばわたくしがこの命に代えてでも、王妃だけでもせめて」

「まあまあ2人とも、そうヤケにならないで。玉砕覚悟で突撃する前に、まずはやれるだけやってみない？　諦めるのは、それからでいいと思うんだ」

取りあえず、俺は椅子に深く腰掛けたまま項垂《うなだ》れる公爵に通信機を差し出す。

「お父様！　お話は全て聞かせていただいておりましたわ！」

「ローザ、か？」

「あとで説明するのは二度手間になるので、学院にいるローザ様とピクルス様にも、話を聞いていてもらったのですよ。積もる話もあるでしょうが、取りあえず今は、困った王妃をなんとかするために皆で協力しませんか？」

「しかし坊ちゃま、状況は限りなく詰んでおりますが、一体どのように？」

そりゃあ、愛と勇気と友情と絆と、金とコネの力でなんとかするんだよ。

終章　女嫌い、生きていく

「あー！　つっかれたー！」

「おう、お疲れさんだったぜご主人！」

あの大騒ぎだった一夜からしばし時が流れ。

俺たちはゴルド家・ゼロ公爵家合同で、温泉旅行に来ていた。露天風呂に浸かるクレソンの膝の上で俺も肩まで熱い湯に浸かり、夜空に広がる満天の星々を見上げる。デブなだけでなくチビの俺は、こうでもしないと座って温泉に浸かった時に水位が顎を超えてしまうのだ。全く子供の体というのは不便である。

立ったまま温泉に入るというのも、ちょっとねえ。洗い場では父の背中をバージルが流しており、オリーヴは打たせ湯に打たれながら気持ちよさそうに胡坐《あぐら》を掻いて目を瞑っている。護衛の仕事は、一緒に来た公爵家の私兵さんたちがやってくれているからそちらにお任せだ。サウナではゼロ公爵とヴァン君が、もうもうと蒸気がけぶる中で親子の語らいをしている。野郎はどうでもいいから女湯の方が気になるって？　覗きは犯罪だゾ。

さて、俺たちは別にブランストン王国から国外逃亡をしてここにいるわけではない。問題の王妃は現在絶賛昏睡《こんすい》中だ。不運不幸にも偶然王宮の階段から足を滑らせて転げ落ち、頭を強く打って以来意識が戻らないのである。死んではいないのだが、どんな名医に診せても依然として意識不明の重体ということで、現在は離宮で療養中だそうだ。

お前が闇属性魔法で呪いをかけたのかって？　はは、そんなまさか！　かの王宮には大賢者マーリン学院長が厳重に張った結界魔法が現役で稼働中なのだ。『無属性魔法で一時的に結界魔法を無効化でもしない限り』、そんな暗殺めいた所業などできるはずがない。

王妃様も頑なに主張なさっていたじゃないですか。『無属性魔法なんて存在しない』と。

そんなわけで、『誰も悪くない不幸な事故』により植物状態になってもらった……ゲフンゲフン、なってしまわれた王妃様は目覚めることなく眠り続け、彼女が企んでいた悪事は全て凍結状態。命令を下す人間がいなければ、諜報部隊アンダー3も動かない。というか、王妃の転落事故は本当に事故だったのかを調査するのに忙しくて、それどころではないという。

暗殺者2人を返り討ちにされた暗殺者ギルドも、暗殺業とはそういうものだからと知らぬ存ぜぬを決め込んでおり、女神教に関しても支部長のガメツ爺さんと公爵家の方で銭を交えた話し合いを設けたらしく、ヴァン君の扱いは上手い具合に誤魔化してくれることになっている。

そもそもが無属性魔法の研究自体、ヴァン君のためにローザ様が躍起になっていたところへ俺が加担してしまったが故のいわば衝突事故の産物みたいなものなので、学者ギルドや魔術師ギルドもただ無属性魔法という未知なるジャンルへの探求心が燃え上がってしまったがために暴走していただけであり、女神教に喧嘩を売りたくてやっていたわけではない。

よって無属性魔法と無適合者に関する一切の研究は、表向きは凍結されたものの、学院長の庇護下でコッソリ続行することになり、決して表沙汰にはしない、と関係者一同誓約を結んだ。

ピクルス王子とルタバガ王子も、自分たちだけ蚊帳の外はないだろう、と誓約に参加している。

彼らにとっても王妃は、あの手この手でイジメ抜かれ、最後には死に追いやられた母親の仇であり、幼い頃から度々厳しく当たられ、時には暗殺さえされかけてきたという恨みの積もり積もった相手であるが故に、今回の一件に関しては彼女の自業自得だ、と納得してくれた。むしろ妙に清々《せいせい》した顔をしていたので、よかったんじゃないかな。

邪魔な王妃がいなくなったことで、ヴァン君はヴァニティ・ゼロとして公爵家に戻ることを許されたそうなのだが、本人の希望で平民のヴァンとして今後も生きていくこととなった。

『いろんなことがあったけど、悪いことばっかりじゃなかったから』だそうだ。

父親が自分と母親を殺そうとしていたという誤解も解け、一連の騒動そのものが自分たちを王妃の魔の手から守るための方便であったことを知り、和解した彼らの姿は幸せそうなので、めでたしめでたし、と言ってよいのではなかろうか。なお母親の方は、公爵家に戻るそうだ。

ローザ様は結構ゴネたようだが、ヴァン君を守るためとはいえ社交界に広めてしまった悪い噂や意図的な悪評は覆せないだろうし、それを真に受けた連中からの中傷でヴァン君が傷つけられてしまうのは避けたいという意図と、ヴァン君の説得により折れたらしい。最近は下町で一人暮らしを始めたヴァン君のところに頻繁に入り浸っているようだ。

いわく『お兄様に近づく女狐共には容赦いたしません！』とのことである。やっぱり根っこの部分はブラコン妹じゃないか。

未来の女公爵としての教育もバリバリこなしているらしく『今度はお父様を蹴落とすことを目指すのではなく、追い抜き追い越すことを目標といたしますわ！』だそうだ。

父さんは今回の一件を通じて公爵家に一生モノの恩義を売った俺に感激し、ますます親バカ度がアップした。事件のあったあの日、ゴルド商会の方にも暗殺者ギルドからの刺客が何人か差し向けられていたそうなのだが、常日頃から大量の護衛たちを周囲に陣取らせているうえ、『今ワシの身に何かあったらホークちゃんが大変！』との理由により護衛の質を上げておいたことが功を奏したらしく、圧倒的物量差ですり潰すように暗殺者4名を返り討ちにしたそうだ。

『ワシを狙うだけならまだしもホークちゃんを狙うなんぞ絶対に許せん！』とメチャクチャ激怒していたので、第一王子派の王妃シンパの貴族連中はかなり経済的な意味での地獄を見たことだろう。いつの世も最終的にものを言うのは金の力だ。経済的に苦境に立たされている貴族連中への融資・担保・貸付などで、貴族間ネットワークにかなり根深く食い込んでいる父の逆《げき》鱗《りん》に触れたらどうなるかなんて、考えたくもないよな。おーコワ。

ローリエはメイド長として、今もうちで働いている。王妃転落事件は本当にただの事故だったのかを国王陛下直々に調査するよう命じられたアンダー3だったが、大賢者様のかけた魔法結界があるのだから、なんらかの魔法を行使して呪いを飛ばしたりすることは宮廷魔術師団の団長レベルの腕前があったとしても難しいだろうし、何より王妃が至近距離に誰も人がいない状況で躓いて階段から派手に転げ落ちるその瞬間を大勢の家臣が目撃しているのだから、事故だったのだろうと処理されたそうだ。それでいいのか、諜報部隊。まあ、彼らもあくまで諜報部員であって、頭のおかしな王妃に心酔した狂信者ではないからな。

そんなこんなでいろいろあったけれども、事件は無事解決し、めでたしめでたしと相成った。

「隣。いいかね？」

「どうぞ」

いつの間にか、隣にゼロ公爵が来ていた。ザブリと湯船に肩まで浸かった彼の横顔は、あの屋敷で対面した時とは比べものにならないほど穏やかで安らいだものとなっている。

「君には感謝している。なんと礼を言えばよいものか」

「いいえ。俺としても、王妃はなんとかしなければいけませんでしたから」

「そのおかげで、我々家族は救われた。だから、礼を言わせてくれ。本当に……ありがとう」

自分一人が泥を被ってでも家族を守ろうとしていた父親が、不幸なすれ違いの果てに死ぬようなことにならなくてよかったなと思う。彼が死んだあとで、実は彼の一見冷酷にしか見えなかった言動は全て愛する家族を守るためだったことが発覚し、ヴァン君やローザ様が泣き崩れながら彼の亡骸《なきがら》に縋るような終わり方をしていたら、かなり後味が悪かっただろうからな。

「ホークちゃーん！　温泉は楽しんでいるかい？　よかったらパパのお膝の上においでー！」

「ご主人、呼んでるぜ？」

「聞こえなかったフリをしたいなー、なんて……ダメ？　ダメか。やっぱりダメだよね、うん」

「そう言ってやるなよ坊ちゃん。親孝行ってのは、できるうちにしといた方がいいですぜ？」

「同感だ」

「分かってるって。ただ言ってみただけ」

「お、仲がいいんだなホーク！」

「そうなんですよー！　ホークちゃんってば本当にいい子で！　自慢の息子ですぞ！」

オリーヴが、バージルが、クレソンが、露天風呂に浸かりながら笑っている。満面の笑みを浮かべた父が、俺を膝の上に乗せながら、上機嫌でゼロ公爵と酒を酌《く》み交わしている。公爵の隣に座ってお湯に浸かるヴァン君も、微笑ましそうに笑っている。

みんな楽しそうだ。俺も楽しい。心からの笑顔でみんなの顔を、目を、見ることができる。

どれだけ心の中で想っていたとしても、相手にそれが伝わらなければ意味がない。
ましてそれがすれ違いの元となり、悲劇の引き金となってしまうことほど悲しいものはない。
だから、よかった。めでたしめでたし、で迎えられたこの幸せを壊してしまわないように、
これからも生きていこうと思う。

俺の名前はホーク・ゴルド。ゴルド商会の一人息子。
この素敵な世界に転生した、女嫌いの、チビでデブだけど、みんなから愛されてる子豚だ。

外伝　女嫌い、風邪を引く

　夢を見た。悪い夢だ。

『金田君さあ、いきなり休まれると迷惑なんだよね。分かってる？　人手が足りてないのにいきなり君に抜けられたら、その分周りのみんなが迷惑するんだよ？』

『お前さあ！　このクソ忙しい時にいきなり休むんじゃねえよ！　体壊してんのはみんな同じなんだよ！　職業病ってやつ！　お前一人だけが特別なわけじゃねえの！』

　煩《うるさ》いな。人手が足りてないなら雇えばいいだろう。人件費をケチって、製造スケジュールはギッシリ詰め込んで、社長も営業も揃いも揃ってバカ揃いかよ。死ねよ。あ、死んだのは俺か。

『製造の金田いるじゃん？　アイツさー、こないだ近くのコンビニでバッタリ会っちゃったんだけど、カゴの中お菓子ばっかりでビックリしたわよ。だからデブなんじゃない？』

『うっわ最悪。会社の外でまで顔合わせたくないわよねー！　仕事で話をするのだって気持ち悪くて嫌なのにさ。アイツ、いっつもアタシたちのこと気持ち悪い目で睨んでんじゃん？』

『あぁいう奴がある日突然通り魔とか傷害事件とか起こすんだよね。こっわー』

　ああ、耳障りだな。目障りだな。早く夢から覚めないかな。

『安鷹、あなた、いい人いないの？　従妹の愛ちゃんはもう結婚して子供までいるのよ？』

『仕事が忙しいのはみんな同じだろう。それでも職場の先輩方はちゃんと結婚して家族を養うために頑張っているそうじゃないか。他の人たちにはできているのにお前だけができないってことはないはずだ。なあ、1回ぐらいちゃんと本気で恋人を探す努力をしてみたらどうだ？』

『なあ安鷹君、君ももう30過ぎてんだろう？　いつまで独身でいるつもりなんだ？』

『お父さんもお母さんも心配してると思うわよ？　いい加減、お嫁さんの一人も見つけられないようじゃこの先どうするの？　死ぬまで独身だなんて、惨めでつらい老後になるわよ？』

ああ、鬱陶しいな。父さんと母さんの顔、３年ぶりに見られたってのに、こんな嫌な記憶掘り起こさなくたっていいじゃないか。分かってるよ。本当は、２人が俺の結婚や孫を望んでいたことぐらい、分かってたさ。でもあんなブサイク顔で、男一人暮らしていくだけでも精一杯の安月給で、どうやって結婚なんてすりゃいいんだよ？　無理に決まってるだろ。バカかよ。

要らない、要らない要らない要らない。

女なんて大嫌いだ。結婚なんてクソくらえだ。俺の人生に、女なんて必要ない。俺は独りで生きていけるんだ。独りがいいんだ。誰も俺を嫌わない、邪魔しない、独りが好きなんだよ！

ひっでえ夢、と俺はようやく目を覚ますことができた。風邪を引いた時ってのは、どうして悪夢を見てしまうのだろうか。怠《だる》い、とベッドの中から、うっすらと明るい窓の外を見上げる。

ぼんやりと茹だるような熱を発する頭が重い。体の節々が痛い。最近暖かくなってきたから薄着で寝ていたら風邪を引いてしまったのだ。かかりつけのお医者さんに往診に来てもらったところ、寝冷えによる風邪だと言われて薬を処方してもらった。

回復魔法でパパッと治してもらえるものだとばかり思っていたのだが、回復魔法はあくまで傷や怪我といった外傷を治すための代物であって、病気には効かないらしい。なんだそりゃ、と思ったが、確かにロールプレイングゲームなどでは、回復魔法はＨＰを回復するための魔法であって、毒や麻痺といった状態異常を治療するためには、それ専門の状態異常を治す魔法か、もしくは道具が必要だったことを思い出し、納得してしまう。変に凝ってんな。

まあいい。今の俺は、前世の底辺社畜とは違う。風邪を引いても、無理矢理市販の風邪薬を飲んで会社に行かなくてはならないわけではない。憂鬱な気持ちで上司に病欠の電話連絡を入れ、体調が悪いのに嫌味を言われて死ぬほど不快な気分にさせられることもない。風邪を引いたから休むという、ただそれだけのことが許されないような日本というクソみたいな底辺社会とはおさらばして、嬉し楽しい異世界転生者になったのだ。

ああ、ダメだな。まだ悪夢の余韻を引きずっているみたいで、発想が暗い。

頭は熱いのに体は寒いという、暑いんだか寒いんだかよく分からない状態でウンウン唸っていると、やがて俺の部屋の扉がノックされた。気付けば、朝になっていたらしい。

「誰？」

「俺です。オリーヴです。入ってもよろしいでしょうか」

「いいけど、ちゃんとマスクするんだよ。風邪が移っちゃったら大変だからさ」

「分かってますよ」

獣人用マスクをしたオリーヴが朝食の載ったトレイを片手に部屋に入ってくる。風邪の時はこれだよね、というのは異世界でも変わらないらしく、まさかのタマゴ粥《がゆ》だ。ちなみに昨夜の夕食はうどんだった。世界観ブチ壊しだが、今さらすぎるのでツッコミを入れる気力もない。

「朝食です。少しでも食べられそうですか？」

「喉の腫れが引いてきた感じがするから、たぶん大丈夫だと思う。ありがと」

起き上がってベッドから降りようとすると、まだ少し足元がフラつく。正直オリーヴの顔を見るだけで、なんだかホッとしてしまった。そうだ前世とは違うんだ。

悪夢を引きずってズッシリと重たくなっていた心が、フッと軽くなったような感じ。

「俺が食べさせてあげますから、そのまま座っていてください」

「え？　いや、いいよ。自分で食べられるし」

子供じゃないんだから、と言おうとして、今の俺は11歳の子供だったことを思い出す。

「そんな震えた手で言われても、説得力がありませんよ？　坊ちゃんはまだ子供なんですから、意地を張らないでください」

　うーん、論破されてしまった。中身は40近いおっさんだから、食べさせてもらうなんて恥ずかしすぎて嫌です、とはさすがに言えない。高熱で頭がおかしくなったと思われてしまうだろう。オリーヴは変化に乏しい表情とは裏腹に、意外と心配性だからな。

「暑いですか？　寒いですか？」

「どちらかというと、寒気がするかな」

「では、こちらを」

　オリーヴがクローゼットから取り出してきてくれた、1着金貨20枚（20万円相当）もするような上着を羽織らせてくれる。父が親バカを爆発させて、一方的に大量に買い与えてくれた衣類はみんなこんな感じ。お願いだからそんな高い服わざわざ買うのはやめてくれませんかと言いたいのだが、『ホークちゃんには超一流のブランド物を！』と息巻く父には通用しない。

　まあ、ありがたいことだよな。前世じゃ1着1000円の安物の上着を羽織っていたような俺が、今じゃお子様ホーク様扱いだ。贅沢すぎる悩みと言えるだろう。

「観念して、口を開けてください」

「分かったよ」

ベッドサイドに椅子を引っ張ってきて、お椀とスプーンを手にしたオリーヴが、まだ半熟の卵黄がトロトロになったお粥を掬い、フーフーと息を吹きかけようとして、マスクをしていることを思い出し、一瞬バツの悪そうな表情を浮かべる。

「はは！　オリーヴも、そんな顔をするんだね」

「からかわないでください」

塩気の利いたタマゴ味のお粥が、口の中に入ってくる。

「熱くないですか？　一応、湯気が立たなくなる程度には冷ましてもらいましたが」

「ちょうどいいよ。うん、美味しい。味が分かるってことは、よくなってきたってことだね」

お粥を口に運んでもらいながら、俺は恥じらいを覚えつつも、しかしながらただ座っているだけでもまだ億劫でつらい現状、食べさせてもらって正解だなと思う。でもやっぱ、恥ずかしいものは恥ずかしい。前世で母親にアーンしてもらったのだって、幼稚園の頃だけだぞ。

ああ、と幼少期のことを思い出して、悪夢の中で久しぶりに見た前世の母の顔を思い出す。

大人になってからは多少ギクシャクしてしまっていたものの、それでも俺はきちんと両親に愛されて育ったんだったな。その恩も返せないまま親よりも先に死んでしまったことを申し訳なく思う気持ちと、俺の死後2人はどうしているかな、という望郷の念が、心の中で複雑に入り混じってからみ合う。こんな親不孝な息子のことは忘れて、立ち直ってくれたらいいな、と、心から願うばかりだ。

「早くよくなるよう、大人しくしていてくださいね」

「分かってるって。この状況で、寝ている以外のことができると思う？」

「坊ちゃんであれば、やりかねないでしょう？」

「信用ないなあ、俺」

「一度、不摂生が祟って倒れた前科がありますから」

「そういえば、そんなこともあったね」

「もうあんな思いをさせられてしまうのは御免ですから」

なんだろう。風邪を引いているせいかいつもよりオリーヴの表情や口調が柔らかい気がする。

風邪引きの子供相手だから、気を遣ってくれているのだろうか。

普段の軍人然とした態度とは少し異なる、オリーヴの新たな一面を垣間見た気分。

「すりおろしたリンゴも用意してもらいましたが、食べられそうですか？」

「あ、食べたい」

風邪を引いていても食欲は落ちないのが、子豚たる所以《ゆえん》だろうか。すりおろされたリンゴのシャリシャリとした冷たい食感が、火照っている体に心地よい。体力が落ちていると恥じらいなんか感じている余裕もなくなってしまうのかもしれないな。

食事が終わると、空腹が満たされたせいか、再び睡魔が襲ってくる。

「問題なく完食できて何よりです。この調子ならば、すぐに快復できるでしょう」

「ありがとう、オリーヴ。美味しかった、って料理長に伝えてくれる？」

「了解しました。それでは、お薬です」

苦味の強い粉薬を口に含み、常温の水でそれを流し込む。うーん苦い。本物の子供だったら飲むのを嫌がるかもしれないな、この味じゃ。

「あ！」

「おっと」

指に力が入らず俺の手の中からスルリとすり抜けてしまったコップを、オリーヴが空中でキャッチしてくれたおかげで事なきを得る。さすが元軍人、すごい動体視力と反射神経だ。

「どうやら、まだ全快にはほど遠いようですね」

「いや、いいよ。自分で寝られるって」

「体調を崩した時ぐらい、素直に甘えてくださってよいのです。あなたはどうにも常日頃から、妙に意地を張る子のようですから」

太っているとはいえ所詮は11歳の子供の体。上着を脱がされ、オリーヴに軽々と抱き上げられてしまった俺は、いわゆるお姫様抱っこでベッドに寝かされ掛布団をかけてもらうという、ちょっと気恥ずかしい体験をするハメになってしまった。何が悲しくてお姫様抱っこなのか。

「おやすみなさい坊ちゃん。早くよくなるといいですね」

「うん、おやすみオリーヴ」

俺はそのまま、朦朧《もうろう》とする意識の中で、眠りに落ちていく。

今度は、悪夢は見なかった。

◆◇◆◇◆

「ヤダ！　ぜってーヤダ！」

「ですが、坊ちゃま」

「お二人とも、何を揉めてらっしゃるんで？」

ようやく風邪も治りかけてきた頃。珍しくローリエと揉めていると、騒ぎを聞きつけたバージルがノックもなしに部屋に入ってきた。マナー違反だが、俺の護衛としてはそれで正しい。

「坊ちゃまが、お風呂に入りたいと仰るのですが、まだ早い、と」

「だからって君に体を拭いてもらうわけにはいかないだろう！　君は女性で、俺は男だぞ!?」

「ですが、寝汗もひどいご様子ですし……」

「だったら自分で拭くよ！」

「ははあ、なるほど。まあ、坊ちゃんも思春期ですからねえ」

ぬるま湯の張られたタライとタオルを前に困ったような表情を浮かべるローリエと、断固として拒否する俺。上半身だけならまだしも下半身までとか断固お断りだ。セクハラだセクハラ！　男から女へのセクハラにはヒステリックなまでに口煩いくせに、女から男へのセクハラに関しては笑い話扱いされてしまうような男性差別には、断固異議を申し立てたい。

「メイド長に拭いてもらうのが恥ずかしい、ってんなら、あっしがやりやしょうか？　男同士なら、女性にやってもらうよりは気恥ずかしくねえでしょう？」

「それならまあ……いやでも、やっぱり嫌だ！」

「坊ちゃんのデリケートな部分はお任せしやすから、大丈夫ですよ。ほら、ローリエさん。あとはあっしに任せて、出た出た。年頃の男の子に恥をかかせちゃいけやせんぜ？」

「わたくしは別に、そういった意図は……」

「分かってやすって」

なんとかローリエを追い出してもらえ、俺はホッとため息を吐く。

「ありがとうバージル、助かったよ。まさかローリエがあんなに頑固だとは」

「まあ、その有様じゃ、そのまま寝かせとくわけにもいかんでしょうよ。汗でグッショリじゃねえですか。パジャマも下着も、全部取り換えやしょうや」

「うん」

バージルたちとは普段から一緒に風呂に入っているので、さすがにローリエ相手ほど抵抗はない。汗でグッショリになってしまい、肌に貼りついてしまって気持ち悪いパジャマや下着を脱ぎ、ぬるま湯で濡らしたタオルを絞ってもらってそれで体を拭いていく。

さすがに自分でだぞ。ローリエにはああ言っていたが、ちゃんと俺の気持ちを察してくれる辺り、さすがは気遣いのできる男バージル。年の功ってのはこういうのを言うんだろうな。

「ローリエさんも悪気があったわけじゃねえでしょうから、勘弁してやってくだせえな」

「分かってるさ。しかしまあ、あれだけクールビューティーだった彼女がねえ……」

「それだけ坊ちゃんに感謝してるってことでしょう。あっしだってそうなんですぜ？」

「そうなの？」

「ええ、そうです。坊ちゃんに出会って、ここで3年間過ごして。それこそあのオリーヴの奴だって、出会ったばっかの頃とはずいぶん変わったでしょう？」

「言われてみれば、確かに」

「人は変わるもんでさあ。それがいい方向に変わったってんなら、喜ばしいことで」

「そうだね、その通りだ」

自分じゃ拭きづらい背中を拭いてもらっていると、バージルがいかつい顔に柔和な笑みを浮かべる。最初に出会った時はいかにもガラの悪そうなチンピラ男っぽい印象だったのに、３人の中では一番面倒見のいい常識人になるとか、人は見かけだけじゃ分からないものだ。

「ふう、サッパリしたあ」

「そいつはよかった。そんじゃま、大人しく寝ててくだせえや」

「うん、ありがとうバージル。おかげでとんだ辱めにあわずに済んだよ」

新しい下着とパジャマに着替えてベッドに潜り込むと、掛布団をかけてくれるバージル。甲斐甲斐しいというよりはむしろ、手のかかる子供のお世話をする父親みたいだ。

「クレソンの奴も心配してやしたからねえ。早くよくなるといいですね、坊ちゃん」

「そうだね。早く元気にならないと、また父さんが暴走しちゃいそうだし」

「そいつは確かに。あの旦那様を抑えとくのは、一人でドラゴンに立ち向かうよりよっぽど恐ろしいかもしれやせん」

「はは、そうなんだ」

最近、時々怖くなる。今が幸せすぎて、本当はこれは、交通事故にあって救急車で運ばれた俺が病院のベッドの上で見ている都合のいい夢なんじゃないかって、不安になるのだ。もしもある日突然目が覚めてしまったらそこは病院のベッドの上で、父さんもオリーヴもバージルもクレソンもローリエも、誰もいなくなってしまったりしたら。またあの空虚で無意味な人生に逆戻りさせられてしまったりしたら、それこそ二度と立ち直れなくなってしまいそうだ。

「てい」

「うわ!?　いきなり何するのさ」

軽くデコピンされて、驚く。前世の記憶も込みで、実際にされたのは初めてだ。

痛みはないが、驚きはある。

「まーた暗い顔して、なんかよくないこと考えてたでしょう？」

「すごいな、よく分かったね」

「はは。ご自分じゃあ気付いてらっしゃらねえかもですが、坊ちゃんは思ってることが顔に出やすいんですよ。あんま深く考え込まねえ方がいいですぜ？　風邪っ引きの時ってのは特に、弱気になっちまいやすから」

「大丈夫だよ。今の一撃で、心の中のモヤモヤとか、悪いものは全部吹き飛んだから」

「そいつはよかった。そんじゃ、おやすみなせえ、坊ちゃん」

「うん、おやすみ」

ビックリしたけど、その驚きでネガティブな不安やらマイナス思考やらが本当に頭の中から消し飛んでしまった。そうだな、俺は何を不安になっていたのやら。なんの根拠もない、後ろ向きな考えは、なんの得にもならないもんな。悩むのヤメ！　意味も、得も、なんもねーし！

さっさと風邪を治して元気になって、いつも通りの日常に戻ろう。明日が来るのが楽しみだなんて思えるのは、今が幸せな証拠だから。

そうだ、俺は今幸せだ。この幸せを長続きさせられるように、一日一日を前向きに楽しめるように、俺は顔を上げて生きていく。

この世界でみんなと一緒に、一歩一歩、生きていく。

あとがき

皆さん、こんにちは。神通力と申します。

この度は『萌え豚転生　～悪徳商人だけど勇者を差し置いて異世界無双してみた～』をお手に取っていただき、誠にありがとうございます。

私がこの作品を書き始めたきっかけは、世の中に溢れる恋愛至上主義に対する反骨芯のようなものからでした。右を見ても左を見ても、猫も杓子も恋愛恋愛。恋愛要素を入れる必要性のない作品にまでゴリ押しで捻じ込まれたヒロイン（笑）やヒーロー（笑）のせいで、台なしにされてしまった作品を観る度にガッカリさせられてきました。

男は結婚して当たり前。女性に結婚について尋ねるのはハラスメントであり差別。ただしアラサー以上の独身者は男女等しく嘲笑の対象。そんな歪な社会の中で、恋愛はコスパが悪いからと敬遠する草食系男子なるものが話題になり、遂には恋愛そのものに興味がない絶食系男子なる単語まで誕生するほどに、今時の十代、二十代は恋愛への関心を失くしつつあります。

テレビをつければ老人たちが、少子高齢化だ、未婚問題だと騒ぎ立てていますが、二十代、三十代の独身者が結婚資金の貯蓄もままならなくなるような低賃金・長時間重労働で束縛し明日への期待を奪い続ける一方、未だに世間では恋愛恋愛、男も女も恋愛しましょう結婚しましょう！　と欺瞞たっぷりの嘘臭く古風な価値観を押しつけてくる歪んだ社会の在り方に、私たちは毎日失望しています。

　こんな国でもうこれ以上生きていてもしょうがない、いっそ死んでしまいたい。昨今の異世界転生作品や異世界転移作品ブームの陰には、未来に夢も希望も抱けなくなった現代の若者や社会人たちの怒りや嘆き、憤りや悲しみなどがあるのかもしれません。

　すみません、いきなり暗い話ばかりしてしまいましたね。私はこの本を読んでくださった皆さんに、『恋愛なんて無理にしなくても別にいいじゃん』『自分なりに楽しい人生を送れればそれでいいじゃん』と思っていただければ幸いです。恋愛をする自由が尊重されるべきなら、恋愛をしない自由もまた尊重されるべきではないでしょうか。周囲からの心ない重圧で潰されそうになり、凝り固まってしまったあなたの肩の重荷が、どうか少しでも軽くなりますように。

　最後になりますが、こんな尖った内容の小説を発掘し、まさかの書籍化の機会を与えてくださったツギクルブックスの皆様、大変お世話になった担当編集者様、素晴らしいイラストを描いてくださった桧野ひなこ先生、並びにＷＥＢ連載時代から応援し、支えてくださった読者の皆さん、そして私の商業デビューを我がことのように喜んでくれた温かな友人や家族、他大勢の皆様に、心からの感謝を捧げます。本当にありがとうございました。

次世代型コンテンツポータルサイト

ツギクル　https://www.tugikuru.jp/

「ツギクル」はWeb発クリエイターの活躍が珍しくなくなった流れを背景に、作家などを目指すクリエイターに最新のIT技術による環境を提供し、Web上での創作活動を支援するサービスです。

作品を投稿あるいは登録することで、アクセス数などの人気指標がランキングで表示されるほか、作品の構成要素、特徴、類似作品情報、文章の読みやすさなど、AIを活用した作品分析を行うことができます。

今後も登録作品からの書籍化を行っていく予定です。

ツギクルAI分析結果

「萌え豚転生　～悪徳商人だけど勇者を差し置いて異世界無双してみた～」のジャンル構成は、ファンタジーに続いて、SF、恋愛、歴史・時代、ミステリー、ホラー、現代文学、青春の順番に要素が多い結果となりました。

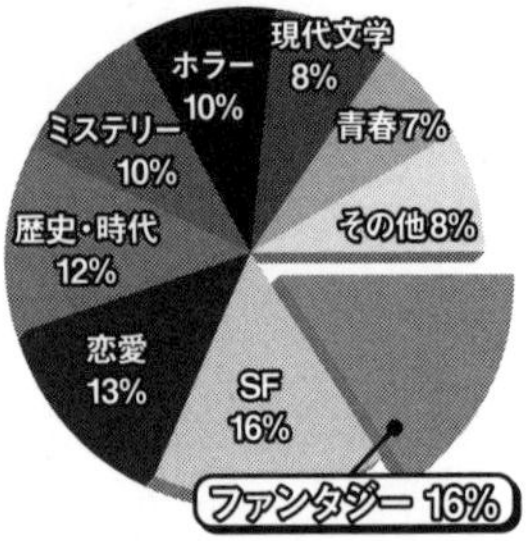

期間限定SS配信

「萌え豚転生　～悪徳商人だけど勇者を差し置いて異世界無双してみた～」

右記のQRコードを読み込むと、「萌え豚転生　～悪徳商人だけど勇者を差し置いて異世界無双してみた～」のスペシャルストーリーを楽しむことができます。ぜひアクセスしてください。

キャンペーン期間は2022年6月10日までとなっております。

異世界に
転移したら山の中だった。
反動で強さよりも快適さを選びました。
1～6
著▲じゃがバター
イラスト▲岩崎美奈子
カクヨム
書籍化作品
「カクヨム」総合ランキング
累計1位
獲得の人気作
(2021/10/1時点)
2022年2月、
最新7巻発売予定！
勇者には極力
近づきません！
「コミック アース・スター」で
コミカライズ
好評連載中！
花火の場所取りをしている最中、突然、神による勇者召喚に巻き込まれ
異世界に転移してしまった迅。巻き込まれた代償として、神から複数の
チートスキルと家などのアイテムをもらう。目指すは、一緒に召喚された姉
(勇者)とかかわることなく、安全で快適な生活を送ること。
果たして迅は、精霊や魔物が跋扈する異世界で快適な生活を満喫できるのか――。
精霊たちとまったり生活を満喫する異世界ファンタジー、開幕！
定価1,320円(本体1,200円＋税10%)
ISBN978-4-8156-0573-5
「カクヨム」は株式会社KADOKAWAの登録商標です。
ツギクルブックス
https://books.tugikuru.jp/

追放
冒険者のやりなおし
～妖精界で鍛えなおして自分の居場所をつくる～
著 霜月《しもつき》 雹花《ひょうか》
イラスト 荒野
異世界から妖精を引き連れてお引っ越し！
妖精の数が強さの証です!!
双葉社でコミカライズ決定！
昇格祝いを終えた翌日、ギルドに呼び出されたグレンはパーティーのリーダーから追放処分を受けた。その理由は、グレンの"悪い噂"がパーティーにも影響するから。実際には捏造された噂ばかりだが、以前からパーティーを抜けたいと考えていたグレンはその処分を受け入れ、パーティーを去ることに。久しぶりに故郷へと帰ると、そこに待っていたのは世間の悪い噂を信じている育ての親たちだった。親たちに糾弾されて逃げ込んだ森で、グレンを待っていたのは――。
大事な物を失った冒険者が再び希望をつかみ取る異世界ファンタジー！
定価1,320円（本体1,200円＋税10%） ISBN978-4-8156-1042-5
ツギクルブックス
https://books.tugikuru.jp/

追放
悪役令嬢の旦那様
著／古森きり
イラスト／ゆき哉
1〜4
「マンガPark」（白泉社）で
©HAKUSENSHA
コミカライズ
好評連載中！
謎持ち
悪役令嬢
第4回ツギクル小説大賞
大賞受賞作
規格外の旦那様と
辺境ライフはじめます!!!
卒業パーティーで王太子アレファルドは、
自身の婚約者であるエラーナを突き飛ばす。
その場で婚約破棄された彼女へ手を差し伸べたのが運の尽き。
翌日には彼女と共に国外追放&諸事情により交際0日結婚。
追放先の隣国で、のんびり牧場スローライフ！
……と、思ったけれど、どうやら彼女はちょっと変わった裏事情持ちらしい。
これは、そんな彼女の夫になった、ちょっと不運で最高に幸福な俺の話。
定価1,320円（本体1,200円＋税10%）　ISBN978-4-8156-0356-4

穢《けが》れた血だと追放された
魔力無限の精霊魔術士
著 冬月光輝《ふゆつきこうき》
イラスト てんまそ
コミカライズ企画進行中!
悪魔の刻印は最強の証!
私って、パワースポットだったんですか⁉
名門エルロン家の長女リアナは、生まれつき右手に悪魔の刻印が刻まれていることで父親のギルドから追放されてしまう。途方に暮れながら隣国にたどり着いたリアナは、宮廷鑑定士と名乗る青年エルヴィンと出会い、右手の刻印が精霊たちの魔力を吸い込み周囲に分け与えているという事実が判明。父親のギルドはパワースポットとして有名だったが、実際のパワースポットの正体はリアナだったのだ。エルヴィンの紹介で入った王立ギルドで活躍すると、リアナの存在は大きな注目を集めるようになる。一方、パワースポットがいなくなった父親のギルドは、次々と依頼を失敗するようになり——。
穢れた血と蔑まされた精霊魔術士が魔力無限の力で活躍する冒険ファンタジー。
定価1,320円(本体1,200円+税10%)　ISBN978-4-8156-1041-8

追放されたので、暗殺一家直伝の
影魔法で王女の護衛はじめました！

～でも、暗殺者なのに人は殺したくありません～

著 煙《えん》雨《う》 イラスト 福きつね
暗殺できなくて、ごめん！

でも、最強の護衛です!!

双葉社でコミカライズ決定！

「暗殺者がいるとパーティにとって不利益な噂が流れるかもしれないから今日をもって追放する」

今まで尽くしてきた勇者パーティーからの一方的な追放宣言に戸惑うノア。

国からの資金援助を受ける橋渡し役として、一時的に仲間に加えられたことが判明した。

途方に暮れるノアの前に幼馴染のルビアが現れ、驚きの提案が……

「私の護衛をしない?」

この出会いによってノアの人生は一変していく。追放暗殺者の護衛生活が、いま始まる！

定価1,320円（本体1,200円＋税10%） ISBN978-4-8156-1046-3
ツギクルブックス
https://books.tugikuru.jp/

騎士団長の息子は
悪役令嬢を溺愛する
著 yui/サウスのサウス
イラスト 春が野 かおる
双葉社でコミカライズ決定!
騎士団長の息子はただひたすらに甘々です!

逆行した悪役令嬢は、深窓の令嬢になります
なぜか魔力を失ったので
コミカライズ企画進行中!
1～3
著✝蒼伊
イラスト✝RAHWIA
魔力がなくても精霊と一緒に未来を変えます!
魔力の高さから王太子の婚約者となるも、聖女の出現により
その座を奪われることを恐れたラシェル。
聖女に悪逆非道な行いをしたことで婚約破棄されて修道院送りとなり、
修道院へ向かう道中で賊に襲われてしまう。
死んだと思ったラシェルが目覚めると、なぜか３年前に戻っていた。
ほとんどの魔力を失い、ベッドから起き上がれないほどの
病弱な体になってしまったラシェル。悪役令嬢回避のため、
これ幸いと今度はこちらから婚約破棄しようとするが、
なぜか王太子が拒否!?　ラシェルの運命は――。
悪役令嬢が精霊と共に未来を変える、異世界ハッピーファンタジー。
1巻：定価1,320円（本体1,200円＋税10%）　ISBN978-4-8156-0572-8
2巻：定価1,320円（本体1,200円＋税10%）　ISBN978-4-8156-0595-7
3巻：定価1,430円（本体1,300円＋税10%）　ISBN978-4-8156-1044-9

コンビニで
ツギクルブックスの特典SSや
ブロマイドが購入できる!

famima PRINT　　セブン-イレブン

まずは『もふもふを知らなかったら人生の半分は
無駄にしていた』『異世界に転移したら山の中だった。
反動で強さよりも快適さを選びました。』
『嫌われたいの ～好色王の妃を全力で回避します～』が
購入可能。ラインアップは、今後拡充していく予定です。

特典SS 80円(税込)から

ブロマイド 200円(税込)

「famima PRINT」の
詳細はこちら
https://fp.famima.com/light_novels/tugikuru-x23xi

「セブンプリント」の
詳細はこちら
https://www.sej.co.jp/products/bromide/tbbromide2106.html

冒険する?お仕事する?
それとも、恋をする?
ワクワク!きゅん♡が
止まらない物語を大募集!
あなたの小説が書籍化される!?
コミックになる!?
©YUZU INUKAI
プティルコミックス
プティルノベルス
× めちゃコミック コラボコンテスト
第2回
プティル小説大賞
応募期限: 2022年1月31日
「プティル小説大賞」とは?
詳細はこちら
ハーパーコリンズ・ジャパンによるレーベル「プティルノベルス、プティルコミックス」とめちゃコミックで作品選考の上、紙書籍、電子書籍の出版化を行います。そして更にめちゃコミックでの独占先行配信、翻訳版の海外配信、映像化などのメディアミックスも検討していきます。
ツギクル
https://www.tugikuru.co.jp/petir2/

ツギクルブックス

愛読者アンケートに回答してカバーイラストをダウンロード！

愛読者アンケートや本書に関するご意見、神通力先生、桧野ひなこ先生へのファンレターは、下記のURLまたは右のQRコードよりアクセスしてください。
アンケートにご回答いただくとカバーイラストの画像データがダウンロードできますので、壁紙などでご使用ください。
https://books.tugikuru.jp/q/202112/moebutatensei.html

本書は、「小説家になろう」（https://syosetu.com/）に掲載された作品を加筆・改稿のうえ書籍化したものです。

萌《もえ》え豚《ぶた》転生《てんせい》
～悪徳商人《あくとくしょうにん》だけど勇者《ゆうしゃ》を差《さ》し置《お》いて異《い》世《せ》界《かい》無《む》双《そう》してみた～

2021年12月25日　初版第1刷発行

著者　神通力《じんつうりき》

発行人　宇草 亮
発行所　ツギクル株式会社
〒106-0032　東京都港区六本木2-4-5
TEL 03-5549-1184
発売元　SBクリエイティブ株式会社
〒106-0032　東京都港区六本木2-4-5
TEL 03-5549-1201

イラスト　桧野ひなこ
装丁　株式会社エストール

印刷・製本　中央精版印刷株式会社

ISBN978-4-8156-1050-0
Printed in Japan